徳間文庫

六機の特殊

蒼白の仮面

黒崎視音

徳間書店

目次

第一話「出動」 5
第二話「回路」 49
第三話「暴走」 85
第四話「制圧」 116
第五話「銃撃」 154
第六話「黒雲」 252
第七話「憤怒」 285
初刊本あとがき 328

カミラ「あなた、仮面をとりなさい」
男「本当にですか」
カッシルダ「本当にそうすべきときです。ほかの人はみな、仮面を取っていますよ」
男「わたしは仮面をつけていませんが」
カミラ（おびえてカッシルダに身を寄せる）「仮面がない。仮面がないなんて」

——ロバート・W・チェイムバーズ『黄衣《おうい》の王』第一幕第二場

『黄衣の王』（創元推理文庫）より

第一話「出動」

私は、人に欲望をかなえさせてあげる。

でも、直接、手をさしのべたりはしない。私はただ、その人の心の底で眠ったままの欲望に、その人自身が気づくように囁《ささや》き続けるだけ。何度も何度も。

私の声は、優しく、冷たく……そして甘い。

私の繰り返す囁きで、相手は自分のうちにある欲望に気づき、――そして、動揺する。

もちろん相手は、最初こそ自らの意識の水面に浮かび上がった欲望の、その貌《かお》のおぞましさに震え上がる。そして私を、さらに毒々しい願いの存在を否定して、拒絶の硬い殻《から》を被《かぶ》って逃げようとする。

でもそれは、無駄な努力なのだ。――なぜなら、欲望の貌がどんなに醜悪でも、それはもう、ずっと以前から心に棲《す》みついていたのだから。私の言葉からは逃れられても、自分自身の心からは逃げることなどできはしない。事実、何人かは必ず、私のもとへ戻ってくる。

だから私は、語りつづける。——断崖《だんがい》から飛び降りるつもりだったのに躊躇《ためら》う人の背中を、そっと押してあげるように。吊ったロープの輪に首まで入れてるのに踏み出せない人の、足場の椅子《いす》をすっと外してあげるように。

人は自分の望みのままに生きるのが一番幸せのはずだし……、なにより私は、ひとが解放される姿が見たいのだ。心の底の理性という檻《おり》に閉じ込められて、ぬるぬると身悶《みもだ》えしていた激情の大蛇が、心を突き破って現実へと跳躍する姿が、見たいのだ。

だから私は、その手伝いをしてあげる。

私は——〈蒼白《そうはく》の仮面〉。

校門を抜けて広い前庭を校舎へと延びる石畳は、緩くカーブしていて、それに沿って、花の散り始めた桜の木が立ち並んでいた。

背広姿の若い男が、その石畳を、春風に舞い落ちた淡い色の花びらを踏みながら、歩いて行く。男は頭を丸刈りにして背がひょろりと高く、片手に紙製の買い物袋をさげていた。

長身の若い男は、向かっている校舎から響く生徒達の歓声に、立ち止まった。

昼休みだもんな……、当たり前だ。男は能面のような顔で、四階建ての瀟洒《しょうしゃ》な校舎を見上げて思った。それに、校舎から漏れて辺りに響く生徒達の声が甲高《かんだか》く、黄色いのも当たり前だと思い、ちらりと後ろを振り返る。

篤恩《とくおん》女子高等学校。男の通り過ぎた、煉瓦《れんが》造りの古めかしい門柱に埋め込まれたブロンズ板には、重々しくそう記されていた。東京都内でも有数の、国立及び有名私立大学への高い進学率で知られる、名門女子校だった。

女の園だ。男はあらためて確認するように呟《つぶや》き、見上げていた校舎から、手にした紙袋へと眼を落として息を吸った。それから意を決したように早足で石畳を歩き、校舎の車寄せへと進んでゆく。

女子校の来訪者にはおよそ似つかわしくない男が、車寄せの張り出し屋根の下に消えるまで、教室の窓からこの不審な若い男に目をとめた女生徒も、何人かいることはいた。――けれど気にもとめなかった。男は地味だがきちんとした服装をしていたし、加えて、目立つ容貌《ようぼう》でもない。おまけに女生徒達は、最大の関心事は友人と自分自身という年頃であり、同性が圧倒的大多数を占めているので安心、という根拠のない女子高特有の意識も働いていた。

若い男は、結局、無関心とわずかな好奇の眼に晒《さら》されただけで校舎へと行き着き、両開きのガラスドアを押し開けて、御影石《みかげいし》の敷かれた広い玄関のエントランスへと、入り込んだ。

手に紙袋を提げたまま、きょろきょろと落ち着き無く周りを見回したり、奥へと続く廊下を覗《のぞ》き込んでいた若い男に、声がかかった。

「もしもし、何か御用ですか？　どちらへ行かれるんです」

あと三十年若ければ、夢見がちな女生徒が、なんとか恋愛対象として意識したかもしれない、眼鏡を鼻にずり下げた初老の教員だった。

「いいえ」若い男は眼を合わせず、かすれた声で答える。「ちょっとお願いがあるんで……」

「え、お願い……？」初老の教員は、ずれた眼鏡の奥で眼をしょぼしょぼさせた。「失礼だがあなた、ここをどこだと――」

若い男は老教師の問いを無視して唐突に長身を屈《かが》め、持っていた紙袋に右手を突っ込んだ。そして、中に入っていたものを無造作に摑《つか》みだした。老教師は、男が握りしめているものを見て眼鏡の奥の目を見開いた。

「おい……！」

湾曲した大型のナイフを、男は右手に握りしめていた。

「なんだそれは……！」老教師は一瞬、呆然《ぼうぜん》とナイフの凶悪な曲線に目を奪われてから、男の顔を見上げた。

「だから、お願いがあるって言ったでしょ」

男の平板な目鼻立ちの中で、唇の両端は異様につり上がり、ナイフの曲線に負けぬくらい酷薄な曲線を描いて引《ひ》き攣《つ》るように笑っていた。

異変に気づいた女生徒達の悲鳴が次々と伝染し、波紋が広がるように廊下に響き渡った。

〝現場指揮本部から、従事中の各局！　マル被は二十代男性、背広を着用！……〟

命令と靴音、そして怒号の飛び交う喧噪《けんそう》のなか、停車した白黒パトカーから、無線指示の声が微《かす》かに漏れた。

〝……当該《とうがい》マル被は玄関に侵入した際、誰何《すいか》した男性教員に所持していた刃物を示し、放送室へ連れて行くよう要求。教員が拒否したところ、これを刃物で斬《き》りつけた。男性教員は負傷！……〟

篤恩女子高の校庭。――その運動場には駆けつけた多くの警察車両が集結し、当番機動隊《とうきどうたい》である第一機動隊の隊員らが、大盾を小脇《こわき》にして治安出動装備姿で行き交っている。ヘルメットの下の顔はどれも緊張し、出動服のうえに着装した防護衣が、甲冑《かっちゅう》のような音を立てている。

〝……その後マル被は校舎内へ侵入、刃物を振り回して走り回り、生徒数人が軽傷！　現在、校舎最上階の三年A組教室で、生徒を人質に立て籠《こ》もっている！……〟

校舎は四棟、いずれも名門女子高校に相応《ふさわ》しい、風格のある褐色の四階建てだった。

そしていま、機動隊員達の居並んだ阻止線が幾重《いくえ》にも囲み、制服警官達が張りつめた面持《おもも》ちで見上げているのは、校庭に面した、東端の校舎だった。

〝……捜査一課特殊犯捜査一係《といくいち》が現在、拠点及び監視資機材を設定、説得準備中！　なお凶器はサバイバルナイフ様《よう》の刃物、殺傷力が高いと思料される！　人質の安全を最優先し、あわせて受傷事故に留意、装備資機材の着装を徹底されたい！……〟

潮が満ちるように、校庭を走り回る警察官の数と緊迫の度合いが、上がっていく。

〝なお、事案の重要性に鑑《かんが》み、刑事部長名をもって警備部へ支援部隊を要請！……〟

無線の声と同時に、校庭の慌《あわ》ただしい空気を、幾重にも重なったエンジン音が、震わせ始めた。それは、学校の敷地を囲む所轄署員らの規制線の、その外から迫ってきているようだった。徐々に高まってゆく重低音に、受令機や車載無線に耳を傾けていた制服、私服の警察官達は、顔を上げた。

警備部からの、支援部隊？　と、すれば……！

航空機強取《ハイジャック》事案、重武装テロ。なにより多数の人質のとられた籠城《ろうじょう》事件で、派遣を要請される部隊は一つしかない。それは――。

〝……警視庁特殊部隊が臨場する！〟

無線がそう告げるのとほぼ同時だった。

校門の前に押し寄せていた報道関係者の人混《ひとご》みから、どよめきがあがった。

報道陣をかき分けるように姿を現したのは、車両の群れだった。

車両の群れは、高床式防弾特殊車《バジエロ》を先頭に、現場本部車《マイクロバス》や資機材搬送車《アルミバントラック》、遊撃輸送車《ワンボックス》

……と、続々とヘッドライトと赤い警光灯を明滅させながら校門を駆け抜けてゆく。

車両群は雪崩《なだ》れ込んできた勢いそのままに、砂埃《すなぼこり》を巻きながら、校庭を、警察車両の集まった一角を目指した。そして、人目を避けるように、機動隊の人員輸送車、通称小隊バスの陰にブレーキを鳴らして一斉に停《と》まった。

三菱パジェロをはじめ、到着した車両群には、所属はおろか、警察車両と知らせる表示さえ、一切無い。けれどそれこそが、校庭を埋めた他の警察車両との違いを際立たせる。

正式名称、警視庁特殊部隊。通称、特殊強襲部隊――SATが到着したのだった。

かつては第六機動隊内の第七特科中隊として秘匿《ひとく》されていた部隊だが、改編と拡充を経て、九個機動隊及び特科車両隊と同格となり、晴れて独立し、あわせて、所属も警視庁警備部警備第一課となり、所在地も品川区勝島の第六機動隊――六機の隊庁舎から、立川市の機動隊総合訓練施設の奥深くに移転した。

そしてその立川からここ、文京区の篤恩女子高へと、出動して来たのだった。

〝なお、関係各所属は特殊部隊の支援警備を了解されたし。以上、現場指揮本部！〟

捜査系無線は、そう締めくくられた。……すると、現場に到着した特殊部隊の使用する、特殊警備系無線が鳴り始めた。

「……だそうですよ？」武南敏樹《ぶなんとしき》の、いかにもお調子者そうな声がした。「刑事さん達も張り切ってるみたいだ。現場が女子高だけに」

「トイレは大丈夫かな」甲斐達哉《かいたつや》の生真面目《きまじめ》な声もした。「大体、女子高に男用便所ってあるのか？　マル機のトイレカー担当の奴ら、小はいいけど大は嫌な顔するもんな。我が警視庁の誇る、メルセデスベンキなのに」

「ばっかじゃないの？」紅一点の村上真喩《むらかみまゆ》が割り込む。「あのね、女子高にだって男の先生はいるの。あったりまえでしょ？　なんで真っ先に、そんなの気にするわけ？」

「そりゃ遠路遥々《はるばる》だからさ」藤木元弥《ふじきもとや》の、気取りながらも嫌味の無い声もする。「立川みたいな街外れから来たんだぜ？　俺は東京《とうきょう》で生まれ育った、シティボーイだってのに」

「東京って言っても」井上始《いのうえはじめ》が、慣れた調子で茶々を入れる。「八王子じゃないですか。あそこよりは立川の方が拓《ひら》けてるんじゃないですか」

「誰だ、いまなにか面白いことを言ったのは？」

「誰もなにも言ってませんよ、先輩」牧場和宏《まきばかずひろ》の微かな笑いを含んだ声もした。「久しぶりの都会の空気です。目一杯吸って、任務をやり遂げましょう」

「そう言うことだ」水戸要一《みとよういち》の声が響く。「お前ら、無駄話は終わりだ」

静かな口調だが、同時に、これまでの会話の流れを完全に叩《たた》き切る厳しさがあった。鋼鉄の楔《くさび》の強靭《きょうじん》さだった。もっとも、馬鹿馬鹿しい発言の内容ほどには、言っている本人達も弛緩《しかん》してる訳ではない。

これはいわば、命を懸けた緊張を強《し》いられる前の、儀式であった。

武南、甲斐、村上、藤木、井上、牧場、そして水戸は、警視庁特殊部隊に所属する四個小隊の四番目、第四小隊の隊員だった。

他の第一から第三までの小隊が、突入要員に加えて特殊銃手、つまり狙撃《そげき》要員を含む支援班を擁する二十人編成なのに比べると、いかにも小振りだ。

少人数の編成なのは、数年前、青天の霹靂《へきれき》に等しい警察部内のよんどころなき事情により、第四小隊編制と指揮を任された人物の考えに沿ったためだ。

それは、業務歴に関係なく、あらゆる所属から志願した隊員で構成され、高い即応性と機動力を持つ、実力主義の部隊の創設――だった。

そして、そう主張した男はいまも、警備の第一線で陣頭に立ち続けている。

「……小隊長？」水戸は呼びかけた。「土岐《とき》警視？」

「聞こえてる」土岐悟《さとる》は、手狭な助手席で顔をあげた。

端正と言えなくもないが、希少価値のない細面《ほそおもて》は、部下達の賢さのかけらもない会話を耳にしながら怒るでもなく、むしろ口元だけで微苦笑さえしている。

土岐は、ちょこんと小さな車体の多目的車、ジムニーに乗っていた。周りを取り囲む機動隊の、大人《おとな》しい青色に塗られてはいても厳《いかめし》さは隠せない警備車両はもとより、駆けつけた特殊部隊の車両の中にあっても、場違いなくらい可愛らしく、そのためかえって目立ってしまう車両だ。

土岐は二十八歳。……年齢と警視という階級が不釣り合いなのは、土岐が警察内部では特別な階層に属しているからだ。

国家公務員Ⅰ種採用。いわゆるキャリアと呼ばれる、たった数百人で全国二十四万警察官たちの上に君臨する階層のひとりだった。

普通ならば、官僚であるキャリアは、現場を知ることなく昇任してゆく。属官と呼ばれる勤務見習いの一時期を除いて。

そのキャリアの一員である土岐が、一線の、それも特殊部隊の小隊を預かっている理由は尋常なものではなく、また、かなり滑稽《こっけい》でもあった。——

まず、土岐自身が特殊部隊運用について、ろくでもない論文を部内誌『警察学論集』に発表したこと。

さらに、丁度その頃、土岐にとっては最悪のタイミングで、採用同期がろくでもない失態を犯して、現場警察官達の憤激をかったこと。

そのうえ、その失態で沸き上がった現場警察官達の怒りに危機感を抱いた警察上層部が、危険な現場にもキャリアはいると喧伝《けんでん》するためだけに、特殊部隊運用についてすこしは齧《かじ》った土岐に、特殊部隊配属のろくでもない白羽の矢を立てたこと。

よくもまあ、これだけろくでもない事情が重なるもんだよな……。と、土岐本人としては笑うしかない、運命の悪戯《いたずら》だった。土岐が二十三歳、警部補の頃だ。

けれどそれは、振り返ってみれば、の話で、いささか惚《とぼ》けているこの男でも、当時は笑う余裕など無かったのだった。

　事実、土岐が配属の交換条件に上層部へ新編を認めさせた第四小隊は、銀行籠城事案を皮切りに様々な事案の解決に当たったが、カルト教団の航空機強取事案の際、土岐は手榴《しゅりゅう》弾《だん》の爆発で危うく命を落としかけた。

　そしてその時、肉体は瀕死《ひんし》の床にありながら、魂のみが彷徨《さまよ》った幽冥《ゆうめい》の世界で、決意したのだった。

　――精一杯生きて、為《な》すべき事を為そう。ひとりの少女の願いに報《むく》いるために。

　もちろん、土岐は自分の臨死体験じみた体験を、誰にも話して聞かせたりはしなかったが。

　そして土岐は、殉職しかける直前にあった、県警刑事部捜査第二課長転出の内示を断り、第四小隊小隊長として復帰し、こうして篤恩女子高立て籠もり事件に臨場している。

「あのな君達」土岐は小隊用無線機に言った。「大事件に臨場して、もっと違う感慨はないか？」

「…………」なんの感慨もないのか、あるいはあったとしても、誰も口に出すつもりは無いらしく、無線は沈黙した。

　けれど土岐は、部下、いや仲間一人ひとりの胸に、激しい訓練を経て焼き付けられた思いを、知っている。

犯人をできうる限り無傷で、なにより人質を無事に、あらゆる特殊技能を用いて確保、救出すること。たとえ自らの身を、人質達の盾にしようとも。

――口にしてしまえば建前《たてまえ》じみてしまうし、言葉が宙で消えてしまうような気がするから、……誰も言わないだけだ。

自らが選び、ともに成長してきた部下達の無言の答えに、ちいさく満足して口元だけで微笑《ほほえ》んだ土岐に、となりの運転席でジムニーのハンドルに手を置いたままの甲斐が尋ねた。

「じゃあ小隊長は、どんな感慨を？」

「ん？　ああ」土岐は、しれっと答えた。「トイレはどこですればいいんだろう、と」

〝S部隊指揮官車より各小隊指揮者〟

その時、特殊部隊系無線からの指示が、カールコードのイヤホンを通じて、土岐の左耳に届いた。

〝S1及び2は待機、S4は現場直近、捜一特殊班の拠点に配備！　なお特殊銃手は集合、監視部隊を編成し警戒に当たる〟

「S四〇一、了解。――ほら出番だ、みんな行くぞ！」

土岐はドアを開け放ち、顔立ちと同じく平均的な百七十センチの身体を、するりと校庭に降り立たせ、アサルトブーツで校庭の砂を踏んだ。

　第四小隊の面々が、人員輸送車のマイクロバスからそれぞれの装備の詰まった、取っ手付きのキャリーコンテナを下ろして駆けつけてくる。

「小隊長？」長身で精悍《せいかん》な表情をした水戸が、まず声を掛けてきた。

「ええ」土岐はうなずいて、取り囲んだ皆に言った。「我々は拠点で特殊犯捜査一係《SIT》と合流する。村上は監視部隊の指揮下に入れ」

　長い髪を後ろでまとめ、すらりとした立ち姿の村上真喩が、身長の三分の二はありそうなライフルバッグを、そっと肩の上で掛け直して答えた。「はい！」

「よし、じゃあ行こう。……マスコミのカメラに注意しろ」

　土岐は布製の機動隊略帽をかぶり直しながら、そう注意した。マスコミから部隊を秘匿するため、特殊部隊も全員が機動隊と同じ出動服を着用している。とはいえ、この程度の偽装で、鵜《う》の目《め》鷹《たか》の目《め》で現場を狙《ねら》う報道関係者に、ただの機動隊員なんだな、と信じてもらえるとは、土岐には思えなかったけれど。

　耳にさした、通常の受令機のそれとは違うカールコードのイヤホン。足下を固める、頑丈さを極めた機動隊の出動靴とは違うアサルトブーツ、アディダスＧＳＧ９。……注意深く観察するものがいれば、この二つだけでも正体が割れるのに、さらにこの、ケプラー製抗弾ヘルメットや突入型防弾衣《ボディアーマー》の詰まったキャリーバッグ。

　いや、それ以前に、特殊部隊の配備車両は多摩ナンバーなので、臨場した途端に露見してしまう。

それでも土岐達は、律儀にうつむき加減で、一機の隊員が守る阻止線を抜け、校舎の入り口から中に入った。

廊下は、生徒がみな避難しているせいで、しんと静まりかえっている。明るいクリーム色の壁や、その所々に貼《は》られた生徒手製の掲示物が、普段の賑《にぎ》やかさを想像させる分、どこか廃校《はいこう》じみた気味悪さがあった。

土岐は仲間達と、荷物を引いて急ぎ、無人の教室の前を、いくつも通り過ぎてゆく。

「いや、事件じゃなくて別の用事で来たかったなあ」武南が、明るい顔立ちに好奇心を溢《あふ》れさせた表情で言った。

「どんな用事だよ」井上が、髪を短くクルーカットにしているせいで、ジャガイモを連想させる頭を武南に巡らして言った。

「もてない奴の、変態的な用事か?」藤木が、浅黒い顔の、際だった目鼻立ちを崩さずに吐いた。

「なんですかみんな、わくわくしないんですか?」

「わくわくしなくていい」土岐は先頭で素っ気なく言った。「――金輪際、二度と」

「あの……、俺もわくわくはしませんが、みんな、緊張もしないんですか」牧場が、藤木と第四小隊では美男の双璧《そうへき》でありながら、浅黒い藤木とは対照的に色の白い、鼻筋の通った顔を戸惑わせて言った。

「大丈夫だ」甲斐が、生真面目そうな顔の両眉《まゆ》だけをひょいとあげ、突きだした人差し指を天井に向けた。「上に行けば、嫌でも緊張するって」


「またあんたか……！」

捜一特殊犯捜査一係、通称ＳＩＴが構えた前進拠点の教室に入った途端、投げられた第一声がそれだった。

そこは、犯人が人質の女子生徒多数と立て籠もる三年Ａ組の隣、三年Ｂ組の教室だった。Ａ組と隔てる教壇側の壁際に、小型モニターテレビや聴音機《コンクリートマイク》が据えられ、黒い活動服姿の捜査員が隣室の状況を把握すべく、作業に没頭している。どの捜査員の左腕にも、捜査一課の赤バッジと同じデザインのワッペンが、誇らしげに縫い付けられている。

土岐達も、出動服から専用の黒一色のノーメックス製アサルトスーツに着替えていた。被っているのも、機動隊の略帽ではなく特殊部隊の野球帽型略帽で、上半身には耐弾材《トラウマパッド》と防護鋼板《プレートアーマー》入りの突入型防弾衣《ボディアーマー》を着装、さらにポーチだらけのアサルトベストを着込んでいる。太股《ふともも》に拳銃を挿《さ》したレッグホルスターを下げている。

「ご苦労様です」土岐は略帽の下の表情を変えずに言った。「ご無沙汰《ぶさた》してます」

「ずっとご無沙汰しときたかったよ、まったく」落合《おちあい》警部補は、厳《いか》つい顔をしかめ、額に皺《しわ》を寄せて吐き捨てた。

土岐は自分より頭ひとつ背の高い特殊班主任を見あげて、内心、ふん、と鼻を鳴らす。

——それはお互い様ってもんです……

この落合とはいささか縁があり、第四小隊は初出動の銀行籠城事件でも共に解決に当たったのだ。そしてその時も、あからさまに邪魔者扱いしてくれた。

……もっとも、それが妻の美季《みき》との出会いの切っ掛けでもあったから、目の前の特殊犯捜査の鬼が、恋のキューピッドなんだと自分に言い聞かせてみる。

「現場を荒らされたら、かなわねえんだよ。あんたらと違って、後始末と捜査して犯人を起訴すんのは、俺ら捜査員なんだぞ、ん？」落合は土岐の眼を見下ろして言った。「まえに言ったよな？　刑事事案なら俺らに任せて、警備屋は機動隊《マルキ》と狙撃手だけ貸してくれりゃいいんだ」

ええ、と形ばかり土岐はうなずきながら、内心で言い返す。——現場を荒らすと言われても、人質を取られた状況で犯人の出鼻をくじき、かつ戦意喪失させるためには、ある程度は派手に突入しなければならないのは当然でしょ、と。だが、なんとか平静な口調で言った。

「特殊銃手は監視部隊を編成、視察に入りました」

その頃、土岐達第四小隊から一人分かれた狙撃要員の村上真喩は、監視部隊の一員として、現場の校舎とは中庭を隔てた隣の校舎の、現場と同じ最上階の教室にいた。

真喩は、狙撃銃《アキュラシー》を借用した生徒の机の上に二脚《バイポッド》を立てて構え、そのスコープへ片眼を当てている。窓から日光が直接射し込まない奥まった場所で、明るい外から見れば完全に、影へとけこむ位置だったが、真喩はさらに犯人からの被発見率を下げるため、身体《からだ》の輪郭を隠す市街用偽装外衣《ギリースーツ》を被っていた。

真喩は、銃に装備されたスコープの倍率を、接眼部との距離《アイレリーフ》に注意しながら調節する。するとスコープの中でぼやけた褐色でしかなかったものが、校舎の三階の外壁へと変わり、照準用十字《レティクル》に重なってくっきりと浮かび上がる。犯人が人質達と立て籠もる教室の、廊下側だった。硬い動きで慎重に内部を窺《うかが》う、黒い活動服姿の捜査員らの姿もあった。

現場との距離、およそ三十五メートル……。真喩は体腔《たいくう》内の音を逃がし、かつ、あくびやくしゃみといった生理現象を防ぐため、わずかに開けた唇で、静かな呼吸を繰り返しつつ考えた。……気温、湿度、光量、風速、すべて大丈夫。地球の自転による弾丸への影響――コリオリ効果は、最初から問題外。というより、ポリススナイパーはコリオリ効果を考慮する必要のある、七百メートル以上の狙撃などしない。

現場へできるだけ接近し、監視するのが私の主任務だから、と真喩は思った。とはいえ、もし撃つべき事態が発生しても、選び抜かれた銃身及び高価な照準器を組み合わせた、発射時の振動の少ない単発式狙撃銃《ボルトアクション》――、狙撃システムで狙えば、この距離なら外しようがない程だ。が――。

真喩はスコープに片眼を当てたまま、勝ち気そうに整った顔をわずかにしかめて、無線のスイッチを入れた。

「S四〇八から傍受中の各局へ、状況報告。現場の教室は、廊下側の窓が磨《す》りガラスのため、現ポイントからは内部の正確な把握は困難」

真喩は素っ気なく付け足した。「……それと、廊下で捜査員が足を滑らせて転びかけた」


土岐は一言多いよ、と思いつつイヤフォンに添えていた手を下ろし、落合に眼を戻す。

「まったく！　役に立たねえじゃねえか」落合は、同じ報告を無線で耳にして吐き捨てた。

土岐は、磨りガラスなのは自分たちのせいじゃないよな、と思いながら答えた。

「はあ、残念です。反対の東側は校庭で、狙撃要員を配置できる建物もありませんから」

とんだ八つ当たりはともかく……、と土岐は思った。内部の状況把握ができないのは痛い。突入となれば、教室内の限られた空間で、犯人と人質が最大限に離れた一瞬を突かねばならないからだ。

「国際《こく》テロ《て》事案《ろ》でもねえのに、上層部《うえ》がうろたえやがって……」落合は憤懣《ふんまん》を漏らすと土岐に背を向け、壁際に並んだ監視機材に向き直った。

〝刑事部の特殊部隊〟であるＳＩＴと、〝警備部の特殊部隊〟であるＳＡＴとは、近頃でこそ人事交流が進んではいるが、いざ臨場すれば縄張り意識が剝《む》きだしになる。特に落合は、自分の扱う事件《ヤマ》に手出しされるのを、何より嫌う男なのだった。

「もしかすると、人質の女生徒のなかに――」水戸が土岐にだけ聞こえるように呟いた。「警察庁《サッチョウ》の偉い人の、お嬢さんでもいるのかもしれませんね」

「さあ、どうでしょう」土岐は囁き返した。

　自分達に出動命令が出た経緯などどうでもいい、と土岐は思った。肝心なのは、人質多数とともに、犯人が立て籠もっている状況そのものだ。犯人逮捕に寄与できるなら、それで良し。けれど結果、解決するまで待機し続けただけになったとしても、仕方がない。自分達は制服警察官の拳銃と同じく最後の手段であり、警察における最大の制圧執行能力なのだから。

　土岐はそんなことを考えながら、落合ら、壁際で作業する特殊班の作業を見守っていたが、ふと気配を感じて振り返った。

　二つある教室の出入り口の、黒板側の戸口に、黒い活動服の捜査員に付き添われた女性が現れた。

「三年Ａ組担任の先生をお連れしました……！」付き添いの捜査員が言った。

「ああ、先生、ご足労です。こちらへ」落合が振り返り、土岐達への態度とは打ってかわった、いかにもプロフェッショナリズムに満ちた動作と口調で言った。「大丈夫です、怖がらないで」

スーツ姿の女性は、物々しさと緊張で帯電したような教室の空気に脅《おび》えたのか、うつむいたまま肩をすぼめ、動けなかった。

「ああ、この連中なら大丈夫です」〝ミスター特殊班〟が、凶悪犯との面通しを躊躇《ためら》う被害者へのような優しい声で言い、凶悪犯ならぬこの連中、つまり土岐達第四小隊を等身大のゴキブリを見る目で見た。「君ら、その格好に先生が戸惑われているようだから、ちょっと外してくれないか」

土岐が内心では口をへの字に曲げて水戸を見ると、ちらりと眠そうな表情だけで水戸は答え、仏頂面《ぶっちょうづら》を並べる部下に向き直ると、目顔で教室からの退出を促す。

土岐を残して、第四小隊は旋風のように教室の外に消えた。……その迅速な行動自体が、お前らも似たような格好してやがるくせに覚えてろ、という特殊班への無言の抗議だった。

「さ、どうぞこちらへ」落合が胸の中のほくそ笑みを微塵《みじん》もみせず、女性教員を促す。

「これらの機械は、となりの教室の生徒さんと犯人の音声をモニターしています。正確に、隣にいる生徒さんの名前を教えて下さい。まだ、避難場所の体育館に集合していない生徒さんもおられますのでね。まあ、隠れた場所から出てこられないだけ――」

「主任！　落合主任……！」

校舎の外からの監視映像をモニターで見詰めていた捜査員が、顔を振り向けていった。
「現場に動きがあります」

ショートジャケットの制服姿の少女達が、東側の窓に、紙を貼り付けていた。

女生徒達は皆、くしゃくしゃの髪で泣き腫《は》らした顔をしていた。それでも震える手を伸ばし、締め切った窓ガラスを、ありあわせの教科書を破いたものやプリントで覆ってゆく。

途中で手を下ろし泣き出す者、そんな同級生の肩を抱いて健気《けなげ》に励ます者もいた。堪《こら》えきれず手で顔を覆って座りこんだ者は、落とし穴にはまったように窓際に沈み、見えなくなった。

土岐も落合ら特殊班とともに、壁際に並んだモニターの、すぐ隣の人質の女生徒達を校庭側から監視する映像を見ていた。

――可哀想に、と防弾装備に覆われた胸に痛みを感じながら、土岐は思った。しかし、それ以上の感情は抑え込んである。自分が感情的になれば、人質がもっと危険な状態になると解っている。ただ、南無観世音菩薩《なむかんぜおんぼさつ》、と御仏《みほとけ》に少女達の加護を祈るにとどめておく。

「ありゃあ目張りさせてるんだ」落合が、お前らのせいだと言わんばかりに土岐に言った。

「マル被の野郎、狙撃を警戒してやがる」

「いえ」土岐はモニター画面を見詰めたまま、屈めていた背を伸ばした。「先ほども言いましたが、東側には設定可能な建物がなく、狙撃要員は未配置です。我々の動きのせいではないようです」

ならば犯人はなにを警戒したのか、と土岐は思った。犯人は、マスコミの超望遠カメラを警戒したのか、それとも、教室内部を隠蔽《いんぺい》することで、自分たち警察からすこしでも有利を得たいのか？

〝もうやめて下さい！〟

スピーカーから声が飛び出したのは、その時だった。現場の教室の音声を拾う、コンクリートマイクのスピーカーだった。

〝あなた、こんなことするためにここに来たわけじゃないでしょう！〟

「わ、渡瀬《わたらせ》さ……渡瀬さんです！　学級委員の……！」

機材の前の席についていた女性教員が、椅子の上で身体を硬直させて声を絞り出した。

土岐は女性教員の脇から身を乗り出すと、机の上に広げられた、確認用の写真入り名簿に指を走らせる。そして、渡瀬唯月、という氏名の上で、指を止めた。

「わたらせ、……ゆいげつ、さん」土岐は小声で、女性教員に確かめた。

「い、いえ……ゆいか、と読むんです……！」女性教員は酷寒のエベレストの山頂に放り出されたように震えながら告げ、繰り返した。「学級委員の……！」

〝うるせえ！　俺に指図すんな！〟

少女の勇気ある抗議に、抑制の外れた男の叫びが、スピーカーから続いた。

〝おい、ちょっとこい！　おめえだよ、いま俺に偉そうな口きいたおめえだよ！〟

少女達のすすり泣き、小さな悲鳴。

〝おら来い、早く！〟男がマイクに近づいたらしく、声が大きく明瞭《めいりょう》になった。

〝やめてよ！　触らないで！……やめて、やめて、やめてよ、やめてってば！〟

〝うるせえこら、大人しくしろ！〟

〝やめて！〟悲鳴混じりの少女の叫び。〝はなしてよ……！〟

スピーカーから投げつけられる、揉《も》み合い、布を強く引っ張るような物音。

監視拠点の教室では、誰もが身動き一つしなかった。

〝二度と逆らえねえようにしてやるよ！〟

〝いや！　やめて……いやぁっ！〟

制服のボタンが引きちぎられる、ぶちぶちっ、という音が立て続けに、漂白されたような空気の前進拠点に、大きく響いた。ついでそれが床に落ちて、ぱちぱちと跳ねる音。

女性教員は身を震わせて頭を抱え、膝《ひざ》の上に上半身を伏せてしまった。

――まさか犯人が、自暴自棄になって人質に性的暴行を……？

「こちらＳ四〇一、四〇二から四〇七……！」土岐は咄嗟《とっさ》に、胸元の小隊用無線機のＰＴＴスイッチを入れ、押し殺した声で言った。「スタンバイ、スタンバイ……！」

「おい！」落合が低く叱責《しっせき》するように言い、土岐を睨《にら》んだ。「勝手な真似を――」

「ええ、解ってます。でも――」土岐は小声で答えた。「念のためです」

土岐にも、経験豊かな特殊犯主任が、物音だけを根拠にしての判断は危険だ、と言いたいのはよく解っていた。しかし、突然、凶器を振るって乱入してきた見ず知らずの男に、女生徒達は本来は安全であるべき教室に監禁され、心臓に恐怖というドライアイスを押しつけられている。それだけでも充分に過酷な状況なのだ。これ以上の苦しみを受ける前に、なんとしても救いたい。

落合に小さくうなずき返しただけでスピーカーに意識を戻した土岐の耳に、別の場所で待機している水戸が、無線で冷静な返信を寄越してきた。

「こちら四〇二、了解。スタンバイ」

土岐は息を詰めて、スピーカーから漏れる犯人と渡瀬唯月の揉みあう、手荒く衣服を引っ張る音や小さな悲鳴に耳を澄ませ続けた。落合も、その部下の特殊犯捜査の捜査員達も同様だった。

意識を集中して身動きひとつしない警察官達に囲まれて、椅子の上でうずくまった女性教員の背中は、ずっと震え続けた。

このまま状況が悪化するなら緊急突入《EA》すべきか……？　と土岐は眉を寄せた。性的暴行をしているなら、犯人は凶器を手放しているはずだ。だが――。

激しい衣擦《きぬず》れの音は、唐突に終わった。

土岐は落合と、顔を見あわせた。怪訝《けげん》な表情の落合と共に、なおも耳をそばだてたが、女生徒達のすすり泣きは続いているものの、犯人の渡瀬唯月への暴行を窺《うかが》わせる物音は消えた。

――逆らわないように脅しただけか……？

良かった、とふっと息をつこうとした土岐の耳に、再び犯人の男の声が聞こえた。

〝いいか、俺から離れるなよ〟ぞっとするほど感情のない声だった。〝俺が死んだら、離れたお前が悪いんだ〟

「人質を盾にするつもりか」落合は息をついて言った。「窓の目張りといい、やはり、狙撃されるのを、かなり警戒してるな」

「――かもしれませんね」土岐は腑《ふ》に落ちない微かな違和感を覚えながらも、落合に答えた。

〝欲しいものは……ない〟

「そうか、いまのところは大丈夫なんだね。なにか問題があれば、一緒に解決していこう」

土岐は、髪の薄くなりかけた頭頂部に汗を光らせる特殊犯捜査の来栖《くるす》管理官が、マイクを通じて、犯人へ穏やかに話しかけるのを見ていた。

お前は完全に包囲されている、無駄な抵抗はやめ、武器を捨てて投降しろ！……いまどきの警察は、こんな威圧的な台詞《せりふ》を、外からスピーカーでがなり立てたりはしない。犯人の心に入り込もうと努め、濃密なコミュニケーションをとるために、説得専用の連絡手段を用意する。今回の場合は、各教室にひかれたインターフォンを使っていた。

「ところで、周りにいる人達は元気かな」来栖は人質、という言葉をあえて使わなかった。人質交渉官は、人質や凶器といった、犯人を刺激する文言は慎重に避ける。

〝ああ……みんな元気だ。……ずっと泣いてるけどな〟犯人の声が、急に重く沈んだ。

「そうか、見てる君も辛《つら》いね。なら、そこにいる生徒さんの何人かを、こちらに寄越してくれないか」

〝辛かねえよ別に。……それによ、こいつらの辛さだって一時的なもんだ。こっから先はいい大学入って、いい会社へ就職して……。けどよ〟男は一瞬、言葉に詰まってから、吐き出した。〝……俺なんかずっと、いいことなんて一度もなかった〟

「そうか、君はこれまで一生懸命、生きてきたんだな」来栖は言った。「ここへ来たのは、それが訴えたかったからかな？　最初は放送室に行きたかったんだろ」

土岐は腕組みして聞き入りながら、犯人の口調に、わずかに首をかしげた。先ほどまでの粗暴さは影をひそめ、ひどく投げやりで弱々しい。

〝あるよ、言いたいことなら〟

男はぼそりと答えたが、急に心の堰《せき》が破れたように、言葉を迸《ほとばし》らせた。

〝ああ、あるよ！　俺をよくもゴミみたいに扱ってくれたな、って。学校のころ周りにいたクズ、社会で俺をなぶり者にしてくれたウジムシどもに、そう言いたかったよ！〟

来栖は男が心情を吐露するのに任せ、じっと耳を傾けている。

男はしばらくの間、ぜえぜえと喉《のど》を鳴らして、感情の昂《たか》ぶりとともに上がった息を落ち着けてから、ぽつりと言った。

〝……だから、関係ねえのに巻き込んだこいつらには、悪いと思ってるよ〟

「だったら、手にしてる物を置いて、そこから出てくるのも勇気だよ」来栖は気迫を込めて言った。「大丈夫、怪我した男の先生も女の子達も、みな元気だ」

被害者達が聞けば激怒するだろうけど……、と土岐は思う。状況はまだそれほど酷《ひど》くない、罪はまだ軽い、と伝えるためならば、これは充分、説得力のある方便だ。さあ、どう答えるんだ……？

〝そりゃ良かった。——ほんとに、そう思うよ〟男は静かに言った。〝けど、俺もこいつらも、ここから出て行くことはねえよ。……もう手遅れなんだ〟

「どういうことだ？　我々は君を助けたいんだ、君を撃ったりは——」

〝もういいか……？〟男は息をついた。〝俺は……、疲れた。放っといてくれ〟

土岐は、乱入時の激情と興奮が醒《さ》めたらしい犯人の言葉に、人質の危険がわずかでも少なくなったと安堵《あんど》する一方、犯人自身については、別の懸念を持った。

犯人の、あの投げやりな口調は、まさか……。


「なに？　自殺の兆候？」

現地指揮本部《げんちしきほんぶ》の、ＳＩＴ指揮車のマイクロバスの中で、捜査一課長、宮本《みやもと》が言った。

狭い車内に据えられたテーブルを、捜査幹部が取り囲んでいた。

そこで、来栖が報告を終えた直後だった。

「ならば説得で、投降か人質の解放ができるのではないか」福部《ふくべ》対策官も言った。

捜査一課には二人の理事官、つまりナンバーツーがいるが、うち一人は特殊犯担当のために対策官と呼ばれる。

「その可能性はありますが、自暴自棄な様子が気になります」来栖は、そう言って額の汗をぬぐった。

土岐は落合と並んで、車内の隅で所在なく話し合いを見詰めていたが、言った。「あの、ちょっと気になるんですが」

捜査一課幹部達が一斉に、若い小隊長に顔を向けた。

「なんだ」宮本課長が、消しゴム、と陰で呼ばれている大きな顔を引いて、促した。

「自殺の兆候がありながら、人質を解放しないのはなぜでしょうか？」土岐は言った。

「自殺するつもりなら、人質は必要ありません。しかし解放しない……、それはもしかすると、いまの犯人にとって、人質は死ぬ手段だからなのかも知れません」

「死ぬ手段としての人質、だと？」宮本が言った。

「ええ」土岐はうなずいた。「我々に強行突入させ、自分自身を撃たせるための。いわゆる、〝警察官による自殺〟です」

幹部達は顔を見あわせ、説得に当たってきた管理官を見た。

来栖は、可能性はある、という風に微かにうなずく。「〝人を殺して死刑になりたかった〟……そういう動機の犯人《ホシ》と、感触は似ています」

「面識もない女生徒達を巻き込んでか！」福部が吐き捨て、幹部達も憤懣の息をつき、視線をテーブルに落とした。

土岐もまた、本当にその通りだ、と思った。――いや、いまテレビの生中継で事件に注目している視聴者も事情を知ればそう思うだろう。それどころか、そんなはた迷惑な自殺志願者は望み通り射殺し、さっさと可哀想な女子高生達を救出して、事件解決すればいい、とさえ。しかし……。

「ふざけやがって……！」落合がうめき、となりから土岐を睨みつけた。「これだけの騒ぎを起こしといて、勝手にくたばられてたまるか！　ふん捕まえて、ひでえ目に遭わせた先生やあの子らに、土下座させて詫《わ》びさせるんだ！　そうだろ！」

「はい、もちろん」土岐も微笑み、大きくうなずいた。「我々は、警察官です」

警察官が現場で勝手に、被疑者に刑を科すのは赦《ゆる》されない。だから、射殺――〝無力化〟ではなく、制圧し逮捕する。それが生命財産保護に任じる警察組織としての、守るべき一線だからだ。

無力化よりも困難な制圧という手段を担う自分達は、だからこそ、日々過酷な訓練を積んでいるのだ。人質はもとより、たとえ犯人の命であれ、救える好機があるにもかかわらず救わないとすればそれは、自らの存在を、積み重ねてきた苦痛を、なによりも警察官であることの否定だった。

しかし、犯人を制圧逮捕するのは、無力化に比べて、人質の危険度が跳ね上がる。慎重な判断が必要であり、責任者の決断が必要だった。

「――解った」宮本が沈黙を破って口を開いた。「強行突入を検討してくれ。ただし、ホシは必ず生きたまま確保しろ。手前勝手な自殺の手段に我々を選んだのを、後悔させてやれ」

「そうか、断が下ったか」特殊部隊第一小隊、所沢《ところざわ》小隊長が言った。

校舎は三棟、川の字型に並んでいて、その真ん中の校舎一階の、最も外から窺えない教室。そこを使い、第一と第二小隊は突入に備え演習を繰り返していたが、それも土岐が姿を見せるまでだった。

「ええ」土岐は微笑んだ。「我々はＳＩＴ突入の陽動として、ウインドウエントリーを行え、とのことです」

「とはいえ」結城《ゆうき》第二小隊長が口を開いた。「マル対は思想的背景があるわけでも、銃器で武装してるわけでもない、か」

剣道体型の所沢と柔道体型の結城はヘルメットの下の顔を見あわせてから、怪訝《けげん》そうな顔になった土岐を、二人してじっと見詰める。

「なあ土岐小隊長」所沢が言った。「若い頃の苦労は、買ってでもしろっていうよな」

「……は？」土岐は眼を瞬《しばたた》かせた。

「何事も経験だしな」結城も相づちを打つ。「羨《うらや》ましいよ」

「まったくだ、代わって欲しいくらいだぞ」

所沢は、これで決まり、とばかりに土岐の肩をばしばし叩いた。

……なんて良い先輩達なんだ。土岐は、感激のあまり苦笑しながら、第四小隊のもとへ、校舎を走った。仲間達もまた現場の三年Ａ組と同じ階で、待機しつつ演習を繰り返している。

「みんな集まれ！」土岐は、第四小隊のいる三年Ｃ組の教室に走り込んで告げた。「突入が決まった」

　机を隅に寄せて、様々な想定で突入を検討していた第四小隊の面々は、すぐに動作をとめて、土岐の周りに集まった。土岐は、現地指揮本部での決定と、第一及び第二小隊長との〝お話し合い〟の結果を説明した。

「で、小隊長は引き受けちゃったと」甲斐がふっと息をつく。

「でもそれ、あれでしょ?」武南が言った。「ヘマした場合には、マスコミから突入はむしろ逆効果で、説得して解決すべきじゃなかったのかと、責められるからでしょ」

「やる前から、ヘマしたときのこと考えてどうする」と井上。「馬鹿たれ」

「やれやれ、若さへの嫉妬《しっと》だね」藤木が天井を見上げて呟《つぶや》く。

　間抜けな上司のおかげでとんだ貧乏くじを引かされた、という雰囲気になりかかったところで、牧場が、でも、と口を挟んだ。

「成功すれば、お手柄じゃないですか?」牧場は不敵に微笑んだ。

「そうだ」水戸が口を開いた。「それにだ、俺たちは即応突入小隊でもある。——忘れたのか?　最適の部隊が選ばれた、ただそれだけだ」

　水戸の、自分自身と部下達の実力を確信している言葉は、全員の背を自然に伸ばさせる、静謐《せいひつ》な力強さがあった。

　一瞬で緊張を取り戻した全員の表情に満足して、土岐は微笑んだ。

「そういうことだ」土岐は言った。「俺達が救い出す」

「成功すれば」水戸も口元だけで微笑む。「女子高生から感謝の手紙の一通も、くるかもしれん」

「なんか、さらにやる気が出てきましたよ」

「そういう不純なやる気はいらない」土岐は武南に言ってから続けた。「ただちに装備資機材の準備にかかれ！　それから、村上も直援狙撃要員《アサルトガナー》として参加させる。呼び戻せ！」

土岐は全員の顔を見渡して告げた。

「派手にやるぞ！　犯人が二度と、死にたいと思わなくなるぐらいにな」


〝現地指揮本部《げんぽん》から各局、警備部隊へ！……〟

土岐は無線からの指示を、校舎四階の外側、三年A組の窓の上で、十三ミリ径のスタティックロープ一本で身を支え、外壁にブーツの靴底を密着させた状態で聞いた。

屋上から延びたロープは、下半身に装着した褌《ふんどし》か相撲《すもう》のまわし状のラペルシートにカラビナで結着した、M2スライダー降下器を介して、土岐の全重量を吊っている。

〝……いまより二十秒後、突入に着手！　時計！……〟

――了解！　土岐は無線のスイッチを二度、鳴らした。

そして、外壁に足をついたまま、ニーパッドをつけた膝を屈伸させるのをゆっくりと繰り返す。足を曲げ伸ばしするたびに、頭上でロープが微かに、きぃっ……と鳴る。五十五キロの体重に加え、重い耐弾材《トラウマパッド》と防護鋼板《プレートアーマー》入り突入型防弾衣《ボディアーマー》に、各種装備の詰まったアサルトベストを重ね着し、三キロ弱のフリッツ型ヘルメットを着装しているせいだ。

〝十五！……十四！……〟

同じように壁に張り付いた水戸、甲斐、牧場も、土岐と同様の動作を繰り返している。だが突入装備携行員《ブリーチャー》の井上は、バールと金槌《かなづち》を合わせたような形状のフーリガンツールを構え、支援員《バックアップマン》の藤木と武南も、即座に行動を起こせるように互いの呼吸をはかっている。真喩はただひとり、特殊部隊の象徴ともいえる五型機関拳銃《MP-5》を携行していたが、黒い出動服の上にアサルトベストを着けただけの軽装だった。

〝十秒前！　九、……八……！

土岐は、秒読みに合わせて膝をのばす角度を少しずつ大きくしてゆく。頭をすっぽり覆ったノーメックス製目出し帽《バラクラバ》の粗い生地を通して呼吸を繰り返しながら、ゴーグル越しに、足下の、紙で目張りされた窓を、黒い出動服に包まれた足の間に見詰め続ける。動作のたびに、トランポリンで跳《は》ねるように、膝を曲げ伸ばしした分、外壁が近づき、また離れる――。

〝三……二……〟

土岐は、あらゆる欲望から解放されている自分を感じる。研ぎ澄まされた意識の切っ先は、任務達成だけに向かってゆく。

——俺は、猟犬。

〝一、ゼロ！　行け！〟無線が叫んだ。〝ゴー、ゴー、ゴー！〟

——いくぞ！　土岐たち八人は、一斉に壁を蹴《け》った。

土岐は外壁からふわりと離れた、振り子のような状態の中空で、井上がフーリガンツールを振り下ろし、窓ガラスを一撃で叩き破るのを視界の端に捉《とら》える。だが、藤木と武南が手首にスナップをきかせて、円筒形の閃光弾《フラッシュバン》を、人質の悲鳴が噴きだす、窓ガラスに開いたギザギザの穴に投げ込むのは見えなかった。

それは自分のアサルトブーツの爪先が、寺の鐘を撞《つ》く丸太のように、窓ガラスへと突き進んでゆくのを目の当《ま》たり《あ》にしていたからだ。

投げ込まれた閃光弾が教室内で炸裂《さくれつ》した。

土岐は、目張りの紙を貫いた青い烈光を避け、眼を一瞬だけ閉じる。そのまま、慣性の法則に従って、炸薬の咆哮《ほうこう》と爆風で内部からびりびりと震える窓ガラスを、次の瞬間、丈夫だがしなやかな靴底と百キロちかい重量で、突き破った。

窓ガラスが無秩序な破片となって砕け散るなかを、土岐は、剣のように尖《とが》ったガラスに縁取られた、鮫《さめ》の口じみた穴を、わずかに顎《あご》を引いて顔を庇《かば》っただけですり抜けた。

侵入した教室内には、煙が充満している。

土岐の降り立ったのは、押し流されたように窓際に寄せられていた机の上だった。……分厚い靴底にガタガタした不安定な感触が伝わってくる。かまわず踏みしめて足場を得ると、M2スライダー降下器の安全装置を解除して、一挙動でロープを身体からはずした。

水戸ら六人も、ほぼ同時にガラスの破片を踏んで、机の上に黒い姿を現している。

真喩だけは、万一の状況に備えて窓枠にまたぐように両足をかけてMP－5を構えた。

「警察だ、その場から動くな！」土岐は怒鳴り、教室内を素早く見渡した。

閃光弾の炸裂の名残が薄い霞《かすみ》になって漂うなか、机は廊下側の壁に寄せられ、教室の床の真ん中が、まるで儀式の場のようにぽっかり空《あ》けられている。

人質の少女達は、教室の後部に集められている。

そしてマル対は――犯人は黒板の脇、インターフォンの近くにいた。手にインターフォンの受話器と大型のナイフを持ったまま背を丸め、激しく咳《せ》き込んでいる。

SITの策に、まんまとおびき寄せられたのだ。

と、次の瞬間、犯人と同じ教壇側の出入り口が開くと同時に、SITの突入班が、手に手にポリカ製の盾をかまえて雪崩れ込んできた。

「警察だ、警察だ！　大人しくしろ！」

「抵抗するな！」

奴はSITの獲物だ。土岐は自らの任務を果たすべく、水戸達の先頭を、犯人とSIT

とは反対の方向へと、机から床へ飛び降りた。

ぽっかり空いた床の隅で、人質の少女達が、身を寄せ合って震えていた。ほとんどの少女は閃光弾の轟音《ごうおん》と光で床に伏せて震えていたが、中には驚愕《きょうがく》のあまり立ち尽くしている子もいた。

「もう大丈夫だ！　警察だよ、助けに来た。……さ、立てる？」

土岐は片膝をつき、へたり込んでいた少女のほっそりした肩を、脇から抱え起こした。

その少女は土岐の腕の中で、白いうなじを見せてうつむけていたが、やがて顔をのろのろと上げた。そして、まだ首の据わらない幼児のような仕草で、土岐へ顔を向ける。

土岐は思わず、少女を支えたノーメックス製のグローブをはめた手をはなしかけた。

それは、少女が、頰の線はゆるやかなのに目鼻立ちのはっきりした顔だちで、この年齢にして、すでに確立したといってもいい美しさを持っていたからだった。埃の薄化粧さえ、それを際立たせて見せるほどの。とくに、柔らかな弧を描きながらも、不思議と理知的な唇に目を奪われた。

「マル被を確保！」背後で落合の怒鳴り声が聞こえた。「……てめえ、大人しくしろ！」

「あ……ごめん、立てる？」土岐はその声で気を取り直すと、いま抱えている少女が、犯人に抗議した渡瀬唯月だと気づいた。

「小隊長」水戸が眼鏡をかけた少女を支えながら言った。「人質八名、目立った外傷なし」

「よし、連れ出そう！」土岐は渡瀬唯月の腕に力を込めた。

教室の後ろ側の入り口は机で塞《ふさ》がれている。土岐達は人質を伴って、教壇側の、落合らSITが突入してきた引き戸へとぞろぞろと向かった。

犯人の男は床へうつ伏せに押さえつけられ、数人の黒い捜査員達がのし掛かっている。男の坊主頭だけが見えているせいで、まるで、甲羅の大きすぎる亀に見えた。

土岐は、その大亀のそばを、人質を連れた列の先頭で行き過ぎようとして視線を感じ、そちらを見た。

男が頭だけもたげて、じっとこちらを凝視している。

――なにを見てるんだ……？

後悔や、まして許して欲しいという贖罪《しょくざい》の目ではない、と土岐は思い、足が止まった。男の眼には……、なにかこの場にふさわしくない、奇妙な表情が浮かんでいる。

「馬鹿野郎！　なにやってる！」落合が男の背を膝で押さえたまま、土岐に怒鳴った。「立ち止まるな、はやく連れてけ！」

土岐は落合の怒声にかかわまず男の視線をたどって、頭を巡らせた。男が視線を据えているのは――

自分の腕に支えられている、ぼんやりした表情の渡瀬唯月だった。

それになんでこの子を、あの男はそんな目で見るんだ……？　犯人からすれば生意気な態度をとったせいか。しかし恨《うら》んでいる目つきでもない。

――おかしい、……まだ終わってない。あの男は、何かを隠している……。

「四〇八！」土岐は村上真喩を呼んだ。「この子の身体を調べろ！」

「馬鹿野郎、なに考えてやがる！」落合が苛立《いらだ》って吼《ほ》えた。「そんなのはここから出てからでいい！　閃光弾を使ったんだ、火事の可能性はゼロじゃねえ！　おら、後ろのお前らもボサッとすんな！」

水戸を始め第四小隊の面々は動かなかった。バラクラバからのぞく目はどれも、落合のごくまっとうな指示を明確に拒絶し、土岐を守るように集まった。

「了解」真喩は抱えていた少女を武南に預けると、タクティカルスリングで吊ったMP－5を背中に回し、土岐の支えた渡瀬唯月へ、抱きつくようにして服の上から調べ始めた。

「馬鹿が」落合が顔をそらして吐き捨てた。「なにが見つかるって――」

「小隊長……！」真喩が渡瀬唯月の背中に手を回したまま手を止め、目を見開いて土岐を見上げた。「背中になにか、……あります！」

「なに？　ほんとか」落合が怪訝な顔をした。

「上着を脱がせて調べろ」土岐は命じた。

真喩が、ぼんやりしたままの渡瀬唯月の制服のショートジャケットを脱がせた。すると、はずれたボタンの代わりに安全ピンで前を合わせたシャツのうえに、背中から両肩にかけて襷《たすき》のように回された太いベルトがあらわれた。

　校則で定められている服装とは、とても思えなかった。

「それはなんだ？」土岐は渡瀬唯月の背中の、ベルトがX字に交差した、肩胛骨《けんこうこつ》と肩胛骨の間を見て言った。

そこには、部品を手製で組んだらしい電子機器がベルトに固定されていた。

「なにこれ……」元通信技官の真喩が呟いた。「何かの発信装置に見えますけど……？」

「発信装置……？」土岐もじっと渡瀬唯月の背中のものを見詰めたが、それは手の平より小さく、携帯電話より薄い。危険な物には見えない。

——ではなぜ、男はあんな目でこの子を見るんだ……？

〝俺が死んだら、離れたお前が悪いんだ〟

そうか……！　土岐の脳裏に答えが閃《ひらめ》いた。そうか、そういうことか。

これが男の当初からの目的だったのだ。窓を目張りさせたのは狙撃を警戒した訳ではなく、この手製の装置を女生徒の誰かに装着させるのを外から見えないようにするためだったのだ。さらに、人質をひとりも解放しないと告げたのは、このことが人質の口から我々に漏れないようにするためだった。

なにより、男が女生徒——渡瀬唯月に離れるな、と言ったのは、銃弾の盾にする為ではなかった。離れたら自分は死ぬ、と言ったのも、言葉どおりの意味だったのだ。

「お前、なに持ってる」

　土岐は一瞬で太股のレッグホルスターから拳銃――使い込まれたＰ７を抜き、床から頭をもたげたままの男の額に、ぴたりと銃口を向けた。

「この子が離れると、爆発する仕組みだな？」

　土岐がそう告げると、見守っていた男は喘《あえ》ぎ、絶望したように目を閉じ、持ち上げていた頭を床に落とした。

　爆発、と聞いた途端、男を取り押さえていた落合ら捜査員達は、えっ、と声を漏らして腰を浮かせかけた。

「そのまま仰向《あおむ》けにしてください。ゆっくり」土岐が拳銃を構えたまま告げた。

　落合らはこれまで手荒に扱っていた男を、急に鄭重《ていちょう》な手つきで仰向けにした。諦《あきら》めたのか、されるがままになっている男の背広の前合わせがはだけられ、落合がワイシャツの胸をまさぐった。

　が、すぐに左胸、心臓のあたりで手を止めた。

「ここに、何かあるぞ……！」

　そして、ワイシャツのボタンが外されると案の定、渡瀬唯月に着けられていたのと同じような電子機器が、アンダーシャツに縫い付けられていた。

　ただ一つ、渡瀬唯月のそれと決定的に違っている点があった。それは、コードで板状の爆発物と繋《つな》がっていたことだった。

土岐たちが人質を連れて出た廊下は、爆発物発見の報告で騒然としていた。

宇宙服のような防爆防護服で着ぶくれした隊員と、それより簡易な防爆服姿の隊員が土岐たちと入れ違いに教室へと入ってゆく。要請を受けた第一機動隊第一中隊第一小隊爆発物処理班、通称〝S班〟の隊員達だった。防爆盾やX線撮影装置を運ぶ隊員らが続いてゆく。

「もう大丈夫だ、安全だよ」土岐は廊下を支えて歩きながら渡瀬唯月に声をかけたものの、ふと気付いて付け足した。「と、言っても、まだ耳が聞こえないか」

「……あ」渡瀬唯月は、わずかに開いた口から、声を漏らした。

「ん？　聞こえる？」

土岐は少女の顔を見た。ぼんやりした表情にも、覚束《おぼつか》ない足取りにも変化はなかった。

「無理しなくていいからね」土岐はできるだけ優しく告げた。

閃光音響弾《フラッシュバン》の大音響と閃光は、土岐達でさえ慣れようがないほど凄《すさ》まじい。さらに人質にされた上、自殺の片棒を危うく担がされかけたのだから、無理もない。

「それにしても」土岐は呟いた。「妙なことを考える奴がいるもんだ」

ふっと息をついた土岐の耳に、かすれた小声で渡瀬唯月が囁くのが聞こえた。

「——あんなオリジナリティなんて……」

「え？」土岐は少女の横顔をのぞき込んだ。

渡瀬唯月の口から直《じか》に聞いた初めての肉声だが、表情はぼんやりしたままで、土岐には自分に向けられた言葉だとは、確信できなかった。

「……いらない」渡瀬唯月は、ぽつりと言葉を切った。

「ああ、まったくだね」土岐はとりあえず同意した。


暗い部屋に、ノートパソコンの青白いディスプレイの光りだけが浮いていた。

画面には、空から地上を撮影した映像が映し出されている。校舎らしい数棟の建物がミニチュアのように並び、それを取り囲んでたくさんの警察車両が停まっている。まるで、菓子にたかる蟻《あり》のようだった。

カメラの焦点がズームすると、機動隊員に抱えられた女生徒達が、次々と救急車に運ばれてゆく。

篤恩女子校に立て籠もった犯人が逮捕された直後の、中継映像だった。——

犯人をあそこに導いたのは、私だ。私の声だ。

私の声は、優しく冷たく……甘い。

そして、人を動かす力がある。今回の女子高占拠事件で、それを確信した。

私はこの声で、この力で、多くの人の欲望を叶《かな》えさせてあげたい。
それが私の望みだ。
私は――〈蒼白の仮面〉。

第二話「回路」

「〈蒼白の仮面〉……？」土岐悟は呟いた。

「そう供述してるよ」

相手の、二十八歳の土岐と同年齢の男はうなずいた。

東京都郊外、立川市。そこに広大な敷地を占める機動隊総合訓練施設の奥深くに設置された、警視庁特殊部隊《SAT》隊舎の屋上だった。

隊舎を周囲から隠すように木立が並び、その萌《も》え始めた若葉を揺らして、暖かい春風が吹いていた。

土岐は、気を抜けば眠ってしまいそうな優しい風に、汗のたっぷり染みたツナギの黒いアサルトスーツの上だけを脱ぎ、両袖を腰で結んだTシャツ姿で、細身の上半身をさらしていた。

土岐は警察幹部というより、汗の臭いを発散させる、工事現場の肉体労働者にしか見えなかった。……それとは対照的に、相手の男はしみ一つ無いワイシャツに、背広を端正に着こなし、鼻につかない程度に香水の匂いまで漂わせている。顔立ちも鼻筋の通った、全身これ好青年の見本、といった感じだった。

土岐と男の身なりの差は、そのまま立場の違いでもあった。

「で、その〈蒼白の仮面〉ってなんだろう」土岐は景色に眼を向けたまま、抑揚無く尋ねた。

「ま、いうなればインターネット上の、犯罪マニアの集まる闇《やみ》サイト、ってところだね」

背広を隙《すき》無く着込んだ男、五反田篤志《ごたんだあつし》は、土岐の無味乾燥な返事に構わず、説明を始めた。

「大量殺人、猟奇犯罪、爆弾テロ……。そういった犯罪者らを崇拝する連中のサイトだ」

「そういうの、多いらしいね」

日々膨大な情報が流れては消えてゆくネットワークの海の片隅、ある種の人間達の暗い情念を反映する澱《よど》みのような場所……。

土岐はインターネットに詳しくはなかったが、そういった犯罪サイトの存在は、聞いたことがあった。

「まあ、それだけなら珍しくはない。だが――」

五反田は口調を変えた。「このサイトが悪質なのは、興味本位でアクセスしてきた連中に、管理人が犯罪を唆《そそのか》している点だ」

「確かに悪質だけど」土岐は問い返す。「唆されたからって、そう簡単に一線を越える奴がいるのかな？　捕まれば一生が台無しになるのに」

「〝人を殺してみたかった、誰でも良かった〟……あいまいな動機で、とんでもない事件を起こす奴もいる。いや、むしろ増えてる」

「それにしたって」土岐は、はっと息を吐いた。

五反田は妙に得意げに言葉を並べてゆく。「たしかに唆しただけでは、相手が踏みとどまったり、心変わりする可能性は高いさ。だが――」

五反田は土岐の反応を窺うように言葉を切ってから、また続ける。

「――だが、この〈蒼白の仮面〉の巧妙かつ悪質な点は、実行犯の背中を押すだけじゃなく、具体的な計画や実行に必要な情報まで提供してるところだよ。つまり、一旦承諾した相手に、〈蒼白の仮面〉は考え直す余裕をあたえず、その気にさせるってわけだ。……先日の事案でも、被疑者に、学校内の見取り図や教職員室の場所まで教えてる」

「だったら刑法の教唆罪《きょうさ》が成り立つはずだ」土岐は前を向いたまま言った。「管理してい る奴を検挙すればいいんじゃないかな」

「もちろん捜査はしてる」五反田は何故《なぜ》か楽しげに言った。「だが、それは難しい」

「難しい？　難しいって、どうして」土岐は初めて五反田に向き直った。

五反田は得意そうに顔をそらす。「確かに、サイトへのアクセスログをたどって接続プロバイダーを特定すれば、管理人を検挙できる。普通ならね」

「なら――」土岐は苛立《いらだ》ちを隠して言った。

段々と、五反田の勿体《もったい》つけたもの言いにいらいらしてきている。

「管理人は……、まあ〈蒼白の仮面〉と呼ぼうか。そいつは契約した通信事業者を通じてじゃない、違法に第三者のアクセスポイント、……無線LAN親機へ不正侵入《ハッキング》して、サイトにアクセスしてるんだ」

「俺は詳しくないけど」土岐は言った。「匿名が売りのインターネットとはいえ、完全な匿名は難しいと思ってたんだけど……。そんな方法があるとはね」

「おそらく無線LANアダプタを使ってるんだろうな。これだけ企業や家庭に無線LANが溢れてるんだ。なかにはセキュリティの甘いWEP方式を、まだ使ってるところも多いだろうしね。ネットを捜査して遡《さかのぼ》っても、たどり着くのは無関係な第三者さ。おまけに、無線LANアダプタは、無防備なアクセスポイントに数キロ範囲のどこからでも不正侵入、つまりハッキングできる。特殊な探知機を使わなければ、特定は困難だそうだ」

「そこまで考えてるってことは」土岐は考えながら言った。「確信犯、って訳か」

「僕も閉鎖される前にサイトを見たけどね」五反田は言った。「頻繁に書き込んで、〈蒼白の仮面〉に煽《あお》られてる奴の中には、かなり危険な兆候を感じる奴がいるのも確かだ」

土岐は、春風の上等な絹のような感触に頬を撫《な》でられて、顔を上げた。……旧陸軍の広大な飛行場のあった名残で、土岐たち特殊部隊本部のある機動隊総合訓練所をはじめ、第四機動隊、第八方面本部など、警察関係施設が点在する武蔵野台地上に広がる空は、ぽっかりと日本晴れだった。

その雲一つ無い空から、ヘリコプターらしき爆音が遠くから聞こえた。近傍にある警察関係施設のひとつ、警視庁航空隊飛行センターに帰投する機体だろうか。

土岐は束の間、ヘリの爆音に耳を澄ませてから、世はなべてことも無しってわけにはいかないらしいな、と思った。

第二、第三の犯行が起こる可能性がある……。正体不明の〈蒼白の仮面〉に後押しされた、おそらく〈蒼白の仮面〉とは、直接会ったこともない実行犯の手で。

「で、こないだ女子高に立て籠もったのも」土岐は顔を前に戻した。「〈蒼白の仮面〉の常連で、そういう危険な連中の一人だった、ってわけだ」

「ああ」五反田は、また楽しげな表情になった。「八代大樹《やしろだいき》、二十六歳」

八代は、茨城県の電気系専門学校を卒業後に上京したが、折からの不況で就職先が決まらなかった。それから六年間、不安定なアルバイトや派遣会社を転々としていた。そして先月、派遣されていた食品加工会社の都合で解雇が決まると、社員寮からの退去を申し渡され、仕事だけでなく住む場所さえ失ったらしい。

八代大樹は、着の身着のまま、わずかな所持金を懐に、職を求めては拒絶されるのを繰り返しながら街をさまよい、ネットカフェで寝泊まりする生活の末に……、見いだせない希望の代わりにインターネットの冷たい迷宮で〈蒼白の仮面〉を見いだし、そして、魅入られてしまったのか。

――差し出されたのは救いの手ではなく、自分を拒絶し続けた世間への復讐《ふくしゅう》を正当化する、〈蒼白の仮面〉の免罪符だった、てことか……。

八代だけでなく、そういう気の毒な若者が増えている、と土岐は小さな息をついて思った。

出口の見えない……、いや、出口があるのかどうかさえ疑ってしまう、長い不況。海の向こうから押し寄せた欲望《グローバルスタンダード》を野放しにする国の価値観に乗り掛かった結果、この国は、弱い立場の人間を、ますます不利な立場へと押しやる社会になった。くわえて、もはや既得権益にがんじがらめにされたこの国は、変えようがない――という、暗渠《あんきょ》のような閉塞《へいそく》感だ。

さらに、自分が勤め先でも社会でも、正当に認められていないという不満、苛立ち。それら負の感情に溺《おぼ》れてしまった人間が、無差別な犯行を実行してしまう。溜《た》まりに溜まった鬱屈《うっくつ》を、些細《ささい》な憎しみで爆発させて。八代大樹も事件を起こさなければ、そんな寄る辺《よべ》ない生活に鬱屈しながらも生きる若者の一人に過ぎなかっただろう。

普通の一般市民であった人間が、テロリズムの実行犯へと変貌する多くの原因には、貧しさや困窮が関係する。

だからこそ、対テロ要員である土岐は、自分達には事件ごとにテロリストの制圧はできても、テロ事件そのものを撲滅することはできないと解っている。

――しかし、制圧し続けるしかない。次の犯行を起こさせない、抑止力となるために。

ふと、心にやりきれなさが湧いた土岐の耳に、ヘリの爆音が近づいてくる。

「酷いな」土岐は、空をちらりと見上げてから、ぽつりと言った。「それが罪を犯してもいいって理由には、ならないけど」

土岐は、制圧の際に眼にした、八代大樹の絶望した表情を思い起こしていた。八代が世間にささやかな居場所さえ持っていれば、自分が拳銃を向ける事態は避けられた筈《はず》だ。

「ま、よくある話だよ」五反田は無味乾燥に答えた。「街にはそんな連中が、掃いて捨てるほどいるだろ」

――〝俺はそういう連中とは違う〟、とでもいいたいのか？

土岐はわずかにしかめた顔をそらした。なにしろこいつは、〝僕はひとを羨ましいと思ったことがない〟が口癖だった男だ。

「実際、お粗末な犯行だったじゃないか？」五反田は、土岐の心中に頓着《とんちゃく》せずに言った。「最初は、生徒を人質に、占拠した放送室から日頃の不平不満をスピーカーで盛大にぶち上げるつもりが、玄関で男性教諭に斬りつけてパニック。滅多やたらと凶器を振りかざして走り回った挙げ句、予定外の教室で籠城だもんな。質が低すぎるよ」

じゃあ、もっと上手《うま》くやれ、とでも激励したいのかこの馬鹿、と土岐は内心で毒づく。けれど、顔は竿《さお》先を見ている釣り人のような表情だった。

「だが、注目すべき点が一つあるんだな、これが」五反田は薄く笑った。

「注目すべき点？」土岐はちらりと横目で見た。「なんだいそりゃ」

「さっき言ったとおり、八代大樹はサイトの常連だった。かなり病み方の深い、な。……〈蒼白の仮面〉は、八代に〝あんたは自分で思ってるようなちっぽけな人間じゃない〟とかなんとか煽りながら、〝あんたの正しい意見を出来るだけたくさんの人間に広めるために〟、と篤恩女子高を標的にするよう八代に奨《すす》めたんだが――」

「主義主張を訴えたいやつの、目標の選び方としては、間違ってない」土岐は言った。

「なにしろ前代未聞の女子高立て籠もりだから、マスコミが大挙して駆けつけてくる」

「事実そうなったが、注目すべきはそこじゃないんだよね」

いい加減にして欲しいな……と土岐はまた苛立ちかけたが、表情に出せば五反田を余計に喜ばせるだけなので、顔には出さない。

五反田は充分に焦《じ》らす間をおいてから、口を開く。「確かに〈蒼白の仮面〉は思惑どおり八代に犯行を行わせたが、想定外のことが二つ、あった。さっき言った放送室を占拠できなかったのが一つ、もう一つは――」

「も、もう一つは……？」

いい加減にしてくれよ……。土岐は表情こそ平静を装っていたが、こめかみには青筋が浮き、胸のなかの破裂しそうな忍耐を抑え込んでいるせいで、声が裏返る。

「身につけてた爆発物だ」五反田は、ことさら感情を消して言った。

「……へ？」土岐の胸で、破裂寸前だった感情が即座にしぼんだ。「あれは、〈蒼白の仮面〉の計画には無かったのか」

「ああ、無かった」五反田はうなずいた。「これがどういうことか判るか？〈蒼白の仮面〉に教唆された犯行が今後も続くとして、サイトにアップされた計画通りになるとは限らない、ってことだ。計画とは別に、実行犯が思わぬ隠し球や落とし穴を用意する可能性がある。今回みたいにな」

なるほど、土岐は納得した。人間とは、たとえ犯罪であれ改良を施さないではいられない生き物、という訳か。向上心の誤った使い方だ……。

「現場でなにが起こるか判らないのは、いつものことだ」土岐は言った。「どんな事案であれ、俺たちは常に、現場が最悪の状況に陥ってるって前提で対処する。〝悲観的に準備し、楽観的に実行する〟のが基本だから」

「いい心がけだ」五反田はさらさらした口調に、わずかな傲慢《ごうまん》さを滲《にじ》ませていった。「でも、現場でなにかあると、本部のこっちにも影響があるんだよね」

結局いいたいことはそういうことか……。土岐はそう思ってうんざりしたが、口から漏れたのは気の抜けた苦笑だった。

上空から聞こえるヘリの音は、いつの間にか、繋がった重低音ではなく、バッバッ……とローターが空を切る音が聞き分けられる程になっていた。

「なんだ、その顔は」五反田の表情が強張《こわば》る。「こっちは週末を潰《つぶ》して、わざわざ知らせに足を運んでやってんだぞ」

確かに今日は土曜日だけどね、と土岐は思う。親切心だけで、五反田がやってきてくれたわけではないのは間違いない。それに、土岐の顔を見ての第一声が、「いや、ほんとに立川は遠いね。桜田門の本部からずいぶんかかったよ」と颯爽《さっそう》としたなかに充分な嫌味をまぶしたものだった。それに、わざわざ足を運んだとは言っても、乗り心地のいい管理官公用車の後部座席で、ふんぞり返っていただけだろうに。

五反田篤志警視は、土岐と警察庁入庁同期だった。

そしてそれだけでなく、土岐が警視庁特殊部隊の前身、第七特科中隊へ配置される切っ掛けを作った張本人でもあった。

警察上層部は、ある事件でのキャリア幹部と五反田の失態で渦巻きかけた、現場警察官の怒りの矛先をそらすため、土岐をいわば人柱《ひとばしら》として選び、日々過酷な訓練に明け暮れ、出動すれば極度の危険にさらされる特殊部隊に投げ込んだのであった。

危険な任務に就くのはノンキャリアだけではない、と喧伝するためだけに。

つまるところ、上層部はこう結論したのだろう。——と、土岐は組織内の利害関係や思惑に関しては、ステゴサウルス並みに回転の悪い頭で思い至った。

同期で有望株の五反田と、末席を汚《けが》しているだけの自分とを、上層部が天秤《てんびん》にのせただけだ、と。

けれど土岐は、自分の推察に納得したのだった。……上層部の思惑がどうであれ、自分は特殊部隊に居場所を見つけた。だから、自分に出来ることを精一杯やるだけだ。そう思い、仏道を求める修行僧じみた明快さで毎日を生きている。……もっとも、寝室で妻の美季の柔肌《やわはだ》を求めるときは、釈尊だって奥さんも子どももいたんだもんなあ、と言い訳するが。

むしろ納得できないのは、失態の禊《みそ》ぎを地方への転出で済ませたあと、警視庁警備部警備一課の警備実施担当管理官に返り咲いた、五反田の方かもしれない。

親しげに振る舞ってはいたがその実、腹の底では見下し、軽んじていた同期の貧相な男が、優秀な自分の犠牲になるのは当然だ。けれどその男はやけにもならず、それどころか逆に生き生きと、放り出された現場で走り回っている。まるで、自分への不当な処分のおかげと言わんばかりに。

——僕の躓《つまず》きで幸せになる奴は、絶対に認められない……。

……と、空の遥か彼方《かなた》から響いていたヘリの重く低い爆音がさらに近づいて来る中、土岐はプライドの高い五反田の心の内を、このように想像していた。

「生まれつきなんだ、へんな顔は」土岐は真面目な表情をつくって言った。

まあ、美季のように、悟さんて見ようによっては男前ね、と言ってくれる奇特なひともいるけど、とふと思った。褒め言葉になってないぞ、と抗議すると、けなしてもいないでしょ、と美季は笑ったものだったけど。

「まあ、知らせてくれたのは、ありがとう」

「顔が変なら、せめて頭だけでもまともに使えよな」五反田が、スポーツマン風の爽《さわ》やかな口元から、胸の中身を晒《さら》すように、どす黒い口調で吐いた。「お前も、お前の寄せ集めた四小の連中も、これまでは被疑者の質が低かったおかげで、不祥事を起こさなかっただけだ。それは自覚しとけよ、ん？」

土岐は細身の背筋を伸ばすと険しい表情で、背丈はほぼ同じながら、肩も胸も厚い五反田の真正面に向き直った。五反田は薄ら笑いを浮かべ、反らした顔で平然と見返す。

その時――――、微動もせず屋上で対峙《たいじ》する二人の上空を、警視庁航空隊のヘリが高速で通過してゆく。

最高潮に達したエンジンの爆音が、屋上で動かない土岐と五反田へ、スコールのように降り注ぐ。

ヘリが辺りの空気を震わせて飛び去るまで、土岐と五反田は互いに目を逸《そ》らさなかった。

「五反田、あんたも覚えとけ」土岐は五反田の眼を見据え、吹き出しかけた怒りを抑えながら口を開いた。

妻の美季と過ごすよりも長い時間を、部下達、いや仲間とともに厳しい訓練をこなしてきた。そして、現場では折り紙付きの危険の中で、命を預け合っている。それを、こいつは……！

「俺のことはどうとでも言えよ、どうせ変な顔だ。……でもな、部下達のことを――」

「お話し中失礼します。小隊長」ヘリの爆音の余韻が次第に遠ざかるなか、呼びかける声がした。

もつれていた糸がほどけるように、互いに視線を逸らした土岐と五反田が振り向くと、屋上の入り口に、水戸が立っていた。

土岐は、口数は少ないが常に適確な補佐役の姿を眼にした途端、怒りが心のどこかへしまい込まれていくように思った。それは多分、羞恥《しゅうち》心のせいだろう。

ただでさえ指揮官としては未熟な自分が、水戸の前で、個人的な感情で醜態をさらしたくなかった。それは、階級上の上司としての見栄ではなく、水戸が向けてくれる気遣いや忍耐、それと、ささやかな信頼と呼べるものを裏切りたくなかったからだった。

「ああ、……副長」土岐はふっと息をつき、肩を落としていった。「なにか？」

「はい、飯です。――村上が、今日のは自信作なので、冷める前に来て欲しい、と言ってます」

冷めると余計にすごい味になるって意味じゃないだろうな、と土岐は内心身震いした。

「やあ、水戸副長。ご無沙汰ですね」五反田が、寄せ集めのひとりへかけたとは思えない

ほど、快活な声をかけた。

「五反田管理官もお元気そうで、なによりです」

土岐は、この明敏な副指揮官が雰囲気から察していないはずはない、と思った。けれど、

それをあえておくびにも出さない涼やかさに感謝した。

土岐は、処世術としての爽やかさを見事に演じる同期の有望株に、じゃあ、と短い挨拶

を残してさっさと離れ、屋上に置き去りにすると、水戸を促し屋上から屋内に入った。

「……副長」土岐は階段を下りながら、ぽつりと言った。「すいません」

「プライドの高い人は、自分が羨んでるのも認めたくないんでしょうな」水戸は土岐に続

いて階段を下りながら言った。「それで、小隊長が羨ましいという珍しい方は、なんの用

事で」

「詳しくはみんなにも話しますが――」土岐は先に階段を下りながら、背後の水戸に片頬

を向けた。「ネット上で、犯罪を煽りたててるやつがいるらしいです」

〈蒼白の仮面〉か……。土岐は前に向きなおりながら思った。

［匿名希望さん：やっぱ大量殺人は犯罪の華だよな」
［匿名希望さん：日本犯罪史上最大のスターはウメカワ」
［匿名希望さん：いやトイムツだろ。トイムツ最高！」
［匿名希望さん：トイムツって誰？」
［匿名希望さん：ググれカス！」

……〈蒼白の仮面〉は、ノートパソコンの画面を見詰めていた。
ぐちゃぐちゃと音をさせて口の中のものを噛むのをやめて、かわりに口元に満足げな笑みを浮かべる。黒く汚れた歯が剝きだしになった。
休日の土曜とはいえ、昼間にもかかわらず、サイトは盛況だ。
前のサイトは、警察がプロバイダーに要請したらしく削除された。だが別のアクセスポイントに無線LANアダプタを使って侵入し、別のサーバーにサイトを再開した途端、めざとく常連たちは見つけて群《む》れ集《つど》ってきたのだった。

［匿名希望さん：ところで篤恩女子高立て籠もり犯がここの住人だったのは既出？」
［匿名希望さん：あれはすごかった。警察はSATまで投入したらしい」
［匿名希望さん：よほど慌てたのかも。なんせ現場が女子高だし」

[匿名希望さん：いやもしかして、女の園だけに、籠城した教室はすんごいことになってたんじゃね？　被害者の女子高生たちは、犯人にあんなことやそんなことをされたらしいぞ」

[匿名希望さん：俺もヤリてぇー！」

そんな訳ねえだろう、馬鹿か？　おめえらはよ。〈蒼白の仮面〉は嫌悪感を込めて、胸の内で吐き捨てた。もっとも、ここに吸い寄せられる人間の想像力など、その程度のものだ。

思い込みが激しいうえに無責任なので、自分達の妄想を根拠に、勝手に盛り上がってくれる。おまけに、自分をすこしでも賢くみせて優越感に浸りたいのか、現実的な手段でやり返される恐れのないのをいいことに、他者を一方的に罵倒《ばとう》するのが好きな連中でもある。

――ほんと、退屈な連中だよな……

それにしても、と〈蒼白の仮面〉は画面を眺めながら思った。

現場にいたのは、やはり警視庁SATか。まあ、〝祭り〟のシメを演じてくれたわけで、感謝しないではなかったが、それだけじゃなく……。

[漂流者さん：〈蒼白の仮面〉さん、おられます？」

掲示板に新たな書き込みが表示された。その途端、〈蒼白の仮面〉はぼんやりと口にチョコレートを運んでいたのをやめ、椅子に座り直す。

来たきた……！　悦《よろこ》びが電流のように奔《はし》った背筋をのばし、キーボードに手をおこうとして、指先についたチョコレートに気づく。びちゃべちゃ……、と不快な音をさせて指先を舐《な》めてから、〈蒼白の仮面〉はキーボードを叩いた。
［〈蒼白の仮面〉：漂流者さん、こんにちは。ずっとお待ちしてましたよ］
神降臨！　と馬鹿騒ぎの始まった掲示板から、〈蒼白の仮面〉はハンドルネーム〝漂流者〟を、チャットルームに誘導する。
［漂流者さん：自分、また仕事を変えなきゃならないようなんで］
〈蒼白の仮面〉は、それからしばらくの間、〝漂流者〟の仕事上の悩みや人間関係の困難さを訴える訥々《とつとつ》とした書き込みを、あくびをこらえて流し読みした。他人の仕事になど興味も無かったし、解るだけの経験もない。けれど、適度に書き込む返事は〝漂流者〟の言い分をすべて受け入れて包み込むものだった。
［〈蒼白の仮面〉：話を聞いてると、漂流者さんは全然悪くない。百パーセント以上。むしろ周りの人達が、どうして漂流者さんのいいところが解らないんだろう、って腹が立つ］
［漂流者さん：でもやっぱ、自分、口べたでうまく伝えられないせいかも］
［〈蒼白の仮面〉：そんなことない。漂流者さんはすごい人。むしろ周りの人達の方こそ、漂流者さんから学ばせてもらうくらいの態度じゃないと］
〈蒼白の仮面〉はさらに、〝漂流者〟の沈みきった自尊心が浮き立つような文言を、機械

的に書き連ねる。
そして、〝漂流者〟が満更《まんざら》でもない、と思い始めた頃合いを見計らって、舌なめずりしながらキーボードを叩いた。
[〈蒼白の仮面〉：でも、いまのあんたに価値なんか無いよ]
〝漂流者〟の絶句を、いつまでも書き込みされない画面が伝えてきた。
[〈蒼白の仮面〉：あんた一生このままだって。ああ、あいつは頭悪いんだなって、みんなからずうっと、ずうっと笑われつづけるんだよ]
〝漂流者〟の書き込みはない。
[〈蒼白の仮面〉：あんたがどうしたらいいか、教えてやろうか？]
すこし待ったがやはり書き込みはなく、〈蒼白の仮面〉は再びキーを叩いた。
[〈蒼白の仮面〉：誰にも真似できないこと、やるしかないよ。漂流者さんにしかできないすごいことを。そしたらみんなが漂流者さんすごい！ って絶対見直す。もちろん私も認めるし。それだけじゃない、世の中で他にいない、特別な人間になれる]
しばしの間の後、今度は書き込みが返された。
[漂流者さん：自分には無理かも。それに悪い人ばかりじゃなくて、相談にのってくれるひともいるんで]
〈蒼白の仮面〉は、再び舌なめずりしながら、凄まじい勢いでキーボードを連打した。

［〈蒼白の仮面〉：無駄無駄無駄無駄ー！　あんた、まだ解ってないのかな？　顔を合わせれば優しくしてくれるひとも、陰では絶対、馬鹿にしてるにきまってるじゃん。漂流者の奴、ちょっと優しくしてやったら喜んでやんの、って］

〝漂流者〟からの書き込みのない画面で、カーソルだけがゆっくり点滅していた。

［〈蒼白の仮面〉：心当たりは、あるよね？　でもこれだけは覚えておいて。私はあんたを、漂流者さんを友達だと思ってる。だから、誰も、私以上にあんたの凄さを理解できない。だろ？］

書き込んでいる途中に、〝漂流者さん〟が退出しました、と画面に表示された。

やれやれ……と〈蒼白の仮面〉は息をつき、矢継ぎ早にキーを叩いていた指を止めた。怖《お》じ気《け》づいて逃げ出したか、情けない。でも……。

――きっと〝漂流者〟は戻ってくる。そのときに、また繰り返せばいい……。

［ユセフ：うまいもんだな］

新たな書き込みがされて、自分もチャットルームから引き上げようとしていた〈蒼白の仮面〉の、マウスを動かしていた手が止まった。

ユセフか……。ハンドルネームを見て〈蒼白の仮面〉は、にたりと笑った。

ユセフは常連だ。いや〝住人〟と言っていい。――それだけでない。過去の重大事件やその犯人に対して、他の常連はゲームの得点よろしく、どれだけ被害者をだしたかだけで、賞賛あるいは罵倒する単純な評価しかできないなか、ユセフは手口や犯行が、どれだけ世間にインパクトを与えたかを重視する。世間を注目させただけ、という理由で犯罪者を英雄視する常連との議論でも、いたって冷静だ。

〝いまの世の中、物理的な凶器で二、三人殺したところですぐ忘れられる。だが十数人くらい殺せば、その恐怖は社会的な凶器になって、やった奴の名は一般人の記憶の中で生き続ける。死刑になっても生き続けられるなら、やったもん勝ちだろ〟

いつだったか、そんなユセフの意見に、〈蒼白の仮面〉は納得したものだった。

さらに、犯罪の知識も豊富だ。この〝ユセフ〟というハンドルネーム自体、九三年の米国における世界貿易センタービル爆破を皮切りに、いくつものテロ行為や航空機爆破事件に関わったテロリスト、ラムジ・ユセフからとったのだろう。とすれば、爆発物にも相当に通じていてもおかしくない……。

ぜひなにか、事をおこすのを見てみたい……。〈蒼白の仮面〉はほくそ笑み、キーを叩いた。

[〈蒼白の仮面〉：早速来てくれてありがとう。ユセフさんはROMするだけかな？]

[ユセフ：関係ねえし]

[〈蒼白の仮面〉：ちょっともったいない気がする。いろんなことに詳しいのに]

[ユセフ：関係ねえし]

［〈蒼白の仮面〉：そうなんだ？　でもそれって評論家ぶって人を盛り上げてるだけじゃん。ユセフさんは口先だけの、要するにヤレヤレ君？］
［ユセフ：俺は関係ねえって］
〈蒼白の仮面〉の挑発に乗らず、〝ユセフ〟は頑《かたく》なな書き込みを残して、チャットルームから退出した。
ふん、まあいい。そう心で呟く。時間をかければいいのだから……。
今度こそ、〈蒼白の仮面〉がチャットルームから引き上げようとした矢先に、書き込みが現れた。
［ようちゃん：もう駄目だと思う。全部終わりにしたい］
ここ一カ月ほどフォローしてるやつだ、と〈蒼白の仮面〉は瞬時に思い当たる。
ついに決心したか、と満面の笑みを浮かべた。
［〈蒼白の仮面〉：もう駄目とか終わりにしたいってどういうこと？　一緒に考えてみようよ］
〈蒼白の仮面〉は親切めかした甘言を打ち込みながら、脳裏では提供する犯行計画を練るのに忙しかった。
そういえば、篤恩女子高で私の計画を台無しにしてくれた八代大樹とかいう馬鹿と同時期に、並行して計画を授けた者が何人かいたが、そろそろ実行に移る頃合いではないか。

もう次のゲームは始まってる……。でも、できれば——。

警視庁SATがどうするのか、見てみたいな。


「遅い！」

土岐が屋上で五反田と別れた後、水戸を伴って小隊待機室に入った途端、エプロン姿の村上真喩が声を上げた。

待機室は事務室兼用で人数分の事務机がある他、長机が置いてある。そこには真喩がかき回す鍋《なべ》のほかに、大皿に盛られた回鍋肉《ホイコオロウ》と食器が並び、小隊長と副長以外の全員が顔をそろえていた。

「ああ、ごめんごめん」土岐はパイプ椅子をひいて座りながら謝った。「ちょっと話が長引いた」

「冷めたら美味《おい》しくなくなるの、当たり前じゃないですか！」

真喩は味噌汁の鍋からお玉を振り上げ、土岐に突きつける。その拍子に、熱い汁の飛沫《しぶき》が近くに座っていた井上の顔面を直撃して、あちち！　と悲鳴を上げさせる。

「大丈夫ですか先輩！」牧場が慌てて、長机から台ふきをつかんで差し出す。

「俺でなくて良かった」藤木が二枚目面を撫でながらしゃあしゃあと言う。

「さっさと集まらないから味が落ちるんでしょ。なのに、みんなで私の料理が下手なせいみたいに――」

真喩は周辺の被害を一顧だにせず続けようとした。

「ああ、ごめんごめん」土岐は逆らわずにくり返した。「大丈夫、上達してるよ」

特殊部隊が第六機動隊の隊庁舎に入っていた頃は、調理師免許を持つ職員のもとで隊員が交代で運営する食堂を利用できた。けれど立川では週末は食堂が閉められるので、こうして当番隊は自前で食事の確保をする。自炊する部隊もあるが、食中毒防止の観点から、献立は熱を通した焼き物や揚げ物が多い。

第四小隊では公平を期し、食事の用意は、土岐も含めた輪番制をとっている。だが、各人の調理のセンスだけは公平とはいかない。ほとんどロシアンルーレット並みのスリルだ。

真喩が機嫌を直して、丼のご飯と味噌汁を配り終えると、土岐達は手を合わせて合唱した。

「いっただっきまぁっす！」

手に手に、回鍋肉の大皿に箸《はし》を突っ込み、お椀を口に運んで熱い味噌汁をすすり込む。

――！　土岐は味噌汁を口にして、あれ？　と顔を上げた。……おかしい。

土岐も最初は、五反田から聞かされた〈蒼白の仮面〉についての情報で頭半分が占められ、味覚が留守になっているせいかと訝《いぶか》った。

だが違うようだった。なぜなら、土岐が横目で窺うと、鍋のそばで得意げな真喩をのぞく全員も箸をとめ、互いの表情を探り合っていたからだ。

これは、まさか……？

「あの、村上部長……？」土岐がおそるおそる、全員を代表して言った。「その、味が薄すぎるようなんだけど？」

土岐には、真喩の逆鱗《げきりん》に触れるのが、というより、事態そのものの方が恐ろしかった。午前の訓練を終えて、空腹も絶頂のまさにこのとき、昼食抜きになるとしたら……。

「……出汁《だし》が入ってねえ！」

井上が喚《わめ》いて、口の中の味噌汁をお椀に戻したのを皮切りに、驚愕《きょうがく》の声が次々と上がる。

「うわっ、なんだよこれ！」武南が回鍋肉をとった小皿に、箸を投げ出して飛び上がった。

「野菜も肉も生のまんまだ！」

「これぱっかりは……！」甲斐が泣きそうな顔で言った。「これぱっかりは勘弁して下さい！」

「これぱっかりは、ですって？」真喩が目をつり上げた。「それじゃまるで、前から我慢してたようなもの言いじゃございませんこと？　良くって？　わたくしとても心外だわ！」

「お嬢様口調で言ったって、味は変わりませんよ……」牧場が悲しげにテーブルにうなだれた。

「おい、もうよせ」水戸は騒ぐより先に料理をやり直そうと、席から立とうとした。

「いえ、副長」土岐は水戸を目顔で制すると、回鍋肉の大皿をもって立ち上がった。

土岐は、胸を反らして開き直っている真喩を見た。

「村上、みんなの味噌汁を鍋に集めて、ついてこい。……あ、井上さんは鍋に戻しちゃだめですよ。口から出したんだから」


「他の隊の誰かと、なにかあったのかな？」

土岐は、各小隊待機室のドアが並ぶ廊下から入った、四畳ほどの給湯室で真喩に言った。

「……え？」真喩は、コンロにかけた味噌汁の鍋を混ぜていたお玉をとめた。

いかに真喩が料理全般が不得意とはいっても、さすがに出汁の入れ忘れはひどすぎる。狙撃要員の真喩は、午前中は土岐達とは別の訓練に参加していた。土岐は、その訓練中に何事かあったからではないか、と思ったのだった。

「あ、いえ……、私……」真喩の顔から、急に強気一点張りの表情が消えた。

「言いにくいこと？」土岐は回鍋肉の肉と野菜をとり分けながら、そっと言った。

「……奥さんは、お料理がお上手なんですか」

「うーん、まあ普通、かな」土岐は言った。「内緒だぞ」

真喩は、くすりと笑ったが、答えなかった。

「無理には聞かない」土岐は中華鍋をコンロの火にかけながら言った。「でも、小隊は運命共同体なんだ。心配事のある特殊銃手には、安心して背中を任せられないな」

「――土岐小隊長、教えて欲しいんです」真喩は意を決したように土岐を見た。「私がどう警察に採用されたかが、そんなに、いまの私の仕事に関係あるのでしょうか」

第四小隊は五反田の揶揄《やゆ》したとおり、他の小隊の隊員がほぼ機動隊出身なのに比べ、様々な所属……、つまり部署の出身者で構成されている。

武南はもと交通機動隊の白バイ乗り、井上は刑事部鑑識課、甲斐は所轄署地域課員。水戸は捜査員としても業務歴がある。機動隊出身者は藤木と牧場だが、藤木は第一機動隊本部特務出身、牧場も六機機動救助隊《レスキュー一〇》出身で、治安出動を専《もっぱ》らとする部隊出身者がいないのが特徴だ。おまけに小隊長である土岐自身も、人身御供《ひとみごくう》に差し出されたとはいえ、国家公務員Ⅰ種採用《キャリア》の端くれだ。

村上真喩は、そんな第四小隊のなかでも、際だって異色の経歴を持っていた。

もとは警察庁情報通信局の技官だったのだ。

真喩が開発に携わった特殊部隊用無線機を、あまりに使い勝手が悪いと指摘した土岐の報告書が縁となって、狙撃要員として志願したのだった。

第四小隊内では、信じられないことだがもしかして、との前置き付きながら、真喩は冴えない土岐を慕って志願したのではないか、という噂《うわさ》がある。

もちろん冗談めかして真偽をたしかめてくる相手には、真喩は「まさか」と昂然《こうぜん》と顔をあげて積極的に、土岐は「そうだったらいいなあ」と笑って消極的に、噂を打ち消すのだが。

けれど噂は、半分事実だった。土岐は本人からそう告げられた。

土岐はだからこそ、意識的に真喩とふたりだけになるのを避けていたのだが、真喩は土岐の目の届かないところで心を痛める事柄があるらしかった。

「技官出身なのを理由に、なにか言われたのか？」

土岐の問いに、真喩は鍋に目を落としたまま、こくりとうなずいた。


午前中、真喩は他の小隊の射撃要員とともに、屋内射場での訓練に参加していた。

特殊部隊施設内にあるそこは、窓のない半地下式の完全防音が施された最新設備だった。

旧式の射場《しゃじょう》とは違い、標的は手間のかかる紙製ではなく三百メートル先のスクリーンに投影される電子標的で、結果は射手のすぐ手元のモニターに、コンピューターグラフィックで表示される。

真喩は打ちっ放しのコンクリートの床で、うつ伏せた伏射の姿勢で、他の要員とともにアキュラシーを撃った。人の立ち姿を模した、ＥＭ的《てき》と呼ばれる標的だった。

「ほう、また練度を上げたようだね」

真喩が撃ち終えると、訓練を担当する支援業務管理第十二分隊の狙撃訓練担当、つまり恩師でもある赤松《あかまつ》警部がやって来て、傍《かたわ》らの床に置かれたモニターを見て声をかけた。

狙撃銃、つまり警察でいう特殊銃は、特殊部隊だけでなく機動隊九隊の銃器対策部隊にも、配備されている。

それらすべての狙撃要員のなかでも、真喩の成績はトップクラスだった。

「撃ち終わり、安全点検。……残弾なし！」真喩は手際よくアキュラシーのボルトを操作して薬室を確認してから、赤松に微笑んだ。「ありがとうございます」

訓練がおわり、真喩が、他の隊員と半地下の、作りかけの地下街のような射場をあとにしようとしたとき――。

その声は聞こえたのだった。

「俺は情けねえよ、自分が」聞こえよがしな声だった。「おねえちゃんに、それも技官あがりに負けたんだぜ」

真喩はライフルバッグを背負ったまま、足を止めた。

――今朝は運良くいい成績だったけど、まだまだ……。でも、精神鍛錬になるかなと思って始めた和弓の稽古が、少しは役に立ってるのかも……？

そんなことを考えていた心に、いきなり氷水を浴びせられた気持ちになった。

頭にきて辺りを見回したが、射場からは人影が流れ出したあとだった。小隊待機室へと戻る道すがら、一歩踏み出すごとに膨れあがる憤懣のせいで、昼食を準備する手がつい、おろそかになってしまったのだった。


「そうか……」

土岐は、真喩の話を聞き終えると、中華鍋で肉を炒め直しながら言った。「でも、そいつは基本的なことが解ってないだけだよ」

「解ってない、ですか？」真喩は聞き返す。「〝才能が違う、嫉《ねた》みなんか放っておけ〟……なんて慰めるふりして、ごまかさないでくださいね」

「違うよ」土岐は笑った。「装備も人間も、出自にはこだわらない。能力のあるものが採用され、任務に就く。それが万国共通の、特殊部隊の掟《おきて》だ」

一般警察や正規軍なら、装備の導入には政治もからんで国産品が優先される。しかし、特殊部隊だけが例外なのは、どこの国でも変わらない。現に、あれだけ国産品にこだわる自衛隊の特殊部隊、特殊作戦群《とくせんぐん》でさえ、米国製小銃M-4カービンを採用している。ちなみに、土岐たちの信頼の厚い独国製の五型《MP-5》機関拳銃も装備しているが、書類上の不備で輸入できず、導入が遅れたのは内緒だ。

「村上に嫌味を言った奴も」土岐は炒め直した肉を皿に移しながら言った。

「血の汗を流すような努力を重ねて、特殊銃を預けられる任務に就いたんだろうな。だから、後からやってきた村上に追い越された奴の気持ちは、よく解るよ。ただ――」

狙撃手の任務は過酷だ。仲間から離れて炎天下や極寒のなかに潜み、スコープ内に捉えた犯人の一挙一動も見逃さず、部隊の眼となる。なにより最悪の状況下では命令書のない死刑執行を、確実にやり抜くだけの、強靭な精神力と卓越した射撃技術が求められる。

けれど日本警察の場合、狙撃手が本領を発揮する可能性は、ほとんど無い。

これは遠距離から犯人の〝抵抗の排除〟、つまり無力化には、必ず「撃たなくても取り押さえられたのではないか」という批判がつきまとうからだ。事実、狙撃による犯人の無力化が決断されたのは、七〇年代のシージャック事件の際、ただ一度だけだ。

だから……、と土岐は思った。真喩を嘲《あざけ》った奴は、現場の実績より訓練の成績が勤務評定の重きをなすがゆえに、つい口をついたのだろう。

「――ただ、そいつの言い方は卑怯《ひきょう》だとは思うけど」

土岐は、黙って鍋の味噌汁をお玉でかき回し続ける真喩に向いて、続けた。

「ごまかしやお為ごかしに言うんじゃないけどね。……近代五種競技の中で、射撃ほど才能が求められるものはないのも事実だ。だから、そいつは、才能の優劣をはっきりと突きつけられたように感じたんだと思う。でも、君がそれだけでここまでこれたんじゃないのは、よく解ってるよ」

土岐はコンロのほうに向きなおり、中華鍋を振って肉と野菜を混ぜ合わせながら、付け足した。

「君の、毎日の地道な努力の積み重ねは、小隊のみんなが知ってる」

「あ、いえ、そんな……」

真喩は眼を見開いた、きょとんとした表情で土岐の横顔を眺めてから、急に押し黙って鍋に向き直った。それから即席出汁の粉末をさらに手荒く注ぎ込む。

しばらく肉と野菜が炒め直される音と、お玉が鍋をかき回す音だけがした。

「私、やたらと〝才能が才能が〟って騒いでる人を見ると、馬鹿みたいに感じるんです」

真喩が鍋に眼を落としたまま、口を開いた。「それはまあ……、あるに越したことは無いでしょうけど、才能って努力して得られるものじゃないですよね？」

「まあ、持って生まれてこその才能だからね。仏様か誰かから借りたもんだ」

「そうですよね。だから才能があるって自慢してる人は、貸衣装で着飾ってるのに気づいてないだけって思えちゃうんです」

「そうかもな」土岐は答えた。

「でも私、こうも思うんです」真喩は少し抑えた声で言った。「自分には才能がないって、始める前から諦《あきら》めてる人は、そうやって自分を納得させてるだけかも、って」

「それはちょっときつい言い方だと思うな」土岐はぽつりと答えた。

真喩はすこし驚いたように土岐を見詰め、謝意を含んで微笑み、続けた。

「すいません。……でも結局、私を〝技官あがり〟って馬鹿にしたひとは、そういう考えだと思うんです。あいつの方が狙撃に向いてるから……、才能に恵まれてるからなんだって、自分への言い訳にして。私は、ひとが努力しなくなる理由なんかに、されたくありません」

真喩は、意志をよく映す眼をまっすぐ土岐に据えて、続けた。「それに、素質や才能を理由に諦めるのは、大嫌いです」

土岐は炒め直した回鍋肉を大皿にうつしてから、真喩を見た。「変わらないな、村上は」

「え？　あ、いいえ……そんな」真喩は自分の語調の強さに気づいて、慌てた。「私に素質があるって意味じゃ全然無いし、……私なんかむしろ出遅れてて、無我夢中で、やってるだけだし……」

「自分自身に才能があるのかどうか、解っている人は少ない」土岐は真喩に向き直って言った。「でも、それが解るまで努力し続けられるのは、それだけで才能だと思うよ」

真喩は肩の力を抜いて微笑むと、ちいさくうなずいた。「努力します、……もっと」

小隊長と狙撃要員は、束の間、互いの表情を確認するように見つめ合っていた。

「――ところで、ね」土岐は表情をゆるめると言った。

「え？」真喩は妙に素直な顔で見上げる。

「その努力を、ちょっとだけでいいから、飯作るのに向けてくれないかな？」

「あ、はい。……私だっていつも文句ばかり言われるのは、口惜《くや》しいですから」

真喩にとって、女だからというのは動機にならないが、小隊一料理が下手、というのは、調理の腕前向上の、充分な動機になるらしかった。

「ありゃ、どうしたんですか。なんかいい雰囲気じゃないですか」

武南が、いつの間にかドアのない戸口に立って、にやにやした顔で二人を見ている。

「珍しく小隊長が、村上部長だけつれて行った、と思って来てみたら」

土岐と真喩は同時に、なに寝ぼけたことを……、と言いたげな顔で武南を見る。

「だめですよ、ここは神聖な職場なんですからね。――」

「武南、おまえ良いところに来たな」土岐が言った。「毒……じゃなかった、味見させてやる」

「――職場の男女交際は清く正しく……って、え？」武南は滑《なめ》らかだった口を閉じた。

「召し上がれ」真喩も、にこっと笑いかける。ただし目は笑っていない。

「あ、い、いや、俺、向こうでみんなと待ってます！」

武南は戸口から後ずさり、くるりと踵《きびす》を返して廊下を駆けだそうとした。が、背後の戸口から延びた細いががっしりした腕に、出動服の襟首をぐいとつかまれて仰《の》け反《ぞ》った。ついで現れたほっそりした腕に肩をつかまれると、そのままぐいぐいと戸口にひきずり込ま

とで床をこすりながら、戸口へ吸い込まれていった。それから、投げ出した両足のブーツのかかりとはたかれると、観念したように脱力した。もう一本現れたほっそりした腕に頭をぴしゃ

　武南は戸口に消える前に叫ぼうとしたが、

「い、いやだ！　これで死んでも二特進には……！」

れてゆく。

　三十代後半の男が、交差点で自転車に跨《また》ったまま、煙草をくゆらせていた。

　京浜コンビナート地帯近くの産業道路だった。車体にメーカーや輸送会社の名前が記されたトラックやコンテナ車が、資材や製品を満載した証のように、薄黒い排気ガスを盛大に吐き出して行き交う。

　男は能面じみた生気のない顔のまま、煙草を機械的に口に運んでいた。――が、不意に、煙草を挟んだ右手の指にちくりと痛みを感じ、視線を落とした。

　短くなった煙草の火口《ほくち》が、薄汚れたフィンガーレス手袋から突きだした指を、焼いていた。男は指の中で短い煙草を転がし、それをまじまじと見詰めた。

　マルボロ……、かつてちゃんと金を稼いでた頃の名残だ。ここ一カ月のネットカフェを転々とする生活では、煙草代さえなかった。そして買ってしまった結果、ポケットに残った全財産は、わずかな小銭だけだ。

だが、煙草など、もうどうでもいいことだ。それに、自分と同じような境遇の人間に煙草をねだった時、「持ってねえよ」と拒絶されるたびに、……分けてもらえても卑屈なまでにぺこぺこしつづけるたびに、俺の自尊心はひとつひとつ潰されていったのだから。

それが俺の、いまの境遇だ、と男は思った。いっそ死んだ方がましだと思えるほどの、徹底的な無価値さだ。しかし――。

〝毎年、自分で死んじゃう人は三万人もいる。ただ死ぬだけなら、三万分の一って数字になって、忘れられるだけ。それでもいいのか？〟

ああ、〈蒼白《さき》の仮面〉、どんな奴かはしらないが、あんたは正しいよ。

俺のこの将来の人生が空っぽなら、と男は思った。……徹底的に現在《いま》を生きてやる。

――こんなちっぽけな俺にも価値があるんだって事を、世間の奴らに思い知らせてやるよ……！

自分自身に確かめると、男はちょっと気持ちが軽くなって、地面に突いた足とは反対の足の、穴のあきかけたスニーカーをペダルに引っかけ、漕ぐのとは逆に空《から》回しした。駅の自転車置き場で盗んだ婦人用自転車は、相当長く放置されていたのか錆《さ》びだらけで、ゆるんだチェーンがカバーとぶつかってガチャガチャと鳴った。

買えばいくらかはするだろうに、放置されていた自転車はたくさんあった。

おかしいよな。この国はそれなりに豊かなのに、誰も俺を働かせてくれないなんてな。

だけど、もうそんなことはどうでもいい。……男はそう思って、フィルターだけになった煙草を歩道に投げ捨てた。

顔を上げると道路の彼方から、待ち続けたものが、軽乗用車のルーフ越しに走ってくるのが見えた。

大型タンクローリーだった。

男はタンクローリーを見詰めたまま、期待でもなく絶望でもない、得体《えたい》の知れぬ情動に突き動かされて、錆びだらけの自転車のハンドルを握りしめ、ペダルを折れんばかりに踏みしめた。

タンクローリーは、どんどん近づいてくる。

私は、〈蒼白の仮面〉。——絶望の底にある歓喜を告げる者……。

第三話「暴走」

「警視庁から各局！――」

土岐は、車載無線機《APR-ML1》からの声がスピーカーから響くと、ヘルメットの下の顔を上げた。いつもは冷静な本部通信指令室からの声が、興奮のためかわずかに裏返っている。

「――刑事部長はタンクローリー強取事案をM関連事案と認定！」

M関連事案、つまり〈蒼白の仮面〉の〝マスク〟からとられたコードだ。……ホームページ上の掲示板に残された書き込みから、関係した者の犯行と判明したのだろう。

警視庁は〈蒼白の仮面〉関連の事件を警戒し、特異事案として捜査を続けている。あわせて、ひとたび関連事件が発生すれば、実行犯を断固制圧する方針だった。

「なお現時刻をもって、本部内に刑事部対策室を設置、警備部関係所属に応援を要請！従事中の各局は応援部隊と連携のうえ、被疑者検挙に当たられたし！　以上警視庁！」

無線が、全所轄や執行隊を結ぶ基幹系から特殊警備系に切り替わる。

「特殊部隊副隊長伝令より各指揮者宛、第六報！　現時点をもって前進待機から乙警備態勢に入る！　各チームリーダーは所定の行動開始せよ！　繰り返す、行動開始！　以上〈トマルクタス！〉」

——さて、お許しが出たぞ……！

土岐が分厚い抗弾装備に覆われた胸の内で呟くのと、結城第二小隊長の「〈ドーベルマン〉了解！」と答えるのは同時だった。

乙警備は、特殊部隊が複数の小隊で任務に当たる態勢だ。無線の呼出符号《コード》も変わる。

「こちら〈ヨーキー〉、了解！　行動開始する」

土岐は多目的車ジムニーの窮屈な助手席で、ノーメックス製手袋に包まれた手で握ったマイクへ答える。

第二小隊の呼出符号が、身体も大きく精悍《せいかん》なドーベルマンと、いかにも特殊部隊に相応《ふさわ》しいのに比べ、第四小隊のそれは小柄で愛嬌《あいきょう》に溢れたヨーキー、つまりヨークシャーテリアなのは、すこし間抜けにも感じる。けれど土岐以下第四小隊の面々は、身体は小さいながらも俊敏で活発、負けん気旺盛《おうせい》な犬種の名に、誇りを持っていた。

「小隊長！」運転席でステアリングに両手をかけた甲斐が、黒いヘルメットの後頭部を見せたまま叫んだ。「見えました！」

土岐も座席の上で身を乗り出し、甲斐の頭とハンドルの隙間から同じ方向を見た。

「来たか？」土岐は言いながら目を凝らす。

そこは都市の谷間のように空が開けていた。

ビルが建ち並ぶ中を、巨大な動脈じみた緩やかな曲線で延びる、高架道路。

首都高速道路――首都高。

万年渋滞、と利用者から揶揄《やゆ》され、半ば諦められている上下四車線道路。しかし、いつもなら路上を列をなして埋めている、大小の自動車の姿は一台もない。

まるで、都会に現れた平坦な砂漠のようだった。

その、茫漠とした灰色の路面を、――彼方から警察車両の赤い警光灯の光りが、陽炎《かげろう》に揺れながら明滅し、近づいてくるのが眼に映った。

「あれか……！」土岐は呟き、胸元に下げていた双眼鏡を構えた。

するとレンズ越しに、数百メートル先の光景が目に飛び込んでくる。

タンクローリーの車体が、包囲した高速道路交通警察隊パトカーのルーフ越しに見えた。

「間違いないな」

土岐は双眼鏡を下ろし、インパネの無線車両動態表示《カーロケーション》システム、通称カーロケのタッチパネルに手を伸ばした。現在位置から道路にそって画面をスクロールさせる。

警察専用端末の表示する地図は民生品と違い、一戸建てなら世帯主の氏名まで表示される。企業の営業担当はうらやましいだろう。が、これは誰でもうらやましがるに違いない情報を、土岐はスクリーン上に注視した。警察車両の位置情報だ。

被疑車両のタンクローリーを先導した二台の他に、追尾する十数両の警察車両が、それぞれ呼出符号付きの、赤い鏃《やじり》型マークで表示されている。

土岐は、胸元の小隊用無線機のＰＴＴスイッチを入れた。「〈ヨーキー〉リーダーから、マルニ」

「マルニから〈ヨーキー〉リーダー、どうぞ」

厳つい警備車両のイメージにそぐわない、ちょこんと小さなジムニーの後ろには、小型トラックへ鋼鉄の箱を載せたような形の特型警備車が、停まっていた。

水戸以下の六人は、特型警備車に乗っているのだった。

「私と甲斐は、当該車両に対し背面配置につきます」土岐は言った。「副長達は当該車両が通過後、追尾してください」

「マルニから〈ヨーキー〉リーダー、了解。追尾します」

交信する間にも、タンクローリーと、それを包囲するパトカーの一団は、高架上を、サイレンの響きとともに近づいてくる。

路上を疾走し、迫ってくる車両の群れは、鉄の土石流、いや、土岐の眼にはぎらぎらときらめく警光灯の赤い光で溶岩流のように見え、網膜を刺激する。微かな振動が、ジムニーの車体にも伝わり始める。

幾重にも重なったサイレンが最高潮となった。先導の高速隊パトカーが眼前を駆け抜け、サイレンの音がドップラー効果で歪《ゆが》んだ瞬間、土岐は叫んだ。

「よし、出せ！」

甲斐が目一杯までアクセルを踏み込む。ジムニーはエンジンの雄叫《おたけ》びをあげ、待機していた羽田線斜路《ランプ》から、タイヤを鳴らして猛然と飛び出す。

そのままジムニーは加速し、先導する二台のパトカーに追いついた。併走するジムニーの助手席で、土岐は左のウインドウにヘルメットの庇《ひさし》をあてながら振り返る。

タンクローリーと、それを包囲するパトカーの集団は、すでに斜路の前を走り抜けていた。一拍おいて斜路から走り出た特型警備車も、すぐにパトカーやタンクローリーの陰に隠れてしまった。

土岐は、カーロケでも水戸達が最後尾へ合流したのを確認し、車載無線のマイクをとった。

「〈ヨーキー〉から特殊部隊副隊長《トマルクタス》へ、現着《五一九》！　これより偵察活動開始《五一〇》！」土岐はマイクを戻すと、運転席の甲斐に顔を向けた。「マル対を刺激しないよう、ゆっくりスピードを落として近づいてくれ」

土岐は徐々に減速してゆくジムニーのなか、助手席の背もたれを倒すと、手狭な車内を、後部の改装された補助シートへと這《は》って移る。いい車なんだけどちょっと狭いんだよな、とぼやきながら、後部の補助シートで片膝立ちになり、頭上の、これまたカーナビと同じく、特注のハッチを押し開けた。

途端に、ハッチの縁が空気を裂く音と同時に、塊のような風が車内へと流れ込む。

土岐は風圧にヘルメットを押さえられながら、ルーフ上に目許《めもと》だけのぞかせ、後方を見た。そして、眼を見開いた。

——でかい……！　エンジンの咆哮《ほうこう》をあげて迫るタンクローリーの巨体を正面から目の当たりにして、まず感じたのはそれだった。

タンクローリーが大人なら、パトカーは、大人を取り囲む小学生くらいの大きさしかない。

普通車に比べれば、幅は二メートル半ほどで一回り大きい程度だが、高さは優に二倍の三メートルはあり、周りのパトカーのルーフのうえに、運転席が丸見えだった。

「甲斐、このまま右へ頼む」土岐はタンクローリーを見詰めたまま指示した。

さらに減速したジムニーは、タンクローリーの正面から外れて、すうっと側面へと回り込んだ。

と、ジムニーの動きに合わせて、いままで運転席に隠れていたタンクが横に延びるように姿を見せ始める。タンクの側面には大きく、業者名が記されている。

タンクだけでも、と土岐は思った。パトカー二台分の全長より大きい……！

「車体に問題はなさそうだ」土岐は呟いた。「甲斐！　背面配置に戻してくれ」

土岐は、加速したジムニーが追い越して、後ろへ離れてゆくタンクローリーを見詰めたまま、こんなに大きいものだったのか……？　と改めて思っていた。

タンクローリーなど、日常で見慣れているはずなのに。路面だけが長々と続く高速道路上を、全力疾走しながらパトカーに包囲されている異常な光景のせいなのか。

いや、と土岐は思い返し口元を引き結ぶ。確かに押し寄せてくるような威圧と、圧倒的な重量を感じる。

それも当然だった。――車体の大部分を占めるタンクには、ガソリンが満載されている。もしもその大量のガソリンに引火、爆発したら……？　土岐は思い、眼を険しくした。都心や住宅地であれば大惨事だ。たとえ路上であっても、どれだけの甚大な被害を周囲に与えるのか。

――走る爆弾ってわけか……。犯人も、ろくでもないものに目をつけたもんだ。

その犯人は、ハンドルを握る運転手のとなりの助手席から、こちらを睨んでいる……。

……事件は、午前九時、神奈川県川崎市内の路上で、製油工場から出発直後のタンクローリーが襲われたことで、始まった。

犯人は自転車に乗って、交差点へ差しかかったタンクローリーの前に飛び出し、転倒。運転手が急停止したタンクローリーから降りて駆け寄ったところを、犯人は持参した刃物を突きつけた。そのまま犯人は運転手とともにタンクローリーに乗り込み、走り去った。

神奈川県警は目撃した付近住民の通報で認知。所轄及び自動車警ら隊が検索、検問の網を張り、発生から十五分後、市内の一般道を走行中のタンクローリーを発見。

自動車警ら隊の隊員が助手席の被疑者を確認、停止するよう呼びかけたが、タンクローリーは無視して、そのまま走り続けた。

タンクローリーの所有者は、車両照会するまでもなく判明した。なにしろタンクの側面に、葵谷《あおいたに》運輸、とマーク入りで大きく描かれている。

「ああ、刑事さん……！　うちにもついさっきです、運転手の安藤《あんどう》から携帯で、〝刃物を持った奴に脅されて、走らされてる〟と連絡があって……！」

葵谷運輸は、プレハブ二階建ての小さな事業所だった。初老の経営者は、事情を聴くため駆けつけた捜査員の姿を見るなり訴えた。

「い、いや、電話がかかってきた時は、配送先でなにかあったのかな、と思ったんです。あの馬鹿、妙に几帳面で融通の利かない奴で……。それに、最初の配送先が工場から十五分ほどの場所なんで……それで、いま通報をと……」

「落ち着いてください」捜査員は押しとどめた。「運転手は、安藤さんとおっしゃるんですね？　歳《とし》は？」

「ええと……、三十七です。安藤直尭《なおあき》、三十七歳、です」

「どんな方ですか？　先ほど几帳面と言われましたが、性格は」

「いやそれが、奴は契約社員で、うちで働き始めたばかりで……。よく携帯電話をいじってる、今時の奴ってことくらいしか……」

「そうですか、親しい同僚の方は？」

「いや、いま言ったような奴なんで……。割と親しそうにしてた奴はいたんですが、そいつも契約社員で、ちょっと前に辞めたんで……」

　時として人質の性格、体力が事件の状況を左右する。安藤直尭の人となりが判らなかったのは残念だったが、捜査員はとりあえず安藤の名前と携帯電話の番号を報告した。

　神奈川県警は、安藤の携帯電話を通じて、犯人への説得を試みた。

「話したくないって言ってる……！」安藤は、携帯電話のハンズフリー機能を使ったヘッドセットを通じて、叫ぶように言った。

「安藤さん、落ち着いて」説得する県警捜査一課特殊犯係の捜査員が言った。

「なんとか、そこにいる人に、電話を替わってもらえないかな？」

「できる訳ないだろ、こっちの身にもなってみろよ！……え？」

　安藤の声が、犯人に話しかけられたらしく一瞬、途切れた。

「どうかしましたか、安藤さん？　安藤さん！」

「……スピードを緩めたり、警察が五十メートル以内に近づけば、俺を刺すって言ってる！　頼むから、周りのパトカーを近づけさせないでくれ！」

会話はすべて安藤を通じて行われた。犯人は声を聞かせたくないのか、直接、交渉係の捜査員と話そうとしなかった。

タンクローリーは、犯人の要求をいれて数十メートルの距離を取ったパトカー十数台に囲まれたまま、横羽線の大師入り口を突破。高速道路に進入した。

県警指令本部は、隣接の警視庁にも協力と警戒を促す広域緊急配備を要請。要請はしたが、神奈川県警も管内で発生した事案である以上、なんとしても犯人逮捕は自らの手で行いたかった。いかに危険なガソリンを満載しているとはいえ、一旦停車させることさえできれば、罠《わな》にかかった獲物も同然で、逮捕する手段はある。

しかし、状況が悪すぎた。……犯人は狭い車内で、人質を取っている。当該車両を確保し、被疑者を逮捕できたとしても、人質の命が失われれば……。

この懸念が、警察に強行策をためらわせ、関東一円を繋ぐ高速道路網への進入を許してしまったのだった。

「――で、だ。君達」

土岐はハッチから頭を突き出してタンクローリーの監視を続けながら、小隊用無線機を通して、第四小隊全員に告げた。

　後方数十メートル、先導のパトカー越しに見えるタンクローリーの運転席では、運転手は恐怖のせいか肩をはね上げてハンドルに被さったままだ。犯人は緊張しきった仕草で進行方向と運転手を見比べたり、時折、思い詰めた顔でうつむいている。なにかを話したりする様子は見られないが、少なくとも走っている間は人質は安全だ。

　羽田線から首都高上野線に入ってもずっとこの調子で、目立った動きはない。

「今は大人しくしてるが、こいつは物騒だ」土岐は続けた。「何しろタンクに一万六千リットルのガソリンを満載してる」

「すげえ」武南の声が聞こえた。「一リットルのペットボトル、何本分ですかね？」

「一万六千っていっただろ」土岐は素っ気なく答えて続ける。「ただ、それが一つのタンクに入ってるわけじゃない。タンクは輸送の便宜の為と安全上、六つに仕切られてる」

「〈ヨーキー〉リーダー、ずいぶん詳しいようですが」牧場が言った。「実はいま知ったばかりとか？」

「いま知ったんだよ」土岐は膝においたコピー用紙に目を落とした。「それから吸排口は左右と後部だが、配管はタンクの底に一本だけ。当然、運転席から走行中に排出なんかの操作はできない。つまり、被疑者が走りながらガソリンの打ち水をする心配はないし、全量を一気に排出するのも不可能だ」

「そういうことなら」井上の声が聞こえた。「一般道に下ろすより、このままの方が安全かも知れませんね」

「しかし、どこだろうと厄介な事態には変わりない。おまけに――」

土岐の説明をさえぎって、空から爆音が近づいてきた。見上げると流線型の影が、ビルの建ち並ぶ上空を横切ってゆく。

高架に沿って飛ぶ、報道の空撮ヘリだった。

言ってるそばからこれだ……。土岐は内心、息をついて、続けた。

「――おまけにだ、報道が空から追いかけ回してマル被を刺激する」

土岐は報道ヘリにあまり良い思い出はないのだが、それは別として、犯人が逆上して暴走し、事態を悪化させるのは避けたかった。そこで、運転席の甲斐に、無線で副隊長を呼び出させる。

土岐は、甲斐が肩越しに差し出した無線機のマイクに言った。「〈ヨーキー〉リーダーから副隊長《トマルクタス》へ！　報道のヘリ、なんとかなりませんか？　どうぞ」

「こちら〈トマルクタス〉」特殊部隊副隊長、佐伯信彦《さえきのぶひこ》の声が返ってくる。

声は実年齢より若いバリトンだが、頭髪はその限りではない。隊長の名女房役だった。

「困ったもんだな」佐伯は本音を漏らし、続けた。「了解、刑事部対策室に当該報道機関に協力を要請させる。……少しは本部にも働いてもらわんとな」

土岐が、ふっと笑って無線を切った途端、腰の携帯電話が鳴った。

「はい？」土岐は、投げつければ立派に武器になりうる、防水と耐衝撃性に優れた特殊部隊用のカシオ製携帯電話を耳に当てて、言った。

「なにをへらへら笑ってる」五反田の白けきった声が、電話から聞こえた。

「あんた、どこからみてるんだ？」土岐は驚きのあまり、きょろきょろと辺りを見回す。

「よく見えてるよ、お前の間抜け面なら――」五反田は刑事部対策室に詰めているらしく、周囲のざわめきがまるでノイズだった。

「――テレビでね」

「ああ、なるほど」土岐は無味乾燥に言った。「こっちもちょうど、そのことを副隊長と話したところだけど」

「僕からも言っておくことがあるが、その前に――」五反田は言った。「こちらに、マル被……いや人質になってる運転者の安藤から、二分前に架電があった。このまま中央環状線に向かうよう、マル被が要求したそうだ」

二分前に被疑者が電話を……？　土岐の注意は、ほんの一刹那《せつな》、その小さな疑問に向けられたが、すぐに要求の内容に移った。

「中環に？　それじゃ都心へ――」

「そうだ」五反田は苛立たしげに遮る。「解ってるんだろうな？　高架上でタンクローリーに最悪、爆発炎上でもされれば、人質と被疑者の命はもちろん、首都の大動脈がどれだけ甚大な被害をこうむるのか。橋桁《はしげた》ならまだしも、橋脚を建て替えるほどの損害なら……」

「復旧にどれだけ時間が掛かるか……、解らないな」土岐は言った。

「そうだ」五反田が語気を強める。「そして、これから中環に進入すれば、報道ヘリからだけじゃなく、そこら中のビルから、民間人の構えるカメラで狙われるんだ」

土岐は、出世指向の同期の本音を察し、電話を切りたくなる。

「ヘリは僕がなんとかしてやる」五反田は言った。「そのかわり、マスコミに限らず覗き見趣味の連中のカメラにもだ、燃えるタンクローリーの周りで警察が呆然《ぼうぜん》、なんて画《え》を、絶対に撮られるような失態はするな……！　警察の威信が丸潰れになる」

もっともらしく言ってるけど……、と土岐は思って口をへの字に曲げた。警察の威信、を五反田警視殿の経歴、と読み替えた方がしっくりくる口調だった。

——結局、言いたいことは、そういうことか。

土岐は、あまり〝現場が現場が〟、と言い立てたくはなかった。それは一線部隊の暴走を正当化する——、つまり一線部隊が総指揮官に対し、〝現場〟そのものを人質に取るのと同じだと思うからだ。

けれど、そういう分別も、指揮官とその周囲の人間が、現場の状況を出来るだけ正確に把握しようと努力し、全体を見渡して適確な判断を下してくれる、という期待があったたればこその筈だ。現場に統制を求めるのなら、上層部もまた真摯《しんし》に応える義務があるはずだ。

それにもかかわらず、個人の面子《メンツ》を優先した〝ヘマをしてくれるな、俺が迷惑する〟

……そんな言辞を警備実施担当管理官である五反田から聞いて、最前線の土岐が、愉快になるはずがなかった。

それでも俺は、と土岐は奥歯を噛みしめて思った。……一線部隊の指揮官なんだ。

「あんたはあんたの仕事をしてくれ」土岐は吐いた。「俺は俺の仕事をする」


全速力のタンクローリーと、それを囲む警察車両の一団は、一般車両の消えた中央環状線C2を、一定の速度で走り続ける。

五反田は約束どおり、上空の報道ヘリを遠ざけさせたが、もし倍率を上げて見下ろせば、高架上の一団は、大型草食獣を狙って隙を窺う猟犬の群れのように見えただろう。

「それにしても――」土岐は無線に言った。「こんな閑散とした光景は、開通式以来じゃないかな……?」

実際、車で埋まっていない四車線の路上は、家具が運び出された部屋のように、だだっ広く感じる。

「自分の能力と車の性能を混同してる、あほなルーレット族が見りゃ、鼻血が出るような眺めでしょうねえ」武南が無線を通じ、元交機の白バイ乗りらしい感想を漏らす。

「排ガス撒《ま》き散らすわ道路を傷めるわの、迷惑な連中にはもったいないな」と藤木。「日本の渋滞の一〇パーセントが集まるここ首都高が、こんなにガラ空《あ》きなんだぜ？　俺なら綺麗《きれい》な女性を隣に乗せてドライブして、〃君のために貸し切りだよ〃って言うね」

「そんなセリフ聞かされて――」と牧場。「〃まあ嬉しい〃なんて答える女性は、いまのこの状況より、まともじゃないと思いますよ」

「ま、君らなら無理だろうな」藤木は鼻先で笑う声で答える。「もっとも、小さな車を選んだり、相手との距離感を縮める演出は、必要だけどさ」

「……いま小さい車に乗ってるこっちの身にも、なって下さいよ」

土岐は狭い後部シートで中腰の屈んだ姿勢で監視を続けながら、言った。

この状態はまだましだけど、と土岐は思う。ジムニーは軽自動車規格のため、幅はかなり狭い。土岐も特殊部隊員ゆえに、肩の三角筋と上腕の二頭及び三頭筋はそれなりに発達し、さらに半袖型のプロテクターを着装するので、助手席に座ると、運転席の甲斐とは乗車中ずっと、肩を突き合わせた状態になるのだ。

だから土岐は、着装した装備のため窮屈そうに運転する甲斐と、ルームミラー越しにげんなりした視線を合わせる。むしろこっちは距離感が欲しい。

「そうですよ」運転席で甲斐が前を向いたまま吐いた。「そっちは特型警備車で広いでしょうけどね。こっちは小隊長なんかと、どんなムードになれって言うんですか」

「またいい加減なこと言っちゃって」と井上も無線で言った。「言うほどモテてるところ、見たことないですよ」

「嫉《ねた》むな。非常呼集がかからなきゃ、実際、ドライブの予定だったんだ。最近のパーキングエリアのメニューはちょっとしたグルメだから、食事にも苦労しないしね」藤木は、急に芝居がかった口調で続ける。「ああ、市川PAのレタスラーメン、食べさせたかったよ。な――」

「――奈津実、夏子、尚子、直美……」

いつも通り、ほんとうに実在するのか判らない女性の名前をあげ、嘆こうとした藤木に、井上が先手を打った。

土岐が、苦笑まじりに、ふっと息をつく。――と同時に、腰の装備品の携帯電話が振動して着信を知らせた。

「なにかあったのか！」

土岐がハッチから頭を引っ込め、携帯電話を耳に当てた途端、鼓膜を貫いて脳に突き刺さった声は、刑事部対策室に詰める五反田のものだった。

「え、もしもし？　もしもし！」土岐は、緊迫した状況にあっても牧歌的だった部下達の会話から、急に五反田の張り詰めた声に戸惑った。「何か、というと？」

「……なに？」今度は五反田が戸惑う番だった。「なにも、無いんだな？」

「だから……何が？」土岐は聞き返す。

「いまいる辺りに、そうだな……、なにか大きな建物やトンネルはなかったのか？」

「いや、ない」土岐は辺りを念のために見回して言った。「田舎の岡山に比べたら建物はうんざりするほど多いけど。それに、そっちはカーロケでこちらの現在位置を把握してるはずだろ、トンネルなんか無いの解るはずだ」

「お前の這い出てきた片田舎の話はどうでもいい」五反田は苛立たしげに息を吐いた。「……そうか、なにも無いのか。ならいい。邪魔し――」

「ちょっと待て」土岐がぴしゃりと遮った。「いきなり尋ねてきて、理由も教えてくれないのか？」

「お前らには関係ない」五反田は切って捨てようとした。「こっちは忙しいんだ、切るぞ」

「関係ない？」土岐の眉が険しくよせられた。「事件に関することで、俺達に関係ない情報なんて無い」

土岐は顔を上げ、リアウインドウ越しに視線を向ける。……そこには、走る爆弾と化したタンクローリーが赤く警光灯を明滅させる二台のパトカーに先導され、大小様々な警察車両を従えて、悠々と走っている。

「会議室と現場では、それぞれ見てるものが違う」土岐はタンクローリーを見詰めて言った。「だから同じ情報でも、どこにいるかで判断は変わるはずだ」

「だが、交渉や説得はこちらの仕事だ。忘れるな」

　五反田は、露骨に不快げな息をついたが、結局、面倒そうな口調で続けた。

「……つい先ほどだ。こちらと通話中に、運転者との通話が途切れた。こっちはもちろん逆信して、すぐさま携帯電話に掛け直したんだ。だが……」

「だが？」

「ところが、〝お掛けになった電話は……〟と、電話会社のメッセージが流れるばかりの状態になった。万が一の事故か、電話が圏外になったのか。いずれにせよ、電話はマル被との重要な交渉手段だ。だから確認したって訳だ」

「なるほど」土岐は軽くうなずいた。

「もういいだろ」

　五反田はうんざりした口調で答えたが、近くの誰かに話しかけられたのかいったん電話口から離れ、「あ、大丈夫みたいですよ、オッケーです！」と爽やかで快活な好青年の声で応じた。それから、もとの口調に戻って土岐に言った。

「これで満足したか」

「ああ、了解した」

「マル被のお守《も》りは任せる。だけど余計な真似だけはするな」

　総合的な判断は自分たちで行うから、お前らは命令通りにしてればいいんだ……。五反田の胸の内が透けて見えるような口調だったが、それにしても勿体《もったい》つけるほどのことか、と土岐は思った。その反面、どんな情報であれ取り込むことで、現場警察官に対して優位に立とうとするやり方は、出世指向の五反田に相応《ふさわ》しいとも思った。

――あんたは立派な警察〝官僚〟ってわけだ。

「精々、優しく見守るよ」土岐は言った。「とにかく、ありが――」

五反田は、土岐が礼を言い終える前に電話を切った。

ふん！　と土岐は鼻息をついて電話を腰のケースにもどしたが、無線での、愉快な仲間達の会話は続いていた。

「……奈緒」井上が、藤木へ王手をかけたように言った。「まだ、ほかにいます？」

藤木はしゃあしゃあと言った。「ああ、ナターシャ！　ドライブ行けなくてごめんね」

「なんでロシア人なんですか」井上の呆《あき》れた声が聞こえた。

「真に受けるほうがおかしいわよ」真喩も素っ気なく言った。

「そう？　なら国境を越える僕の魅力を、直に感じてみるかい？」と藤木。「どう？　今度、夜景の綺麗な、君に似合うレストランで食事でも」

「あら、誘われてるのかしら？」真喩が面白くもなさそうに言った。「いやぁん」

土岐は、真喩の仏頂面が目に浮かぶ気がして、ふっと苦笑した。

「へんな声ださないで下さい！」井上が抗議する。「抱きつきますよ！」

「蹴り殺す！」真喩が喚《わめ》く。

土岐は、今度は柳眉《りゅうび》を逆立てた真喩の顔が目に浮かんだ。

「お前ら、いい加減にしろ」水戸の声が響いた。「もしこれが秘聴されてたら、国民が税金払うのを拒否するかもしれん。……任務を続ける、頭を切り換えろ」

頃合いを見計らった、明敏な副長らしい注意だと土岐は思った。

どんなに鍛え上げても、人間である限り集中力には限界がある。張り詰める時間が長くなればなるほど、集中力は延びきったゴム紐《ひも》のようになる。弛緩《しかん》した集中力では、異変を見過ごし、咄嗟《とっさ》の事態への反応が遅れる。いまだ犯人から具体的な要求が無く、解決までどれだけ時間を要するか不明な現時点では、部下に過度な緊張を強いるだけ無駄だ。

だから水戸は、少しの間だけ部下達が他愛もない無駄話をするに任せたあと、再び、注意力の手綱《たづな》を絞ったのだろう。

それでいい、と土岐は思う。もっともそれは、仲間達が手抜きや不注意での失敗を何より嫌う、プロ意識に溢れた連中だからだが。普段からこんな気の抜けたサイダーのような事ばかりぬかす、義務感も誠意もない連中であれば、土岐も鷹揚《おうよう》な顔はしていられない。

土岐達は、平時の訓練では、もっと強くもっと速く……と心の底の薄闇を覗き込むほどに自分を追い込み続ける。けれど、だからこそ出動し臨場すれば、一転して自分の限界を極めた者の強みで、自分自身と仲間を信じて楽天的に振る舞える。

実際、水戸の小言に、了解！　と次々に答えた声は、通学バスの小学生のように明るい。

まあ、これが……、と土岐は思った。五反田から〝寄せ集め〟と嘲笑《あざわら》われようが、自分たち第四小隊の強みなんだろう。

多分……、と土岐は苦笑混じりに、心の中で付け足した。


「刑事部対策室《L1》から従事中の各局へ。……現在のところ、当該車両にあっては中央環状線を一定速度で周回中、目立った変化は見受けられず。なお、当該車両のマル被には、運転者を通じて説得を継続中。具体的な行き先、要求はいまだ判明せず。以上——」

土岐は、車載無線機《APR-ML1》からの報告を聞き終わると、ふん、と息を吐いた。それから、アサルトスーツの袖をまくって、長年愛用している手首のG－SHOCKをのぞいた。……半年前、某県警に捜査第二課長として転出の内示があった際、妻の美季からジン社製高級腕時計、その名もドイツ連邦警察局特殊部隊《GSG-9》を贈られてはいたのだが、貧乏性ゆえに、隊舎の机の引き出しに大切に仕舞い込んでいる。

それはともかく、土岐は、赤い液晶に表示された数字を見て、眉を寄せた。

自分達がタンクローリー包囲の一団に合流してから、一時間近くが経過している。いや、事件発生からだと、すでに四時間近い。にもかかわらず——。

——これまで、被疑者から具体的な要求が出ないのは何故だ……？

誘拐をはじめとして、犯人の要求から逮捕の糸口をたどれる事件は多い。要求は直接、犯行の動機に繋がっているからだ。……だがその要求そのものが、犯人から出ない。

まさか愉快犯か、と土岐は思った。確かに、端緒となったタンクローリー強奪の手口からは、大量のガソリンという〝凶器〟を入手しようとする明確な犯意は感じられたものの、しかしその後、警察に追い詰められ、逃げ場を失うことも犯人には解っていたはずだ。世の中への憤懣を抱えた被疑者が、〈蒼白の仮面〉に煽られた挙げ句、なんの計画性もないまま、己の存在を示したいばかりに、暴発した結果なのか。

愉快犯なら、まだいい。しかし要求が出ないのは気になる。犯人は首都高から下ろせ、とも要求しない。ここで、文字通り堂々巡りを続けるのに、なんの意味があるのか。

違和感が残るな……。土岐はタンクローリーの運転席の、肩を怒らせてハンドルを握る運転者を凝視した。

違和感、か。そういえば、臨場して以降、些細なそれが頭をよぎったことは、何度かある。

ついさっきもあった。そうだ、五反田から電話があった時だ。

「〈ヨーキー〉リーダーから、ゼロハチ」土岐は小隊用無線機のスイッチを入れて言った。

「はい？」真喩が答えた。

「ちょっと教えてくれないか」土岐は言った。「このあたりで、携帯電話が不通になると考えられる地点はあるかな？」

〝寄せ集め〟でもいいところはあるんだぞ、と土岐は心中で五反田に言った。隊員一人ひとりに得意分野があるので、知りたいことはすぐに教えてもらえる。

「首都高で、ですか」元女性通信技官が問い返す。

「ああ。この付近で」

「……どうでしょう」真喩は、雑談の時とはうって変わった思慮深い声で答えた。「電界強度、簡単にいうと電波がとどく範囲は、距離に反比例します。ですから、基地局から端末が遠ざかると当然、通話は出来なくなります」

「なるほど」

「基地局一つで一セクタ、直径一キロをカバーしますから――」

「あのね」土岐は、こめかみを押さえていった。「もっと解るように……いや、結論だけ頼むよ」

「ないと思います」真喩はぶすりと簡潔に答えた。「受信電力《じゅしんでんりょく》を減衰させる構造物は見あたりません。周りのビルで電波が回折や多重反射したとしても、フェージング――」

「いや、よく解った」土岐は遮った。「ありがとう」

土岐は無線を切ると、鼻から、ふん、と息をついた。

技術的にはあり得ない携帯電話の不通。ならば運転者、安藤直克が携帯電話の操作を誤ったのだろうか？　いや、安藤は携帯電話のハンズフリー機能を使い、耳にかけたヘッドセットで通話している。直接本体に触れないのだから、ボタンの押し間違いなどの誤操作はおこりにくいはずだが。

　まあしかし……、土岐は思い返した。人質にされている、気の毒な運転手が冷静でいられるはずもない。

　とすると、安藤と犯人の間でなにかトラブルがあったのだろうか？　犯人が危害を加えたとか。

「いや、俺はずっと見てたけど、……運転席で、そんな様子は――」

　土岐の呟きは、途中で消えた。

　タンクローリーの、運転席の様子。

　五反田から電話が掛かったときの……違和感。

　さらに、二度目の違和感と、切れるはずがないのに不通になった〝人質〟の携帯電話。

　そして、〝声のない犯人〟。

　土岐の脳裏で、ばらばらに空回りしていた疑問の歯車が、がっちり噛みあい、――結論の鐘を鳴らした。

「……そうか！」土岐は顔を上げた。――手がかりは目の前にあったんだ……！

　そうか……、そういうことだったのか。

「当該車両のマル被と直接、話がしたい」土岐は耳に当てた、特殊部隊用携帯電話に言った。「確かめたいことがある」

現場の一小隊長が直接、上層部に掛け合うなど本来なら許されない。土岐にしても、当然、最初は指揮系統に従って〈トマルクタス〉、佐伯副隊長へ上申した。佐伯は刑事部対策室に伝えてくれはしたものの、すげなく却下された。

そこで、こういう場合には都合のいい立場の同期に、直接電話をかけているのだった。

「確かめたいこととは？」刑事部対策室にいる五反田が、静かに聞き返す。

「悪いけど言えない」土岐は言った。

「では、その理由は」五反田は、怒りもせず聞き返す。

「悪いけど、それも」

土岐は、自分の考えを告げれば間違いなく潰される、と確信していた。一笑に付され、絶対に許可は下りない、と。

「土岐小隊長、言葉遣いに気をつけた方がいいね」五反田は柔らかい口調で言った。「この通話は、ここに詰めておられる方々も聞いておられるんだ」

なるほど、珍しく我慢強いのは、偉いお歴々の前だからか。土岐は、五反田がおそらく携帯電話の発信者表示から、面倒な提案を直に自分へ持ち込んできたと察し、わざわざ内容をお歴々に聞かせているんだろう、と思った。保身の本能恐るべし、と土岐は納得し、すこし意地悪く言った。

「そりゃ失敬、どうりで管理官殿のお言葉が丁寧だと思った」

「土岐……小隊長」五反田は憤怒《ふんぬ》をおさえる深呼吸をしてから言った。

「君も知っている筈だ。交渉は原則一名の担当官が専任で行う。これは被疑者との信頼関係の醸成はもちろん、複数の交渉担当官が別々に被疑者の要求に応じて、混乱するのを防ぐためだ」

「もちろん解ってる。でも、どうしても確かめたい」

これを聞いてる偉い方々には、優等生の好青年に難題をふっかける、落ちこぼれの頑固者と思われるだろう、と土岐は思った。まあ、別に構わない。この緊急事態に、五反田の演技力に張り合おうとするのは、時間の無駄だ。

「だから理由を――」

「時間がないんだ」土岐はきっぱりと言った。「それに、そこから見えるものと、現場で直接、眼にしているものは違う。俺は自分の目で見ていて、確かめたいと思った」

「……ちょっと待て」五反田が言って、携帯電話を口から離す気配があった。

土岐は、携帯電話を耳に当てて待ちながら、バックウインドウごしに、後方を離れて走るタンクローリーを見詰めながら、双眼鏡を手繰《たぐ》り寄せた。

「……解った」五反田の声が携帯電話から聞こえた。「許可してやる」

「感謝する」土岐は無味乾燥に言った。

「で、どうしたい？　そこから直接、運転者の携帯に掛けるのか」

「いや」土岐は空いた片手で双眼鏡を構えながら言った。「この電話を、そちらで運転者の携帯電話に繋いでほしい。通話は回復してるんだろ？」

「解った」五反田は呆れ果てたのか、理由は聞かず続けた。「それから、くれぐれも言っておくが、絶対に刺激するような言動はするな。もし人質の身になにかあれば――」

「もちろんすべて俺の責任だ」土岐は明快に言った。「でも、いまなら誰も傷つかずにすむ。……俺が正しければ、だけど」

「なに……？　お前、それはどういう――」

「よし、繋いでくれ！」土岐は五反田との会話を強引に打ち切った。

するとわずかな音の空白の後、ぶつっ、と回線が切り替わる音がした。

ついでルルル……、と呼び出し音が、機械的に、正確な秒読みのように響き始める。

土岐は呼び出し音を聞く間、左手で双眼鏡をタンクローリーに向け、右手に携帯電話を構えたまま、ヘルメットの下の細面を強張らせる。

――ちゃんと出てくれよ……！

そして、鳴り続けていた呼び出し音が途切れ、相手が出た。

いた。

「もしもし！」

土岐は緊張でひりつく喉《のど》に唾《つば》を飲み込んでから、獲物と対峙した猟犬の表情で、口を開
「……え？」

強張った表情のまま、土岐の口から噴きだしたのは、軽薄そのものの声だった。

「どうも、東京警視庁のヤマダです！　安藤さんですね、いまお忙しいですか！」

戸惑いを通り越して漂白されたような返事にかまわず、土岐は真剣な表情のまま、陽気に続ける。

「ああ、いままであなたと喋《しゃべ》ってた奴はトイレに行っちゃってね。まだ席に帰ってきません。大きい方かなあ、あはは」

土岐の脳天気な笑い声に被さって、車載無線機のスピーカーが「やめろ馬鹿ぁ、なに考えてる！　気でも狂ったのかあ！」と喚き、小隊用無線機からも「小隊長、やめて下さい！　小隊長！」と慌てた声があがった。

「と、土岐小隊長……」甲斐も運転席から身をねじって振り返り、双眼鏡を構えたまま、携帯電話に正気とは思えない口調で話す土岐を、呆然と見ていた。

「……？　な、なんですか？　あんた、なに言ってるんですか？　ほんとに警察……？」

安藤も、ほかの傍受している者と同じ印象を持ったらしく、土岐の正気を疑う声だった。土岐はスピーカーから響く、もはや悲鳴混じりの「やめろ馬鹿！　今すぐ通話を切れ！　命令だ！」という声を気にもせず、ますます調子づく。

「そりゃもう警察ですって、当然じゃないですか。ところで何か困ってることはないですかね？　あ、でも、この電話に困ってます、なんて言わないでくださいよ、はっはっは」

「あ、あんたはなに言ってんだよ？　ええ！　こっちの状況が解ってんですか！　俺は刃物突きつけられてて、人質にされてて……！」

「会議室からは見えませんけど、難儀な目にお遭いなのは理解してますとも。いや、私らも都民からの税金で食ってますから、まかしといてもらいましょうか」

「あ、あんた……！　あんたは……！　なにを……」安藤は、もうなにを言えばいいのかも解らなくなったらしく、絶句した。

「やだな、ちゃんとヤマダと名乗ったでしょうが」土岐は真剣な表情のまま口調だけは楽しげに、狂った警察官を演じ続ける。「覚えとかなくてもいいですけどね、私はヤマ――」

ぶつっ、と回線の切れる音がした。

刑事部対策室が遮断したのか、安藤が通話を切ったのか。いずれせよ、それは恐怖からに違いなかった。警察側と人質、それぞれの抱いた恐怖の質は違うにせよ。

――うまくいった……！

土岐は確信し、双眼鏡をタンクローリーに向けたまま、用済みの中折れ式携帯電話を耳から離すと、片手でぱたんと閉じた。

「小隊長、一体どういうつもりなんです！」甲斐が座席の間から首をねじ向けて、土岐に叫んだ。「どうかしちゃったんですか！」

土岐は答えず、双眼鏡を構え続けた。

「至急至急！　こちら刑事部対策室！」車載無線機のスピーカーは叫び続けている。「〈ヨーキー〉リーダー！　どういうつもりだ、説明しろ！」

「こちら〈ヨーキー〉ゼロニ！」小隊用無線機も唱和した。「どういうことです、説明を！〈ヨーキー〉リーダー！　説明を！」

土岐の耳には、それらの罵声《ばせい》や懇願の声が、どこか遠く曖昧《あいまい》にしか聞こえなかった。

——やはり、そうだったか……。

間違いない。自分のこの目で、はっきり確かめた。

土岐は、すっと双眼鏡を下ろして笑った。唇の両端をつり上げた、犬の笑いだった。

双眼鏡をとおして、通話中ずっと見詰め続けた運転手は、ハンドル操作以外はほとんど身じろぎせず、そして、強張った無表情のままだった。

「人質なんかいない……」土岐は確信をこめて呟いた。「そういうことなんだな」

第四話「制圧」

「……どういう意味だ！」五反田の叫びが、携帯電話を通して鼓膜を刺す。

土岐が、タンクローリーの運転者である安藤との、常軌を逸した会話を終えた直後だった。

車載無線は刑事部対策室からの叱責をがなり立てていたが、土岐がそれに答えないとみるや、五反田は土岐の携帯電話に直接、かけてきたのだった。

土岐は推測に確信を持てた安堵で息をついていたが、腰の振動で我に返って携帯電話を耳に当てた途端、五反田の罵声が噴きだしたのだった。

お前どういうつもりだ、気でも狂ったのか、なにを考えてる……！

土岐は顔をしかめて耳から携帯電話を離した。けれどやがて、よくまあそこまで、と感心するほどの罵《ののし》りが終わると、携帯電話をまだ満足の笑みの余韻を残す口元に寄せて告げたのだった。

人質は存在しない……と。

「解るように説明しろ！」五反田の苛立った叫びが続く。

「言ったとおりの意味だよ」

土岐は、仲間達にも聞こえるように小隊用無線機のスイッチを入れ、続けた。

「人質なんていないんだ、最初から」

「最初から……？」五反田は、まだ正気を疑う口調だった。「だったら最初から説明しろ！」

「タンクローリーを運転してるのは、安藤直尭《なおあき》じゃない」

「はあ？」五反田が、また喚きそうな声になった。「ではいま運転してる、あいつは誰だ？」

「解らない」土岐は正直に言った。

「話にならん！」五反田は吐き捨てた。

「だが、安藤じゃないのだけは間違いない」土岐は言った。「さっきそれを確かめたんだ」

「なに――？」五反田が絶句した。

五反田の驚愕を、微かな雑音だけになった携帯電話が伝えてくる。

「いいか、よく聞いてくれよ」土岐は噛んで含めるように言った。「俺はずっと、タンクローリーを監視してる。もちろん、交渉係と人質の安藤が通話してる間も、ずっとだ」

「それがお前らの任務じゃないか」五反田も立ち直ったのか、声にわずかに傲然とした響きが混じる。

「そうだよ」土岐は軽く受け流す。「そして、ひとつ気づいたんだ」

「気づいた？　何に、だ」

「安藤の様子が、通話中にもまったく変化がない、ってことに」土岐は言った。

最初に気になったのは、監視を開始してすぐの、五反田からの電話だった。あの時は、五反田の保身がましい言いぐさへの反発が先立って、つい聞き流してしまったのだが……。

五反田はこういった。――〝人質になった運転者の安藤から二分前に架電があった。このまま中央環状線に向かうよう、マル被が要求した〟と。

しかし、土岐の見ている限り、運転者と犯人の間で会話が交わされている様子は、全くなかった。

「そして、あんたが俺に説明を求めた、安藤の携帯電話と刑事部対策室《L1》との連絡途絶。あれも引っ掛かった」

「…………」五反田は黙った。話の先を促す、というより、自分の気づかなかったことに土岐が気づいたというのが、幹部達の面前で失点にならないか、気を回しているのかも知れない。

「寄せ集めでもいいところはあってね」土岐は、五反田の内心にはかまわずに続けた。「チーム内の専門家によれば、この辺りで通話の途切れはあり得ないそうだ。なら技術的な問題じゃなく、人為的な問題の筈だが……、そんな様子も、やっぱり無かった」

「だからあえて安藤を挑発し、激昂《げっこう》させ確認した……って訳か」五反田は後を引き取って呟いた。

「当たり前だろ」土岐は失礼な、と顔をしかめる。「頭は悪いけど、狂ってるわけじゃない」

「無駄口はいい！」五反田は言った。「しかし、なら僕達が通話していたのは安藤直尭じゃなかったのか？　それに、被疑者は当該タンクローリーを襲って乗り込んだんだぞ！」

「そうだな」土岐はタンクローリーに目をやりながらうなずく。

「電話に出ていたのは安藤に間違いないだろう。マル被が乗り込んだのも……。そして、人質がいるからこそ俺達警察は強行策を採れなかった」

五反田は再び黙った。けれど今度の空白は、土岐の示唆した事柄に思考を集中させているためだった。

「──土岐、お前……」五反田はようやく言った。「この事案すべてが、狂言だと言いたいのか」

「ああ」土岐はうなずいて言った。

「整理するぞ」五反田は、書き留めるような声で言った。「僕達が人質と考えていた安藤直尭は、当初から当該車両には乗っていなかった。さらに、こちらからの架電には被疑者に脅されているかのように演技をしていた……」

「そのとおり」土岐はうなずいていった。「だから被疑者を電話口に出しようがなかったんだ。なにしろ、安藤はタンクローリーに乗ってるわけじゃないから」

「黙って聞け」五反田は舌打ちした。「そして、端緒のタンクローリー強取そのものが狂言で、乗りこんだのも共犯……、だったのか」

「そしてタンクローリーの運転者も、誰だか解らないけど共犯者だ」土岐は無味乾燥に付け加える。「まとめてくれてうれしいよ」

「無駄口はいいと言ってるだろう！」五反田は苛立ちも露《あら》わに言った。

「主犯は安藤自身で決まりだろうね」土岐は言った。「じゃないと、ここまで手の込んだ偽装をする理由が無い」

「解ってるなら、なぜあそこまで挑発する必要があった！　安藤が勘づいて、いまこの瞬間にも犯行に及んだらどう責任を取るつもりだ？　どうなんだ！　携帯電話の発信位置の確認を要請してくれれば、充分だっただろう！」

負け惜しみか、あるいは他人の失策を指摘して失地回復を狙ったつもりなのか……？

「十数台の車両で包囲され、もっともらしい受け答えもしてる人質の携帯電話の位置を、念のため確認してくれと要請したとして、本当にとりあってくれたかな？」

土岐は胸の底で湧いた怒りを抑えて、続けた。「馬鹿馬鹿しい、その一言で終わりだったんじゃないかな?」

　五反田が取り合ってくれるとは、土岐には考えられなかった。だからあえて、五反田をも驚倒させ焦燥させて、なぜそうしたのか、その理由をこちらに質《ただ》さずにはいられない状況を作る必要もあったのだった。

「……そんなことはない」五反田は途端に、よそ行きの声を出した。「僕は、つねに聞く耳はもってる」

　ほんまか、ぜってえか、おい?　土岐は、宿命的に下品な語感の岡山弁を胸の内で吐いた。

「まあ、そんなのはどうでもいいよ」土岐は気を取り直して言った。「とにかく急ぐ必要がある。これだけの計画をやらかした以上、安藤は単なる愉快犯じゃない。タンクローリーは陽動で、安藤自身は別の犯行を狙ってる。こちらが偽装を見破ったのを気取《けど》られないよう、安藤への説得を継続しつつ、位置の特定を頼む。……こっちはこっちで動く、そちらも動いてくれ」

「お前、何様のつもりだ」五反田はいつもの口調に戻った。「方法はこちらで検討する。お前らは任務を続行しろ!　いいか、これ以上、捜査を混乱させるな!」

　電話が切れた。土岐は、はいはい……、と口の中で五反田警視殿に答えながら、携帯電話を腰のケースに戻し、小隊用無線機に言った。

「そういう訳だ、傍受していた君たち」

「ゼロニより〈ヨーキー〉リーダー」水戸の声が無線から聞こえた。「あまり驚かさんでください」

「申し訳ないです」土岐は素直に謝る。

「そうですよ」と武南。「ただでさえ、小隊長は常識を疑われてんだし」

「ひとのこと言えねえだろ」井上が言った。「馬鹿たれ」

「寿命が縮まった」と藤木が言った。「ま、僕は永遠の三十歳だから関係ないけどね」

「長生きしないでください」甲斐が運転席で藤木に答えた。「図々しい」

「私びっくりしちゃって」真喩も言った。「やめさせるには最悪の場合、私が小隊長を撃つしかないかと……」

「信用ないんだなあ」土岐は苦笑して、がくりとうなだれた。

「いや、僕は信じてましたよ、小隊長を」牧場が言った。

「そうか」土岐は、ぱっと笑顔になって顔を上げた。「ありが――」

「ゼロニからゼロナナ」水戸が言った。「命令だ、本音を言え」

「すいません」牧場が即座に言った。「僕はいま嘘《うそ》をつきました」

「まあ、そんなことはいい」土岐は芝居がかったため息をついてから、口調を変えた。

「いいか、みんな――」

土岐は、顔を、すっと上げる。ヘルメットの下の細面には、惚《とぼ》けた表情はもはや無かった。

「――事件が動くぞ」

土岐は一瞬で、凡庸《ぼんよう》な若者の顔から、精悍な特殊部隊指揮官のそれへと、文字通り変貌していた。

さて、ここからが自分達にとっての本番だ。

土岐がルーフ上のハッチから振り返る。後方を追ってくるタンクローリーの運転席には、相変わらずハンドルに被さる作業着姿の男と、助手席にはうつむき加減のハーフコート姿の男。

運転者は、警察が信じ込まされていた安藤直尭ではないどころか人質でさえなく、被疑者は襲ったように見せかけて乗り込んだ共犯だった。

一体、運転してるお前は誰だ……？

土岐は見詰めながら、捕まえれば自《おの》ずと解る、と思い返す。誰であろうと検挙するだけだ。

別の犯行を目論《もくろ》んでいる安藤直尭には、第二小隊〈ドーベルマン〉と執行隊が制圧に向かうはずだ。

そしてタンクローリーの相手は、自分たち第四小隊だ。

タンクローリーがどんなに巨体でガソリンを満載していても、停《と》めてしまえばこちらのものだ、と土岐は思った。バスにせよ乗用車にせよ、そうなれば陸《おか》に上がった鮫も同然だ。車両制圧の際、もっとも障害となるのは、堅牢《けんろう》さよりも、速度であり機動力だからだ。

しかし、どうやって停める?

説得では停まらない。かといって、警備車両で強制的に停めるのも危険だ。自暴自棄になって激突、横転でもされたら、それこそ一大事を誘発する。

「……やっぱりセオリーどおりか」土岐は呟いた。

被疑車両の進路上、任意の地点に先行し、破壊力の全くない、音と煙を撒き散らす爆発物を設置。

それを被疑車両が通りかかった頃合いで炸裂させ、運転者が驚いて急停車したところを、左右から強襲し、被疑者を確保する……。

これでいこう、と土岐は思った。が、陸に上がっても鮫は鮫、暴れることはある、と思い返す。この場合は、運転者とハーフコートの男のどちらかが、咄嗟に片方を人質にとる事態だ。奇襲、速攻の原則を守らねばならない。が——。

「ま、こっちだけで勝手に着手するわけにもいかないよな」土岐は呟いて腕時計をのぞく。

それは、後方を走り続けるタンクローリーと、別行動中の安藤は、同時に制圧しなければならないからだ。片方だけを確保しても、それを知ったもう片方の暴挙を防げない。

おそらくタンクローリーと安藤は連絡を維持している。ハーフコートの男はよくうつむいているが、それは見えないように携帯電話でメールを送っているからではないか。

土岐は、刑事部対策室が安藤の位置を捕捉《ほそく》し次第、具体的な下命《かめい》があると考えて時間を確かめたのだが……、いましばらく掛かるようだった。

「〈ヨーキー〉リーダーから〈ヨーキー〉全員へ！」土岐は胸元の小隊用無線機のスイッチを入れた。「現任務を続行する。ただし車両制圧、確保の資機材を準備！」

悠長にはしてられないぞ、五反田管理官？　土岐はそう胸の内で呟いた。

――主犯の安藤には、相当な覚悟があるはずだ……。

「だからあ！　なんど言ったら解るんですか！　この人、電話には出たくないって言ってるって、何度も伝えたでしょう？　こっちは刃物を向けられてるんだって！」

首都高から一般車両が閉め出された影響で、車でごった返す都内の幹線道路を、のろのろと進むワンボックスカーの車内に、男の悲痛な声が響いている。

けれど、運転席に座る男以外に、同乗者はいなかった。

それどころか後部の座席は、すべて取り払われていた。座席のかわりに、青いビニールシートの被せられた荷物が、フロアに鮨詰《すしづ》めにされていた。めくれたシートのわずかな隙間からのぞいているのは――。

プラスチック製のポリタンクだった。

ワンボックスカーは徐行しては停まり、停まってはまた徐行した。そうして揺れるたび、ぎっしり積まれたポリタンクからは、たぷん……たぷん……と重たげな音が、車内にいくつも重なってゆく。

ポリタンクの中身は、大量のガソリンだった。

「副隊長《トマルクタス》から第二小隊《ドーベルマン》へ」特殊警備系に切り替わった無線機から、佐伯の声が聞こえた。

「〈ドーベルマン〉は直《ただ》ちに転進《五一四》！　従事中の各隊を支援し、都内を遊動中《ゆうどうちゅう》のマル被の制圧に向かえ！」

「こちら〈ドーベルマン〉リーダー、了解！」

「〈ヨーキー〉は前動続行！　ただし、新たな下命に備えられたし、以上！」

事件の裏が解った以上、あとは一気呵成《かせい》にタンクローリーと別行動中の安藤を制圧、検挙するだけ、となるはずだったが——。

そうはならなかった。

「許可が出ないってどういう意味だ？」土岐はジムニーの助手席で、眉を寄せて携帯電話に聞き返した。

「僕に言っても始まらないだろう！」五反田の返事もまた、苛立たし気なものだった。

「現場の所有者である首都高株式会社の担当者が、反対してるんだ」

　刑事部対策室に呼ばれた担当者は、居並ぶ警視庁幹部に、こう宣言したという。

「路線が、たとえわずかでも損壊する可能性がある以上、我々は首都高路線上での犯人制圧は認められません！　一旦、一般道路上に下ろして行うべきです」

「もちろん、損害をださないよう細心の注意を払って実行します。方法については、私どもに一任願いたい」

「しかし、聞けば逮捕時には火薬まで使うかもしれない、とのお話ではないですか」首都高側の担当者は、強硬だった。

「燃料を満載しているタンクローリーに……。万が一、万が一の可能性がある。それに火薬を使わないとしてもです。タンクローリーが横転、最悪、炎上の可能性があります。その場合、復旧にどれほどの時間と労力を必要とするか」

「現場のものは、経験を積んでいます。ですから……」

「いいえ、別の方法を御検討願いたい」担当者はきっぱり言った。

「首都高は、他の道路とは違うのです。我が国の高速道路網の象徴であり、要《かなめ》です。現に、いま都内でどれだけの大渋滞が引き起こされているか、ご承知でしょう？」

　己の職分に忠実な担当者を前に、警視庁としてもそれ以上の説得はできなかった。

　まさか首都高担当者は一通り事情を五反田から聞いた、と土岐は思った。テレビや映画に登場する〝ＳＡＴ〟と、現実に存在する自分たちを混同してるんじゃないだろうな、と訝《いぶか》った。こと特殊部隊を描くに当たっては、映像関係者達のセンスはかなり不足気味だ。

「なんとか認めてもらえないのか？」土岐は苛立った声で言った。「火薬を使うと言っても、光りと煙が出るだけだ。道路には、傷一つつかないよ」

――ただでさえ、時間がないってのに……。

安藤の現在地はもうすぐ判明するとしても、その先の、最終的な目的地は不明のままだ。だから、犯行が一時間後なのか三十分後か、……もしかすると十秒後に始まる可能性さえもある。そうなれば、手遅れだ。

「だから僕に言うな」五反田も苛立った声で答えた。「とにかくだ、こちらも首都高側と交渉を続けてる。お前らも別の方法を検討しろ！」

土岐は、やれやれ、と鼻から息をついた。携帯電話を切り、胸元の小隊用無線機のスイッチを入れて言った。

「〈ヨーキー〉リーダーから各員へ。……我々の提示した方法は、却下された」

膨大な予算を投じて建設され、首都東京、ひいては関東一円を結ぶ交通の要である首都高。その責任を担う者の言い分もよく解る。よく解るけど……。

当該車両を一般道には下ろしたくない、と土岐は思った。

むしろ、土岐たち警察の立場からすれば、人的被害の発生する可能性の低い首都高上での制圧の方が、望ましいのだから。上層部の考えも同じだろう。たとえ制圧時に施設に損害が出たとしても、修理すれば済む……などといえば、首都高側は激怒するだろうが。

しかし、安全な爆発物を使う以外の方法となると……。

初めて臨場した銀行籠城事件では、人質に妊婦が含まれていたために、閃光音響弾《フラッシュバン》を行内に投げ込めなかった。そのかわりに突入時には、シャッターを焼き切った突入口から、投光車の強烈なライトを行内へ照射して、犯人が幻惑された隙をついたが……。

いや、だめだ。土岐は思い直した。あの時は夜間だったからこそ、投光車の烈光が効果を発揮したのだ。いまは真昼で、同じ方法をとったところで、効果は期待できない。

「さて、どうするかな……」土岐は呟いた。「警備車両二台で両側から挟み込んで停めるか……。いや、接近する間に察知されるな。なるほど、近づくなって警告はこのためか」

「ゼロニからリーダー」水戸の声が無線から聞こえた。「車両強制パンク装置か、阻止アングルを使うのは？」

車両強制パンク装置は、ゴム製で普段は板状に畳まれているが、伸ばして路面に敷いておくと、表面の刃が通過するタイヤを切り裂く。阻止アングルは鋼材を三角に組んだものを軸でつないだ、いわば車両用巨大マキビシで、車両を乗り上げさせて動けなくする。どちらも検問などで使われる資機材だ。

「パンクでは、完全に無力化はできません。速力が残ってるうちに横転でもされたら……」土岐は言った。「阻止アングルの効果も未知数ですね。相手が大きすぎる」

「でも、安全重視ばかりではホシは捕れません」井上の声が言った。「周囲に被害が及ばない地点に誘導し、勝負をかければ」

「この首都高でか？」と藤木。「どこにあるんだ、そんな都合のいい場所が」

「だから！　それを探して、みんなで無い知恵しぼってんでしょ」甲斐が運転席で小隊用無線機に言った。

「それに先輩、ちょっと前に、自分は首都高に詳しいみたいなことを言ってたじゃないですか」牧場も言った。

「だから言ってるのさ」

「もういい」土岐はふっと息をついて言った。「もうすこし考えよう」

「刑事部対策室から従事中の各局！」そのとき、車載無線機が鳴った。

「安藤直尭の所在が携帯電話の位置情報から判明！　場所は都内芝方面の道路上、車両で移動中と思料される！　急行中の各局にあっては赤灯《あかとう》、サイレン吹鳴は控え、当該地点周辺を慎重に検索されたい。なお、現認しても職質等の接触は禁止する、以上！」

　主犯の所在が割れたか……。土岐は聞き終えると、小隊用無線機のスイッチを入れる。

「聞いたとおりだ、暢気《のんき》にしてられない」土岐は言った。「しかし、炸薬は不許可、警備車両では危険、投光車では効果が望めない……」

土岐は考えながら呟き続けた。「マル対がブレーキを踏まざるを得ないほど驚かすことができて、かつ、警備車両に匹敵する程の力のあるもの、となると――」

「そんなもん、どこにあるんですか」と武南。

土岐は唸《うな》った。「いっそ、高架が落ちるか消えるくらいの衝撃がなきゃな……」

「あらゆる可能性を否定しないのは、科学の基本ですけど」真喩が言った。「縛りが厳しすぎません？」

「解ってる」土岐は顎《あご》を引き、眼前に延びる緩いカーブを見詰めた。……言われるまでもなく、難しい条件だ。

しかし、……きっとなにかあるはずだ。

「あ、いや、ちょっと待て」藤木の声が聞こえた。「高架が消える……？　それ、なんか聞いたことがあるな」

――！　土岐は顔を上げた。なんだって？

「ほんとか！」

「あれ？　いや……勘違いかな」藤木が曖昧に言った。「でも確か――」

「思い出しなさい」土岐が命じた。「そして、詳しく話してくれ」

「至急至急！　機捜一一五から刑事部対策室《L1》！　手配済みのマル被を一の橋交差点にて発

見！　車両にあってはレンタカー、車種は白のワンボックス、繰り返す、レンタカーの白のワンボックス！　進行方向は六本木方面！」

「至急至急、Ｌ１から機捜一一五、了解！　そのままマル援現着まで追尾、まだ触るな！——Ｌ１から各局！　傍受の通り、当該マル被を一の橋交差点にて発見！　従事中の各局は応援に向かえ！　ただし首都高上でのタンクローリー強取事案、これの制圧準備完了までは、絶対にマル被に感づかれるな！」

……飛び交う無線は、緊迫の度を増していた。

けれど、土岐たちはそれに注意を払いつつも、藤木の話した事柄の検討に忙しかった。

「なんとかいけそうだな」土岐は結論に達すると微笑んだ。「制圧には、あつらえ向きだ」

「もっと早く思い出しましょうよ！」武南が居丈高に言った。

「しょうがないだろ！」藤木が言い返す。

「お前が言えた義理か」水戸が武南に言った。「お前こそ、元交機《こうき》隊だろうが」

「すいませんすいません！」武南は泣きそうな声で言った。

交機《こうき》は交機でも高機《こうき》、高速道路交通警察隊じゃありません。武南も土岐にならそう言い返せるだろうが、第四小隊内で、水戸に逆らえる者は一人もいない。——小隊長の土岐も含めて。

「そんなのどうでもいい！」土岐は切り捨てた。「とにかくこの案を上申する。みんな準備にかかれ！」

「追尾班指揮官車より刑事部対策室《L1》！　当該マル被のワンボックス、これの捜査車両による包囲完了！　どうぞ！」

「こちら〈ドーベルマン〉、支援準備完了、繰り返す、支援準備完了！」

「L1から追尾班指揮官及び〈ドーベルマン〉へ、了解した！　首都高上のタンクローリーの制圧の準備完了次第、連携し防圧対処する！　着手まで待機されたい！」

……事態がいよいよ差し迫るなか、第四小隊からの提案を、携帯電話で聞き終えた五反田は言った。

「お前らの考えが、うまくいく保証はあるのか」

「そんなのやってみなきゃ解らない」土岐は無味乾燥に言った。「だけど、首都高側の要望を、最大限に満たしてる案だ」

「しかし……実行地点にマル被のタンクローリーを、うまく誘導できるかどうか」

「事故でも起こったことにして、他が通れないことにでもすりゃいいだろ」

土岐は、この期《ご》に及んで躊躇《ためら》う時間はない、と苛立ちながら続けた。

「とにかく、首都高側に協力を要請してくれ。それから、まさかの場合に備えて水難救助隊の配備も願う」

水難救助隊は、第二、第七、第九の各機動隊内に編制されている技能別部隊だ。特に二機のそれは名高く、第二機動隊全体の通称〝カッパ〟は、同隊に由来する。

「……解った」五反田は決心したのか言った。「首都高側も準備が必要だろう。用意が整い次第、お前らに知らせる」

「手配方《てはいがた》、よろしく頼む」土岐は携帯電話を切り、代わりに小隊用無線機のスイッチを入れた。

「〈ヨーキー〉リーダーから全員へ！　もうすぐ許可は下りそうだ。我々は追尾を解除し、実行地点へ向かう！――甲斐、一号羽田線だ！」


「まことに申し訳ないが、そちらの進行方向上で、警察車両が事故を起こしてしまった。すまないが、一旦、一号羽田線に乗ってもらえないだろうか？」

「まったく、なにやってんですか！　なにも出来ずに周りをうろうろするだけで、挙げ句、事故だあ？　いい加減にして下さいよ！」

「本当に申し訳ない」交渉担当の警察官の声は、心底、すまなそうだった。

「そういう事情だから、そこにいる人に頼んでくれないかな」

「解った、解りましたよ！――警察がこの先で事故って、通れなくしたそうですよ！　だから羽田線に乗ってくれって……どうします？――ああ、解りました、お巡りさん。この人もいいって言ってます！」

「それは良かった」警察官は安堵するように言い、続けた。「申し訳ないね」

「ほんと、勘弁して下さいよ」

「肝に銘じるよ」警察官はしみじみと言った。「ああ、それから羽田トンネルは工事中らしくてね。迂回路《うかいろ》の橋を用意したから、そちらへ乗ってくれ」


「〈ヨーキー〉リーダー、こちらマルニ！　準備完了、待機中！」

土岐は、疾走するジムニーのルーフ上、ハッチから上半身を乗り出した状態で、水戸からの報告を受けた。

「〈ヨーキー〉リーダーからマルニ、了解！」

土岐は、フリッツ型ヘルメットの縁で鳴る、風の裂かれる悲鳴に負けじと叫んだ。

周囲には、道路を埋めた警察車両の放つ赤い光が、乱舞していた。その中心で、ルーフレールを握りしめ、土岐は顔をまっすぐ上げていた。

土岐は、まるで現代の騎馬武者のようだった。

「〈ヨーキー〉リーダーからＬ１！　準備完了、指示を願う！」

土岐は車載無線機のマイクを握ったまま、数十メートル先を重々しくひた走る、タンクローリーの巨体を見据えた。

ガソリンで満たされたタンクの、楕円形の後尾は、きらきらとした陽光の反射で縁取られている。その下の車体を支える八輪の大型タイヤは、側面から噴きだす排気ガスで霞んでいた。

排気ガスのディーゼル臭は、数十メートル離れて追う土岐の鼻孔を、被ったバラクラバの粗い生地を通して刺激する。けれど、若い小隊長は意にも介さなかった。

——必ず、とめてやる……！

土岐がそう心で呟いた瞬間、無線が鳴った。

「刑事部対策室《L1》から〈ヨーキー〉リーダー！　着手せよ！　繰り返す、着手せよ！」

「〈ヨーキー〉リーダーからL1、了解！」土岐は身構えるように上半身を乗り出した。

「〈ヨーキー〉リーダーから従事中の各局に告げる、——所定の行動開始！　繰り返す、所定の行動を開始！」

土岐の下命で、タンクローリーを包囲したパトカーのブレーキランプが、一斉に点灯する。——タンクローリーを先導する二台の他は減速し、するすると囲みをほどいてゆく。

ジムニーは逆に加速し、引き下がってきた十数台のパトカーの前へと、飛び出した。先導する二台以外のパトカーを置き去りにして、走り続けるタンクローリーを、ジムニーだけが追って行く。

土岐は顔を叩く風圧の増す中で、視線をタンクローリーから離し、道路に沿って進行方向の先へと向けた。

このまま進めば、楕円形の庇が特徴的な、羽田トンネルに到達する。……しかし、そこは事故処理中、という事になっていて、黄色い道路パトカーが封鎖している筈だ。

タンクローリーが走り続けるには、トンネル手前で枝分かれする、狭い一車線道路の橋梁《きょうりょう》へと上ってゆく以外に、選択肢はない。そこは普段は閉鎖されているが、いまは柵が解かれ、黄色いパトカーが、車体と同じ色の回転灯を回して誘導している。

問題は、タンクローリーに乗っている二名の共犯者、あるいは主犯の安藤自身が、こちらの策を察知するか気が変わって、強引に羽田トンネルを強行突破した場合だ。

トンネル内の事故が嘘だとばれれば、当然、嘘の理由も知ることになるからだ。つまり、警察がなんらかの手段で自分たちを制圧しようとしたことを。逆上するのは眼に見えている。

だから土岐は、タンクローリー後部に目を凝らしながら、胸の中で念じた。そのまま進め……！　と。

そのまま大人しく進むんだ、さあ……！

固唾《かたず》を飲む土岐のはるか前方で、まず、タンクローリーの前を走るパトカーが、ウインカーを点滅させて促しながら、サイドレーンへと進路をそれ、そのまま橋梁への傾斜路を駆け上がってゆくのが見えた。もう一台のパトカーも続いてゆく。

――さあ、ついて行け！　土岐は見守りながら奥歯を噛みしめた。

タンクローリーは……、なんの疑いもない様子で、サイドレーンへと進入した。そして橋梁への傾斜路を、車体を重たげに揺らしただけで、パトカーの後を追いかけてゆく――。

土岐はルーフ上で安堵して、肩から力を抜いた。絞られたようについた息は、途端に口元から、吹き寄せる風にむしり取られた。

「〈ヨーキー〉リーダーよりゼロニ！」土岐は小隊無線機に言った。「当該車両は予定通り進路を変更、そちらへ向かった！　スタンバイ、スタンバイ！」

「〈ヨーキー〉ゼロニ、了解！　スタンバイ！」無線から水戸の答えが聞こえた。

「〈ヨーキー〉リーダーから武南《ゼロロク》、抜かるな！」

「了解！」武南の答えが聞こえた。「コウモリみたいに張り付いてます！」

「よし！　甲斐、このまま追い込むぞ！」土岐は叫んだ。「みんなもいいな！」

先回りして待ち伏せる水戸らと分かれ、ジムニーに同乗した井上と真喩がそれぞれ、了解！　と車内から答える。

ジムニーもまたタンクローリーを追い、橋梁の緩い傾斜へと、加速しながらたった一台で突進してゆく。

その橋は十年以上は使用されていない、〝幻の道路〟だった。

「あれ……？　なんであいつら行っちまうんだ？」

タンクローリーの運転席で、運転手が言った。

これまでと変わらない速度をタンクローリーは維持している。――にもかかわらず、付かず離れずで先行していた二台のパトカーが、急に加速すると、縦列で走り去ってゆく。

二台のパトカーは、一車線の橋梁上を、みるみる小さくなった。

「なんだよ？」助手席のハーフコート姿の男は、膝のうえの、メールを打っていた携帯電話から目をあげた。

「いや、前を走ってた奴らが、急に消えたんだ」

「あ？　消えた？」ハーフコートの男は不審げな表情で聞き返す。「おい、後ろは！」

運転手がちらりとドアミラーを一瞥《いちべつ》した。すると、ひしめいていた警察車両の大群は、同じように姿を消していた。

代わりに小さな四駆が一台、ぽつんとついてきている。

「ちっこいのが一台だけだ」運転手は答えた。

「なんか、やばいんじゃないか」ハーフコートの男は不安そうに、運転席を向いて言った。「様子がおかしいぞ」

「大丈夫だって」運転手の男は素っ気なく言った。「こっちにはあんたって〝人質〟がいるんだ、奴らは手出しはできねえよ。――見ろよ、飛行機が見える」

幅のある川面《かわも》に架けられた橋は狭いうえに、右側は防音壁が続く殺風景さだったが、左側のフェンスの向こうには、旅客機が降下してゆく羽田空港の、広大な風景が見渡せた。

運転手を楽観的にさせているのは、そんな風景からくる開放感のせいもあった。

「そ、そうだな」ハーフコートの男は自分を納得させるように、顔を前に戻しながら言った。「……安藤さんの方も、もうすぐだろうしな」

「ああ。……そうすりゃ俺らも、こいつを八重洲のトンネルに乗り捨てておさらばだ――」

「お、おい!」ハーフコートの男は、運転手の気楽なもの言いを遮り、叫んでいた。

「地震か?」

「なんだよ!」運転手も叫び返して、助手席の男を見た。「どうしたんだよ!」

「あれ……!」助手席の男は、見開いた眼で前方へ向けて指さしていた。「あれ……!」

「なんだよ? どうしたって――」呆れながら顔を前に戻した運転手もまた、目に飛び込んできた光景に絶句した。「あ……!」

二人が、フロントガラス越しに目の当たりにした光景に言葉を失ったのも、当然だった。まっすぐだった橋梁が、――折れ曲がろうとしていたからだ。

百数十メール向こうで、頑丈な鋼鉄と堅牢なコンクリートでできた橋が、横から莫大な衝撃を受け止めかねて押し流されるように、二十メートルはある橋桁《はしげた》一つ分が、すこしずつ折れてゆく。

　直線だった橋が、あろう事か、カーブへ姿を変えようとしている。まるで巨大な手が橋《はし》桁《げた》を鷲摑《わしづか》みにして、ひねり回すように。

「なんだよ……、どうしたんだよ……これ」運転手の口から、声が漏れた。

　ほんの少し前まで、路上は見通せていた。けれどいまは、右手からは防音壁の断面が路肩へせり出し、本来ならば見えないはずの防音壁の外側が覗きはじめている。さらに左手からも、道路と並行に設けられていたはずのフェンスが立ち塞がるように、こちらへ――走り続けるタンクローリーへと向き始めている。

「おい見ろ！」ハーフコートの男も、震える声で囁いた。「あの、向こうも……！」

　男のいう通り、手前の橋桁だけでなく、さらに先の橋桁も、同様に動き始めていた。巨大な竜がのたうつように形を変えつつある道路が、橋が、二人の現実感さえかき回し、視界を歪ませた。船酔いに似た気持ち悪さが、胸から喉へせり上がってくる。

　その間も橋梁の異変は続いてゆき、ついに――フェンスは防音壁に隠れて、見えなくなった。

　それは、橋梁上からは絶対に見える筈のない防音壁の外側が、路上に立ち塞がったからだった。

「そうか……」ハーフコートの男は呟いた。

「——あ？」運転手は奇妙に静かな声で聞き返す。

「……橋が動いてるんだ、だから……」

思い至ると同時に、ハーフコートの男の脳裏から遠ざかっていた現実感が、一気に押し寄せてきた。そして、その眼に飛び込んできたのは——。

立ち塞がる防音壁の手前で中空へ途切れた、道路の断崖だった。

「ブレーキだあぁ！」ハーフコートの男は絶叫し、運転手の肩をつかんだ。「早く！」

「うわあぁぁ！」我に返った運転手も、ブレーキペダルを渾身《こんしん》の力で踏みつけた。

タンクローリーは、ブレーキの悲鳴とも怨嗟《えんさ》ともつかぬ金切り声を響かせ、巨体をがくんと揺らすと、前のめりになりながら減速しはじめた。

ハーフコートの男は、慣性で助手席から投げ出されてフロントガラスに額を打ちつけたが、それでも叫び続けた。

速度が急激にタンクローリーの巨体から失われてゆく。タイヤが、青白い煙の尾を引きながら、アスファルトに削り取られてゆく。

車体が、ぶるぶると震えながら、路面にしがみつこうとする——。

やがてタンクローリーは、道路の途切れた数メートル手前で、ようやく停まった。

——うまくいった！

土岐は、力尽きて停車し、青白い煙が取り巻くタンクローリーを見て、確信した。まさか犯人も、首都高にこんな設備があるとは知らなかったのだろう。

この橋は、羽田可動橋といった。

海老取川《えびとりがわ》に大型船を通すために、橋桁二個が橋脚の設備で旋回できる、特殊な構造をしている。いまはトンネルになり代わられているが、九〇年代初めから終わりまでは現役だった。

「制圧せよ！」

土岐はジムニーが退路を塞いで急停止した瞬間、ルーフ上から飛び降りた。

間髪入れずジムニーのドアが一斉に開き、完全装備の甲斐、井上、真喩も続く。

路上には、真新しく太いブレーキ痕とゴムの焦げた苦い臭いが漂っている。先頭を駆ける土岐は、Ｐ７を構えて警戒しながら、タンクローリーへと接近してゆく。

と、運転席に面した防音壁の上に、黒い姿が現れた。あらかじめロープ一本で防音壁の外にぶら下がって潜んでいた、水戸、武南、牧場、藤木だった。

防音壁を苦もなく乗り越え、重装備にもかかわらず、音もなく路上に降り立った。

第四小隊は、無言のまま二手に分かれ、見上げるようなタンクローリーに襲いかかる。

土岐が助手席に拳銃を向けて警戒する中、甲斐がドアの下で背中を丸めて構えると、それを踏み台にして井上がすかさず片足をかけて伸び上がり、手にしたフーリガンツールでサイドウインドウを叩き割った。手を差し込んでロックを解除する。運転席側でも、ガラスを叩き割る音が響いた。

井上が飛び下りると同時に、甲斐が正面に立たないようにしながらドアを開け放つ。

「警察だ、抵抗するな！　抵抗するな！」土岐は、拳銃を構えたまま怒鳴った。

露わになった助手席には、ハーフコートの男が身を丸めて頭を抱え込んでいた。

「抵抗するな！」土岐は再度、気迫を込めて言い放つと、背を丸めたまま動かない男のハーフコートの襟首をグローブをはめた手でつかみ、そのまま引きずり下ろした。

路上に転がり出た男を、土岐は井上、甲斐とともに、うつ伏せにねじ伏せる。

「手錠をかけろ！――そっちは！」

「こちらも確保！」水戸の声が、運転席側から上がった。

「よし！」土岐は、同じように男の背中を膝で押さえつける甲斐を見た。「Ｌ１に報告！被疑者二名を確保！　負傷者及び損害なし！」

「了解！」甲斐は押さえつけたまま、無線機のマイクを手繰り寄せた。「こちら〈ヨーキー〉！　被疑者二名を確保！　負傷者及び――」

土岐は、ふっと安堵の息をついて組み敷いた男を見下ろす。

「もう……いやだ」男は頬をアスファルトに押しつけられながら、力なく呟き続けていた。

「もう……いやだ、もう……いやだ、……殺してくれよ、殺して……」

まるで脅えた小動物のような男の姿に、土岐は胸を突かれた。

──普通の、どこにでもいる男じゃないか……。

土岐は、一歩間違えば大惨事をもたらす可能性のあった事件と、組み敷いた男の貧弱な体格との落差に、わずかに戸惑った。

犯行の興奮から醒《さ》めたいまのこの様子から、この男は基本的には善良という、ありふれてはいるが尊いものをもった人間だったのではないか、とふと思った。社会や自分自身に、どれだけ不満を持っていたとしても、それを抱えながらも必死に生きている、ありふれた人間。

けれど、生きることに疲れ果てた結果、心の中の、善悪を隔てる膜がどんどん擦り切れてゆき、憎しみや嫉妬、不満があふれ出てしまったのか。

そして、個々の顔を持つ誰かにではなく、自分を不当に扱ったと男が信じた〝社会〟そのものへ、復讐しようとしたのか。

いや、それだけじゃない。土岐はそう思い、取り押さえた腕に力を込めた。

擦り切れそうになりながらも、男が懸命に繕ってきた善悪を隔てる膜に、冷酷に刃《やいば》を突き立てた奴がいる。

──〈蒼白の仮面〉か……！

土岐はそう思うと、なおも死にたいと呟き続ける男に、叫ばずにはいられなかった。

「生き直せ！　いいか、生き直すんだ！」

人はきっと、機会さえあれば生き直せる、と土岐は信じていた。

自分自身がそうだった。……特殊部隊に配属されてからの訓練で、それまでは心を硬く覆っていたキャリアとしての自尊心や自信は、あっけなく、そして徹底的に、完膚無きまでに叩き壊されてしまったものだ。けれど、厳しい訓練を耐え抜くたびに、新しい自信を少しずつ、心に積み上げてこられたような気がする。

――だからきっと、人はやり直せるんだ……。

土岐はそう念じながら、アスファルトに押さえつけた、男の泣き歪んだ横顔をじっと見詰め続けた。

「〈ヨーキー〉リーダー！」甲斐が耳に当てていた手を下ろして、土岐を見た。「〈ドーベルマン〉から報告、あちらも主犯を確保、逮捕した模様です！」

「そうか……、了解」土岐は、任務を無事に終えた爽快感もなく答えた。「さ、立つんだ」

ハーフコートの男の両脇を固めて立ち上がった土岐達の眼に、鈍く光るタンクの向こうから、橋梁上を、警察車両が押し寄せてくるのが見えた。

「クソ馬鹿が……！」

〈蒼白の仮面〉は、ノートパソコンのモニターを見詰めながら、吐き捨てた。

タンクローリー強取事件から、一週間が過ぎている。――その間、主犯である安藤直克《なおあき》の警察での供述内容を、マスコミは次々と報じた。

〈蒼白の仮面〉は、それらの記事をネット上で集めた、いわゆる〝まとめサイト〟に見入っているのだった。

……主犯の安藤直克は、最初は単独で実行しようと決意していたらしい。

安藤は高校は進学校であったものの、大学進学を家庭の経済状況の悪化から諦めざるを得なかった。そのせいか、最初に勤めた会社では、周囲と馴染《なじ》もうとせず、よくこぼしていたという。

俺、いつまでもこんな仕事してるほど、小さい人間じゃないですから……と。

その会社は、追われるように三カ月で辞めた。

――こんな仕事より、俺にはもっと、優秀さに見合った割の良い仕事があるはずだ……。

そう思い続け、やはり数カ月で職を転々とする生活を繰り返した。

そんな十数年の歳月の果てに、流れ着くように、今回タンクローリーを盗んだ葵谷運輸に勤め始めた。

安藤は、もはや習い性になった、給料や勤務形態への不満を燻《くすぶ》らせた。それらはこの職場も数カ月で去る事を思えば、我慢でき無くはなかった。しかし、どうしても許せなかったのは、ことあるごとに意地悪くからかってくる社長の存在だった。

——昔はエリートだったかも知れねえけどよ、いまの自分の立場を考えてみろや、ん？ ネットにしかお友達がいねえのをよ、情けねえと思わねえか。

人間関係を拒絶していた安藤には、憤懣を持ってゆく場所も友人も無かった。心の檻《おり》の中で、怒りを餌《えさ》に、憎悪だけが猛々《たけだけ》しく育っていった。

——俺がこんな境遇に甘んじなきゃならないのは、世間が俺という逸材を、……見つけ出し、手を差し伸べなかったからだ……！

安藤は、小企業とはいえ経営者である社長を通じて社会全体へ、憎悪の牙を向け始めた。職場のガソリンを盗み、それを白昼の繁華街で人通りの多い時間にばらまいて火をつけるという、単純だが凶悪な目論見《もくろみ》を夢想し、自分を慰めるようになった。

——この頃から、この馬鹿は私のサイトの常連になった……。〝ネット上の犯罪系闇サイトにアクセスするようになり〟と、記事はお定まりの書き方だけど。

とにかく、安藤は〝闇サイト〟で議論するうちに、配送に出発してそのままタンクローリーで六本木交差点へ向かい、大量のガソリンをばらまいて放火する計画へと変更した。

会社の車を使う犯行に拘《こだわ》ったのは、大量のガソリンを運搬する必要性もあったが、なによりも、あの社長に思い知らせ絶望させてやれる、最高の方法だったからだ。

——そう、それがあの男の立てた、最初の計画だった……。

しかし、配送先の順路が変わってしまった。工場を出発してから十五分で最初の配送先に届けなければならなくなったのだ。未配送となれば、取引先はすぐ不審に思って会社に問い合わせ、ほどなく警察の知るところとなり、手配されてしまうだろう。

――だから私が、プランを授けてやったのに……！

〈蒼白の仮面〉が提案した犯行は、共犯者の静寂佳久《しじまよしひさ》に、川崎市内でわざと目立つようにタンクローリーを襲撃させたうえ、乗り込ませて合流させる、というものだった。〝人質〟が存在すれば、満載のガソリンと相まって、警察は容易に手が出せなくなるからだ。

計画通りなら、警察に追いまくられるうえ成功は運次第にはなるものの、安藤は好きな場所を火の海にできるはずだったのに！　と〈蒼白の仮面〉は思い、下唇を前歯で噛んだ。

しかし、安藤は確実を期したかったらしい。やるからには、成功させなくてはならない。もう後はない……、そんな強迫観念に捕らわれたのだろう。

そこで、自分たちのタンクローリー突入が失敗したときに備え、身近な男を犯行に引っ張り込んだ。元同僚で、一年前に安藤自身と同様の不満を抱えて退職し、いまは無職でぶらぶらしている坂本基樹《さかもともとき》だった。

その坂本に、レンタカーにポリタンク入りのガソリンを積んで、自分たちが失敗した際は、かわりに六本木交差点で放火するように指示した。

が、坂本は震え上がって断った。……安藤さん、俺だってあのカス社長には恨みがあるよ。でもよ、関係ねえ人間までやるってのは……。

安藤は窮地に陥った。断られたとはいえ坂本には計画を明かした以上、事前に漏れないようにこのまま共犯にするのが一番安全だ。しかし、役に立ちそうにない……。

どうするか。ここで、計画実行にとり憑《つ》かれた安藤の脳から、ある考えが捻《ひね》り出されのだった。

六本木交差点での放火は、レンタカーを使って自分自身で決行する。坂本は、タンクローリーを運転して静寂を〝人質〟に、首都高を走り回ってくれさえすればよいのだ。そして自分は、警察の眼が首都高の静寂と坂本に集中している間、憐《あわ》れにも人質になった安藤本人を携帯電話で演じつつ、大手を振って都心へと侵入すればいい。

加えて安藤は、運転手を演じるにはもうひとつ利点がある、と考えた。

それは、自分の犯行が成功した後、坂本と静寂の二人は、タンクローリーを八重洲線のトンネル内にある八重洲乗客降り口に乗り捨て、そこから東京駅へと逃走する予定だからだ。坂本と静寂が、一旦警察の手から逃れられれば、運転手が安藤と信じ込んでいる以上、坂本への捜査の目は向きにくい、と。

安藤は正気をなくしかけていたが不思議と、無理に引き込んだ坂本への負い目は意識していた。

そして、犯行当日。安藤は工場をタンクローリーで出発した直後に、空き地で積荷のガソリンを別の大型容器に移したうえで、坂本と交代した。坂本は安藤の作業着に着替え、タンクローリーを運転して、静寂との襲撃を偽装した合流地点へとむかう。別れた安藤は大型容器からガソリンをポリタンクへと小分けにして、レンタカーに詰め込み、悠々と空き地から出発したのだった。——

どいつもこいつも……、と〈蒼白の仮面〉は画面を見詰めたまま、無意識に左手の爪を噛んだ。前歯の間で、爪がキチキチッと音を立てた。

「——どうして言うとおりにしねぇんだよ……！」

苛立ちが胸の内側を掻《か》きむしる。

おまけに——。

〈蒼白の仮面〉は爪を前歯に挟んだまま、右手でマウスを操作して、画面をスクロールさせてゆく。画面へあるＵＲＬが表示されると、それをクリックした。

画面がかわり、不鮮明な写真が表示された。おそらく、テレビの空撮ヘリが望遠距離ぎりぎりで撮影した動画を、静止画にしたものだろう。

〈蒼白の仮面〉は顔を画面に寄せ、目を凝らした。

映し出されているのは、細部は曖昧になっているが、濃紺に近い黒色のアサルトスーツを着け、ヘルメットを目深《まぶか》に被《かぶ》った警察官の姿だった。小さいが四輪駆動車らしき車の助手席に座り、サイドウインドウの枠に収まり背筋の伸びた姿は、まるで胸像に見えた。

目鼻立ちまでは、解らない。けれど細面で、どこか茫洋《ぼうよう》とした印象は、間違いなかった。

〈蒼白の仮面〉はやっぱり……、と瞳に名も知らぬ警察官の横顔を映して、確信した。

——また、あいつらか！

警視庁ＳＡＴ……特殊部隊の連中だ。

また私の邪魔を……！〈蒼白の仮面〉は苛立ちそのままに、前歯で小刻みに爪をちきちきと鳴らし続けた。

——いや、でも……。〈蒼白の仮面〉がふとそう思ったとき、前歯で噛んだ爪が、ぱきっ、と割れた。

私を本当に邪魔してるのは、私がせっかく授けてやった知恵を無駄にする、馬鹿な連中の方では……？

——彼らは馬鹿な連中の、ずっと先を行っているってわけか。

そう思い至ると、〈蒼白の仮面〉は、くすりと笑った。いったん笑うと止まらなくなって、〈蒼白の仮面〉は舌先に爪の欠片《かけら》をのせたまま、声を上げて笑った。

「おめえら、すげえよ」哄笑《こうしょう》が治まると、〈蒼白の仮面〉は言った。「やるじゃん」

そして、口に残っていた爪の欠片を、モニターに映る警察官の、不鮮明な静止画に吐きつけた。

よく訓練された動き、チームワーク。そして……仲間同士の絆《きずな》。

彼らにも限界はあるんだろうか？

知りたい……、ふとそう思い浮かんだ瞬間、〈蒼白の仮面〉の背筋に、冷たい指で撫で上げられたような感覚が奔った。

私は、知りたい。もっと、あんた達の事が……。

〈蒼白の仮面〉の胸の中で、苛立ちや焦燥はいつしか消えていた。

かわりに、切ないほどの強烈さで、秘匿の壁の向こうにいる男達を求めた。

私は、あの男達が全力を尽くして闘って、傷つき血を流し、絶望に涙し、そして……全滅するところが見たい。

その光景はきっと、美しいに違いないから。

そして〈蒼白の仮面〉には、望んだ状況に、土岐たちを追いやるだけの切り札に、心当たりがあった。
私は〈蒼白の仮面〉――、命の燃焼に歓喜する者……。

第五話「銃撃」

この国はおかしい。――その思いは、ずっと心の底でくすぶり続けていた。

多分、俺もすこし変なガキではあったんだろうとは思う。テレビで放映される戦争映画や、銃器の写真が載った本が大好きだった。だが、家族や周りの同級生は、平和は何より大切だ、とか毒にも薬にもならないような、学校で覚えさせられることを暗唱するしか能のない連中だった。

だから、俺は高校を卒業して自衛隊に入隊した。

だが――俺の期待は裏切られた。他人よりすこしだけ物事に慣れるのに時間の掛かる俺を、周りはお荷物扱いした。そして、軍事の知識はおろか興味さえないのに、物覚えと要領のいいだけの奴が優秀とされた。自衛隊は軍隊ではなく所詮《しょせん》は役所か、と俺は思った。本物の軍隊なら、俺のような幅広い軍事知識と問題意識を持った人間こそ、優れた兵士と見なすだろうに。

幻滅した俺は、本物の〝軍隊〟へ入る道を探した。

そうして、任期終了後に、貯めた金でフランスへ渡ったのだった。目的地はパリ、フォルト・ノジャン地区にある、フランス外人部隊受付所だった。

「……Je me porterai volontaire.《私は志願します》」

石造りの古い要塞《ようさい》の、重厚なドアから出てきた下士官の眼光に圧倒されながら、かすれた声でたどたどしく告げたあの日を、忘れられない。

外人部隊への入隊が認められると、オーバーニュへと移されて開始された地獄の訓練。身体がぼろ雑巾のようになる体力錬成、〝農家《フェルム》〟という名の集合訓練。

生き残るために必死の毎日で、渡仏前に外人部隊を紹介した本で読んだ、〝訓練でブーツに血がたまる〟というのは、真実だった。

新兵訓練を終え、配属されたのは第三外人歩兵連隊だった。そこで、南米ギアナで灼《しゃく》熱《ねっ》の太陽のもと、アリアンロケット打ち上げ基地の警備任務の傍ら、密林でジャングル戦訓練を受けた。

五年後、フランス政府との契約を満了した。その間、有望な兵士だけを対象にした、特技訓練参加への機会こそ与えられなかったものの、——まあ、どこの国にも本当の逸材を見分けられる奴は少ないと考えれば、諦めもつく。俺は気にしなかった。

とりあえず日本へと帰国すべく搭乗したエールフランス便の機内で、幸運な出会いがあった。

隣り合わせた座席の日本人が話しかけてきたのだ。俺の、南米の太陽に灼《や》かれた真っ黒な肌に興味を惹《ひ》かれたらしい。

俺は外人部隊での経験を話してやった。

すると男は、それを本にしてみないか、という。男は大手出版社の編集者と名乗った。

それから半年後、俺の手記が発売されると、生活は一変した。——驚くほど本が売れ、印税が転がり込んできたのだ。

俺はその金で下町に借りていた安アパートを引き払い、都内のマンションに引っ越すことができた。講演会にも呼ばれ、テレビの海外事情を紹介する番組にも、顔を出したりした。雑誌にも記事を書きまくった。

狭い世界ではあったが、ちょっとした有名人になったのだ。

だが、そんな俺に相応しい生活も、長続きはしなかった。

発端は、些細なことだった。

俺は自衛隊のレンジャー訓練に参加して、その内容に苦言を呈す記事を、雑誌に書いた。記事はおおむね読者には好評だった。……が、別の雑誌に反論記事が載ったのが始まりだった。

「〝訓練に参加した隊員の中には、自衛隊の最精鋭を養成するには不向きなほど体力のない隊員がいるのが目に余った〟ですって？　いい加減にしてもらいたい！　柏木《かしわぎ》さんの書いた記事ではまったく触れられていませんが、あの人、訓練参加中に足を捻挫《ねんざ》して動けなくなったんですよ？　それを担いで運んだのは誰だと思います？　一週間、ほぼ睡眠が与えられず訓練を続けていた、柏木さんの言う〝体力のない隊員〟、つまりレンジャー学生たちですよ！」

　それからは、雪崩《なだれ》のようにあっという間だった。

「柏木氏は〝現職中は、実戦を想定しない自衛隊は退屈で仕方なかった〟、と手記に書いてますが、事実は全然違います。彼、なにをやっても人より遅いんです。そのくせ、咎《とが》められると言い訳ばかり。そんな調子でしたから、同僚達の視線にいたたまれなくなって、任期を更新しなかったのが本当のところです。それに、昇任試験を受けさせて引き留めたくなるような隊員ではありませんでした」

「……柏木氏の手記は、実戦の緊張をありありと伝える緊迫感と、読んでいる者があたかも戦場に投げ出されたかのような臨場感に満ちている。しかし本紙記者は、先頃フランス外人部隊を退役し帰国したR氏から、驚くべき事実を聞き出した。

〝彼は、一度も実戦を経験しなかった筈ですが〟」

　ある日を境に、俺のマンションの電話は鳴らなくなった。……こちらからかけても、以前はすぐに取り次がれていた出版社やマスコミの担当者は、いつも用事で不在だと告げられるようになった。手帳を埋めていた予定も、月を追うごとに少なくなり、ページは白紙に近くなっていった。

俺は部屋で一人、頭を抱えるしかなかった。

確かに俺も、筆が滑ったところはあったかもしれない。だがそれは、読者を喜ばせるものを、というマスコミの要望に添っただけだ。なにが悪い？　それに、こうも世間から叩かれるのは、マスコミが俺の虚像を育てたからではないのか？

たった数週間で、誰も訪ねてこなくなったマンションに閉じこもっていた俺は、インターネット上で〝それ〟を偶然、見つけた。

〈蒼白の仮面〉――、いわゆる犯罪系の闇サイトだった。

最初は暇つぶしだった掲示板への書き込みが、鬱憤《うっぷん》晴らしにかわり……、いつしか熱心に自分の考えを書き込むようになっていった。誰とも話しもしない毎日では、唯一の他人との交流だったからだ。

実際、警察の要請でネット上からホームページが削除されると、復活が待ち遠しいくらいだった。掲示板に書き込まれる、素人《しろうと》達の荒唐無稽な犯罪計画を修正してやるうちに、俺の実力が伝わったのか、計画を実行してみる気はないかと奨める者があらわれた。

ページの主宰者《しゅさい》である〈蒼白の仮面〉、その人だった。……あなたくらいの力があれば、なんだって出来るのでは？　と。

何度、どう甘言を弄《ろう》されようが、俺は相手にしなかった。しかし――ある日、〈蒼白の仮面〉内の掲示板への書き込みが、俺の眼に、熱いピンのように突き刺さった。

［匿名希望さん：そういえばさあ、軍事に詳しいっていえば、柏木恭介《きょうすけ》っていたじゃん。あいつホラ吹いてたのがバレて、マスコミから叩かれてたけど、あれからどうなったの？］

［匿名希望さん：さあ、死んだんじゃね？　あれだけ赤っ恥かいたんだし。持ち上げたマスコミが手の平返すのはあざといけど、奴が書いた本の内容、ほとんど創作だもんな］

……ここまで読む間、俺の心臓は、自衛隊や外人部隊での訓練中にも無かったほど高鳴っていた。

そして、次の一行が眼に入った途端、鼓動が凍り付いた。

［匿名希望さん：もしかして外人部隊経験ってのも、大ボラなんじゃね？］

俺は呆然と画面から目を離し、机の前の壁を見上げた。そこには、フランス政府との契約満了を示す在隊証明書が、額縁に入れて飾ってあった。

こいつら、俺のすべてを否定する気か……！　俺の中で何かが爆発した。

反射的に机からノートパソコンをつかみ上げると、壁に叩きつけた。

床に落ちたパソコンの残骸《ざんがい》を見下ろしながら、荒い息を繰り返す内に、俺は胸で膨れあがっているのは、怒りだけではないことに気づき、震えた。

俺は脅えていた。自分の存在すべてを否定され、無かったことにされ、さらに無価値という暗い穴に投げ込まれる恐怖に。

お前らに何が解るんだよ！　俺は心の中で絶叫した。……訓練どころか、本物の銃を持ったことさえ、お前らはないだろうが！　そんなお前らが俺を、この俺の……、血の汗を流して得た称号を、汚らしい土足で踏みにじるような真似を……！　俺を一度日本から爪《つま》弾《はじ》きにしただけでは飽きたらず、今度は抹殺するつもりか？

——だったら俺が本物かそうでないか……、いや、どれだけのことが出来るかを教えてやる！

一週間後、俺は〈蒼白の仮面〉の提案に乗った。

それから、いつものサイトとは関係ない、〈蒼白の仮面〉の用意した別のインターネット上のページで、ともに計画を練った。

［蒼白の仮面：ところで、警視庁SATのあいつらって、目障りだよね。いつも、誰かの願いの邪魔をする。だから思い知らせてやって欲しい。特に添付ファイルで送った写真の、こいつらが邪魔。あんたなら、簡単にできちゃうよね］

SATか。フランス治安憲兵隊《ジャンダムリー》の治安介入部隊《GIGN》——〝ジージェン〟とも合同訓練を行っているから、外人部隊にいた頃、噂は聞いていた。実戦経験のない、訓練だけのおままごと集団だ。日本警察の精鋭とはいえ、所詮は腰抜けの国の連中から選ばれたにすぎない。いまこの瞬間、戦争や大災害でも起これば、我先に逃げだすしか能のない奴らばかりの国だ。

やってやるよ、〈蒼白の仮面〉。……だが、俺はあんたがこれまで唆してきた、頭のおかしい奴らとは違う。〈蒼白の仮面〉、あんたがどんな奴かは知らないが、これはあんたと俺が取り交わした契約であり、俺が俺自身に与えた任務だ。

そう、これは任務だ。


「――時間だ」土岐は、多目的車ジムニーの助手席で、窓の外を見て言った。

ビルの谷間に注ぐ柔らかな陽差しのもと、多くの人々が行き交っている。

池袋駅西口公園――。

新緑の鮮やかな木々が街角を彩っている。敷地内にある芸術劇場エントランスのガラス張りと、片隅の噴水の飛沫が、燦《きら》めきを空に弾いていた。

だが、そろそろ初夏を迎える街や人々の艶《つや》めきとは正反対に、艶消しされた装備で身を固めた者達が大勢、駅前と公園の要所での警戒に当たっていた。

雑踏の流れる中で　路肩に連なった青い大型輸送車《小隊バス》は防波堤の様に見え、ルーフ上の指揮台をたてた機動隊現場指揮官車はまるで中州だ。

土岐たち第四小隊は、公園東側入り口の、バス発着場近くの路肩で乗車待機している。

「了解」武南がジムニーの運転席で、エンジンをかけながら答えた。

「やれやれ、ほんとにマル被は来るんですかね？」

「わからない」土岐はバックミラーで後方を見たまま、水平な口調で言った。

「でも、わからないからこそ、俺たちがここにいる必要がある」

バックミラーの中で、路上を大型四輪駆動車とワンボックス車が、滑るように近づいてくるのが見える。

土岐たち第四小隊と交代する第三小隊を乗せた、機動隊の災害活動車《パジェロ》と遊撃車《キャラバン》Ⅲ型だった。

特殊部隊の装備車両を使わないのは部隊秘匿のためだ。土岐たち第四小隊にしても、目立たぬようにジムニーと、機動救助隊から借り上げた災害用多目的車《ライトバン》に分かれていた。

「そりゃそうですけどね、ガセだったら頭に来るじゃないですか」武南がステアリングに手を置いたまま言った。「これだけの動員がされてるんですよ」

それはその通りだな、と土岐も認めた。

なにしろ、駅周辺を管轄する池袋警察署員が警邏《けいら》にあたるだけでなく、支援警備の第七機動隊一個中隊七十人が街頭で固定警戒、同隊の銃器対策レンジャー小隊までも警戒に当たっている。

それだけでなく、周囲のビルや劇場の屋上には高所対策を兼ね、銃器対策レンジャー部隊と特殊部隊合同の特殊銃手、つまり狙撃手部隊が配備され監視している。村上真喩もその中にいる。

「そうは言ってもな」甲斐が後部座席から言った。「こりゃ〝M関連事案〟だからな」

「ああ」土岐はうなずいた。「油断は禁物だ」

端緒はやはり闇サイト、〈蒼白の仮面〉だった。——三週間前から、さかんにその掲示板に書き込む者がいた。自称では二十代前半の、無職の若者らしかったが、〈蒼白の仮面〉に唆されるままに、池袋駅で出来るだけ人を殺す、と宣言するに至った。それだけではなく、爆発物も用意したと書き込み、その写真までも投稿するに及んだのだった。

これから三日以内に必ずやる、との再度の宣言を受け、警視庁は実行犯の断固制圧を掲げて池袋駅界隈《かいわい》を重点警戒区域とし、威力配備も含む警備活動を開始した。

確かに、武南のいうとおりガセの可能性もある、と土岐は思ったが、思い返した。——でも、一連の事件から断定はできないな……。

そんな事を考えていると無線が鳴った。

「第三小隊《レオンベルガー》から第四小隊《ヨーキー》、現着《五一九》」

「〈ヨーキー〉から〈レオンベルガー〉、了解」土岐は車載無線機で答えながらバックミラーを一瞥した。

ジムニーの後ろには、水戸たちの乗ったライトバンが停車していたのだが、第三小隊乗車の、白とライトブルーのパジェロと濃紺のキャラバンが、そのライトバンの後ろに連なって、停まったところだった。

土岐が車を降りるのと、第三小隊長の五木徹《いっきとおる》がパジェロを降り、歩道へ姿を見せたのは、同時だった。

「よお、ご苦労さん」五木は太い声で、軽く挙手の礼をしながら声をかけてきた。

「あ、お疲れ様です」土岐も足を速めながら、礼を返す。

五木は上背こそないが、筋骨隆々とした体格だった。性格も、朗々とした声に相応しい豪放磊落《らいらく》な人物だ。——ちなみに、第三小隊の無線符号である〝レオンベルガー〟は、五木が第二機動隊水難救助隊出身であることに由来する。レオンベルガーは、足に水かきのある珍しい犬種で、古くから水難救助犬として使役されてきた。

「特異動向は、ありません。いまのところ、ですが」

土岐は、五木と目立たぬよう車両の陰で向き合うと、そう告げた。

「そうか、了解。任務を引き継ぐ。——御苦労だったな」

五木は笑って、グローブみたいな手で土岐の肩を叩くと、パジェロに戻って行った。

土岐は交代を済ますと、ふう、と息をついた。その脇を、ライフルバッグを手にした第三小隊の狙撃要員が、わずかに会釈して通り過ぎた。

「村上部長も、交代ですよね」武南が、運転席のウインドウを開けて劇場へと向かう狙撃要員を見送りながら、声をかけた。「早く来ないかな」

「ああ」土岐は、劇場のほうに向き直って、答えた。

……その村上真喩は、劇場内にあるエレベーターの箱の中から、ホールに立つ、自分と同じ黒い出動服姿の男を、じっと見詰めていた。

真喩は、唇の端をつり上げた微笑《ほほえ》みに似た表情だった。けれどそれが、親愛の表情でないのは明らかで、わずかに細められた円《つぶ》らな瞳には、強い光が宿っている。

そんな視線に曝《さら》されながらも、男は平然と真喩を見返して突っ立っていた。それどころか、これ見よがしな態度で、紙コップの中身をすってさえみせた。

真喩と長身の男との睨《にら》み合いは、エレベーターが動き出すまで続いた。

がたん、と左右からドアが閉じられる、最後の瞬間まで凝視し、男の姿が消えてからようやく、真喩はひとりうつむいて息をついた。

それから、下降してゆくエレベーターの中で、肩のライフルバッグを赤子をあやすようにそっと揺すると、吐き捨てた。

「――最っ低……！」

土岐は歩道で振り返り、運転席にいる武南を見た。「なんだ武南、村上には、やけに優しいじゃないか。俺の場合なら、ほっといて帰りましょ、とかいう癖に」

「嫌だな、言いませんよ」武南は心外だ、とばかりに言った。「精々、忘れたふりしちゃいましょうよ、って言うくらいで」

「同じじゃないか、それ」土岐は苦笑してから、全員がそろうのが早ければ、それだけ長く休憩が取れる、ということに気づいて、言った。「疲れてるのか」

「このところ、出動続きですからね」武南が笑顔で答え、小隊用無線のスイッチを入れて言った。「ね、みんなもそう思うでしょ」

確かに、〈蒼白の仮面〉が出現してからの二カ月、結果的に犯行予告だけに終わったものも含めて、出動が続いている。なんの因果か、第四小隊はほぼすべてに臨場していた。

「全くだ」無線からライトバンに乗った藤木の声が聞こえた。「これから女の子の袖とスカートが短くなる、いい季節だっていうのにな」

「また、それですか……」牧場の呆れた声も聞こえてきた。

「よせよせ、真に受けるな」と井上。「この人は言うだけだ。任務中が一番、生き生きしてるぞ」

「ま、女の子を口説くのと同じぐらいには、真剣に仕事してるよ」

「じゃあ、よっぽど熱心に仕事をしてるんですねえ」

気取った藤木の返答に、井上はほとほと感じ入ったような声を出した。

土岐は、ふっと苦笑を漏らす。――普段はこんな風に他愛のない事ばかり言ってはいても、緊急招集ともなれば他の小隊の隊員に先んじて、目の色を変えて駆けつけてくる。第四小隊は小隊長以下、仕事好きな人間の集まりなのだった。

「小隊長」水戸の声が無線から聞こえた。「村上が来ました」

「あ……了解」

土岐が顔を向けると、目深に野球帽型略帽を被ったうえにサングラスをかけた真喩が、ライフルバッグを肩から下げ、劇場のエントランスからこちらへ歩いてくるのが見えた。

今回の支援警備は銃器対策レンジャー部隊が主力で、真喩はレンジャー部隊の狙撃要員を傍らで補佐する観測手任務だが、狙撃手の習性で自分の狙撃銃《アキュラシー》も用意し持参しているのだった。

「お疲れさん」土岐は真喩に声をかけた。

「……いえ。お待たせしました」真喩は、いつもと違って言葉少なく答え、運転席側からジムニーの後部座席に潜り込んで座った。

土岐も、倒してあった助手席シートの背もたれを戻すと、乗り込んだ。

「――どうかしたかな？」土岐は、シートベルトを締めながら、座席の間から振り返った。

真喩の様子が、やけに大人しいな……、と感じたからだった。それに、肩のライフルバッグが、やけに重たげに見えたのも、気になった。

「別になにも」真喩は顔を上げて答えた。それから、オークリーのサングラスをずらすと上目遣いに視線を飛ばして続けた。「私、お手洗いに行きたいんですけど」

「そ、そうか」土岐は、トイレなら自分たちと合流する前に劇場内で済ませられたはずだけど、と思いながら、運転席の武南に言った。「よし、じゃあ署に戻ろう」

第四小隊のジムニーとライトバンは、第三小隊のパジェロとキャラバンを置いて、路肩から走り出した。

ここから数百メートルほどの、特殊部隊の前進拠点である池袋警察署で、束の間の休息をとるために。


事件が動いたのは、その時だった。

「監視狙撃班《K》〝北の三〟より、池袋指揮本部及び従事中の各局！――」

唐突に、警備についた警察官らの無線に、高所警戒中の狙撃要員からの声が告げた。

「――東武線出入り口より不審な男が歩いてくる。現認中！」

「池袋指揮本部よりK班〝北の三〟、人相着衣《にんちゃく》及び髪《はっ》型、これの詳細を送れ」

ビル屋上で、シューターマットに寝そべって下界へ狙撃銃を向ける隊員の傍らで、双眼鏡を構えた観測手が報告を続けた。

「年齢は二十代前半、繰り返す、二十代前半！　人着にあっては黒縁の眼鏡着用、痩《や》せ形。黒のニット帽でハッツは不明だが、長い。濃い緑色のジャンパー、同色のカーゴパンツ着用！　辺りを窺うような素振りあり、職務質問《ばんかけ》の要ありと認む！」

「池袋指揮本部了解、K班は現認を続行。傍受の通り、警備部隊は当該人着の――」

公園の広場には勤め人の男女がスーツ姿で忙しげに行き交い、普段着姿でも目的地へと足早に急ぐ人々が大半だった。そんな中で、背中を丸め、汚れたスニーカーを引きずって歩く若い男は、明らかに異質だった。

とぼとぼと横断歩道を渡り、公園敷地内の石畳へと歩いてきた若い男に、二人の制服警察官が近づいて、声をかけた。

「お急ぎのところ、申し訳ありません」

「へ？」若い男は足を止め、もたげるように顔を上げた。

「どちらへ行かれます？」

「な、なんだよ！」男は脅えたような眼で、二人の警察官を見比べた。「俺が何かしたってのかよ！」

「お手間は取らせません。すこしお話を――」

職務質問を続ける二人の警察官と若い男の周りに、野次馬が集まり始めた。

その様子は、乗車待機中の第三小隊からも見えた。

「五木小隊長、もめてるようですが」運転席の隊員が言った。

「ああ、らしいな」五木は、どこかの体育大学の教授のような顔を、パジェロの助手席から人垣に向けたまま答えた。「しかし、あれは違うんじゃねえかな」

「何故です？」

「うまく言えねえが……」五木は唸るように答えた。「雰囲気がねえよ」

野次馬に囲まれた中で、警察官二人は若い男への職務質問を終えた。

五木の予想通り、怪しいところは、なかった。

「いや、お手数をお掛けしました。お気をつけて」

「まったく、なんだってんだよ」

警官が詫《わ》び、男がふて腐れたように吐き捨て、歩き出そうとした瞬間――。

悲鳴が、人垣を越えて上がった。

職務質問を終えて署活系無線で報告していた警察官らは、反射的に顔を上げた。……なんだ？

取り囲んでいた人垣が崩れ、左右に割れた。隠れていた石畳が広がり、伸びてゆく――。

人混みが引いてぽっかり開いたそこには、小さな野外ステージを背に、三十代初めの男が立っていた。

……服装こそ、特徴のないスーツ上下だったが、警察官の目を釘付《くぎづ》けにしたのは、男の高々と差し上げられた左手が握っている物体だった。

清涼飲料水の缶に似た円筒形で、大きさもほぼ同じだった。……ただそれには派手な模様はなく、光沢のないモスグリーンで、なにより上方に突起があった。そして、その突起から延びた、薄い金属のレバーを、男は誇示するように親指だけで押さえている。

どう見ても爆発物——、手榴弾だった。

「至急至急、池袋警備本部！」警察官は不発に終った職務質問の報告を飲み込み、至急報を怒鳴った。「爆発物《マルX》所持の男を発見！」

一瞬で、公園の広場は修羅の巷《ちまた》と化した。

男を中心に、居合わせた人々が悲鳴を上げ、潮が引くように逃げ出してゆく。まるで、波一つなかった水面に突然、大きな石が投げ込まれて波紋が広がるように、人々は男を中心にして、広場の外へと、一斉に殺到してゆく。要所で警戒していた警察官達は事態を察して、人々の流れに逆らい、一斉に動き始めた。

だが、その混乱の波の中で、躓《つまず》いて白い敷石上に倒れ込む者や、立ち尽くしてしまう者、腰が抜けたように座り込む女性や子ども連れの姿もあった。

「はやく！　早く下がって！」

「大丈夫ですか、こっちへ！」駆けつけた所轄署員達が、喉から血が出るような声で誘導する。

「大盾、構え！　防御！」

その間にも、機動隊員達が小さなステージを背にする男に向け、大盾を連ねて、半円の阻止線を築き始める。

「降車！　急げ！」銃器対策レンジャー部隊三十名も、停車していた大型輸送車から流れるように現れ、靴音を響かせて散開し始めた。

銃器対策部隊は、かつては事案ごとに臨時編制されていた狙撃部隊が母体の、準特殊部隊だ。五型機関拳銃《MP-5》や米国イーグル社製タクティカルベストなど、特殊部隊《SAT》とは装備の共通点も多いのだが、青い活動服と、防護面付き国産ハーフカットヘルメットを使用している。

その青い部隊に、漆黒の突入装備に身を固めた部隊が、逃げ出す人々の合間を縫って合流した。

五木小隊長率いる第三小隊十七名だった。

青と黒の精鋭たちは、機動隊員の構える大盾の阻止線の後ろに展開すると、五型機関拳銃《MP-5》を構え、手榴弾を掲げたままの男に銃口を向けた。

しかし、こいつ……、と五木小隊長は、シグ・ザウエルＰ２２６を手に、男を観察しながら思った。

背広の男は野外ステージを背に手榴弾を差し上げたまま動かない。阻止線の中心で、数十丁の銃口と対峙しながら、平板な顔になんの表情もない。

まさか、周囲の人間を道連れにするつもりか……？　五木は口元を引き結んだ。

手榴弾の有効殺傷範囲には、まだ、子どもを抱きしめ屈み込んだ母子と、それをかばって男に背中をむける警察官がいる。さらに、呆然となった中年男性の頭を押さえて、自らも身を屈めながら背中を押して走る警察官もいた。座り込んで顔を覆って震える若い女性の腕を取り、必死に立たせようとする警察官も――。

「手に持ってるものを置いて、両手を上げろ！」銃器対策部隊の小隊長が、防弾鋼製の小盾をかざしながら、メガホンで怒鳴った。

「馬鹿かお前ら！」男は初めて声を出した。「ピンはもう抜いてんだ！　置いたら吹っ飛ぶぞ、それでもいいのか？」

銃器対策部隊の小隊長は一瞬の躊躇《ちゅうちょ》を見せた。周りには一般人がいる……！

「防爆マットを用意！」五木小隊長は犯人を睨みつつ傍らの副長に命じ、無線に囁いた。

「K班、どうだ？　無力化《D作業》できるか」

防爆マットは爆発物処理での初動対応に使われる資機材で、爆発物に被せて破片の飛散を押さえ込む。手榴弾程度の場合、危険なのは爆風ではなく破片であり、五木は万一の場合、男を狙撃させて無力化した瞬間、突進して手榴弾に防爆マットを被せてしまおうと考えたのだった。

狙撃班への問いは、問答無用に射殺するつもりではなく、あくまで選択肢として尋ねただけだ。第一、男の持つ手榴弾が本物《マルY》という確証がないし、説得も始めたばかりだ。

しかし――狙撃手たちからの無線は、五木の期待を裏切った。

「〝南の一〟、射線上に一般市民！」

「〝南の二〟、同じくです！」

「〝東の一〟、ステージの陰で、マル対確認できません！」

ちっ、と五木は舌打ちし、それからまだ報告を受けていない狙撃チームに気づいた。

「〝北の三〟！　どうした、報告しろ！」

わずかな間があり、返信が届いた。「……〝北の三〟、射線上に市民がいます」

五木は、くそ、と胸の内で吐き捨てた。男の周りにいる市民を守るには、接近して制圧するしかない。

「両手を挙げろ！　そのまま動くな！」銃器対策レンジャー部隊が説得を繰り返す。

男の注意をそらし、その隙に閃光音響弾《フラッシュバン》を投げつけ、それが炸裂して男がひるんだ瞬間に殺到して確保、手榴弾を防爆マットで処理する。──五木がそんな青写真を脳裏に描いた時だった。

手榴弾を自由のかがり火のように掲げた男の左手とは対照的に、無造作に垂らしたままだった右手を、ゆっくりと上げ始めた。

「よし、そのままゆっくり両手を挙げろ！──」

上空に雲がかかり、ふっと陽光が翳《かげ》った。一瞬、風景が灰色のトーンに沈んだ。

と、胸元に達していた男の右手が動きを止めた……ように見えた。

そして、雲のフィルターが過ぎ、街が本来の色彩を取り戻した瞬間、男は左手を掲げたまま、右腕をまっすぐ伸ばし、手にする物ごと取り囲む警察官達に向けていた。

魔法のように右手に握られていたのは、小さな短機関銃だった。

「伏せろっ！」

五木の叫びは、短機関銃――スコーピオンVz61の連射音にかき消された。

反射的に身を沈めた警察官達の構える大盾に、あるいはその背後の警備車両に命中した弾丸が、火花と金属の金切り声を上げさせる。飛び散った塗膜が舞った。

再び、阿鼻叫喚《あびきょうかん》が公園広場に交錯した。

「逃げたぞ！」誰かが叫んだ。

物陰や大盾から、はっと顔を上げた警察官達は、見た。

男が銃を握ったまま身を翻《ひるがえ》し、石畳に伏せた逃げ遅れた人々を飛び越し、走り去る背中を。

「止まれ！」銃器対策レンジャー隊の一人が、あわてて男の背中にMP－5を撃った。

ダダッ！　と銃声と悲鳴が、都心の繁華街で同時に上がった。

「撃つな！」五木は怒鳴りながら走り出した。「追うぞ！　続け！」

男は、蛇行しながら芸術劇場の裏手へと走り去ってゆく。

漆黒の特殊部隊と青い銃器対策レンジャー隊は、手に手にMP－5を構え、走り出した。

その途端、――。

先頭を行こうとしていたレンジャー隊員の爪先に、何かが当たった。「……ん？」

それは、発砲するまで男が掲げていた、円筒形の物体だった。

あっ、とレンジャー隊員が眼を見開いた瞬間、それは敷石の上で爆発した。

発煙手榴弾だった。

吹き上がり、膨れあがった白煙は、一瞬で特殊部隊やレンジャー隊を飲み込んだ。さらに――、それだけでは終わらず、貪欲《どんよく》に広場全体を覆っていった。

「あれか！」土岐は、ジムニーが急停車するのと同時に叫び、無線のスイッチを入れた。「〈ヨーキー〉から〈レオンベルガー〉！　現着《五一九》！」

第四小隊は、爆発物所持の男を発見、という至急報を帰路に傍受し、反転急行してきたのだった。

引き上げた時、明るい喧噪に満ちていた西口公園広場はいま、白煙に霞んでいる。行き交っていた人々の姿もない。

その代わり、警察官たちの影絵のような輪郭が、白煙の奥、劇場の方へと吸い込まれてゆくのがうっすらと窺えた。

「小隊長、行こう！」牧場が無線で告げるのが聞こえ、ジムニー後方に停車したライトバンのスライドドアが、勢いよく開く音がした。

「待て！」

「まだだ！」

土岐が無線に叫び返したのと、水戸の声がライトバンから響いたのは同時だった。

「しかし、〈レオンベルガー〉への応援は……！」牧場が無線で抗弁する。

「いや……！」土岐はつとめて冷静に答えた。「俺達は、突発事態に備える！」

銃器対策レンジャー隊、なにより特殊部隊も加わった百人近い警備部隊が、爆発物を所持しているとはいえ、たった一人の犯人に後れを取るとは思えない。

自分たちが備えるべきは、と土岐は胸で膨らむ、牧場と同じ興奮をおさえつけて、思った。……警備部隊が決定的な支援を必要としたとき、それに応えるべく迅速に駆けつけられるようにしておくことだ。おそらく水戸も同じ考えから、牧場を止めたのだろう。

しかし……！　となおも言い募る牧場を制して、土岐は無線のスイッチを入れた。

「〈ヨーキー〉より〈レオンベルガー〉！　状況を！」

「こちら〈レオンベルガー〉！　現在、劇場駐輪場方面へマル対を追尾――」

突然、白く閉ざされた方向の、ずっと奥から、軽快な短機関銃の連射音が響いた。

そして応射する、聞き慣れたＭＰ－５の三点射音も。

――どうなってるんだ？

「こちら〈ヨーキー〉！　〈レオンベルガー〉？　〈レオンベルガー〉！」

「どちきしょう！」五木小隊長の吼《ほ》えるような声が無線から噴きだす。「〈ヨーキー〉へ、マル対はミニバイクで逃走！　そっちへ向かった！」

――！　土岐が顔をはね上げるのと、甲高いエンジン音の響きとともに、ミニバイクが煙幕を突き破って飛び出してきたのは、ほぼ同時だった。

――あいつか！

スーツ姿の男が前のめりにハンドルを握り、上着の裾を旗のようにはためかせて、広場をジグザグに疾走してゆく。間髪入れず、MP－5を構えた特殊部隊とレンジャー隊も白い霞から姿を現し追いすがるが、みるみる引きはなされてゆく。

ミニバイクは速度をゆるめることなく一般道に突進すると、急停車した乗用車の間をすり抜け、池袋駅方面へと急カーブしてゆく。

「出せ！」土岐は運転席の武南に叫んだ。「追うぞ！」

第四小隊のジムニーとライトバンは、タイヤを鳴らして路肩から急発進した。

「緊急車両が通ります、道をあけてください！　緊急車両が――」

「こちら〈ヨーキー〉！　池袋本部及び急行中の各局！　マル被にあっては、ミニバイクで池袋駅前方面へ逃走中！」

武南が巧みにステアリングを切りながら、マイクで周囲の自動車に緊急走行《きんそう》を知らせる間、土岐は助手席のサイレンスイッチを踏みつけつつ車載無線機で報告する。

「〈ヨーキー〉！　こちら〈レオンベルガー〉！」土岐のイヤホン、特殊警備系無線から五木の声がした。「そっちが見えた！　失尾するな、こっちもすぐ追いつく！」

土岐は首をねじ曲げて座席の間から振り返った。そして、緊張した面持《おもも》ちの甲斐と真喩越しに、リアウインドウに小さく明滅する赤い警光灯を認めた。

第三小隊《レオンベルガー》のパジェロとキャラバンだった。その手前には、井上が運転するライトバンもしぶとくついてきている。

「〈ヨーキー〉から〈レオンベルガー〉、了解！」

土岐は小さくうなずいて顔を前に戻した。そして、道路を埋めて走る自動車の間を、するりするりと縫ってゆくミニバイクと男の背中を見詰めた。

繁華街の真ん中で警察官達に銃弾を浴びせ、そしていまも追われているというのに、慌てている様子は全くない。むしろ――。

こいつ、楽しんでるのか……？　土岐は一瞬、眉根を寄せた。が、右手に迫ってくる大きな建物にちらりと視線を走らせると、握ったマイクのスイッチを無線に切り替える。

「〈ヨーキー〉より各局！　マル被は池袋駅を通過、都道４４１号を北上中！」

「池袋本部、了解！――」

「こちら警視庁」無線に別の声が割り込んだ。「現時刻をもって緊急配備発令！　現場を中心に十五キロ圏配備！　関係各所属は受傷事故防止に留意のうえ、配備を急がれたし！」

道路には車、歩道にも人々がごった返す池袋駅前を、ミニバイクを追い、ジムニーとライトバンは警光灯を赤く燦《きら》めかせながら、切り抜けるように疾走する。

「あ、くそ！」武南がルームミラーをちらりと見て呟いた。「〈レオンベルガー〉、引っ掛かった！」

「なに？」土岐も助手席から振り返った。

はるか後方で、一般車が左右に避《よ》けた、軽自動車が辛うじて抜けられる間隙《かんげき》を、大型のパジェロとキャラバンが通り抜けられず、停まっていた。

二台の立ち往生する姿が、見る間に小さくなって行く。

「くそ……！」土岐は身体を前に戻して舌打ちした。

「最近の四駆は太りすぎですって！」

「いいから運転に集中しろ！」

土岐は助手席から叱りつけたが、実際は、武南の運転技術に感心していた。

ステアリングを握る武南は眼を見開き、視線をミニバイクを中心に絶えず前後左右に走らせている。シフトノブを瞬時に変える手並みは、狙撃銃を操る熟練の狙撃手並みだ。

運転を武南に任せて息をついた土岐は、ふと胸の中で呟いた。

――五木小隊長、口惜《くや》しいだろうな。

マル対を止められなかったのだから。しかし、と土岐は思った。白昼の、それも日本有数の繁華街の駅近く、逃げ惑う一般人も数多くいる状況下で、自分なら躊躇《ためら》わず射撃できただろうか？

日本に限らず世界の警察系特殊部隊がＭＰ－５を信頼する理由は、携帯性の良さだけでなく、抜群の命中精度と、発射する拳銃弾の適度な威力だ。つまり、射撃しても犯人のみを排除あるいは無力化し、跳弾や貫通で周囲の人質へ被害を出さない点にある。

警察系特殊部隊は、それほどまでに人命への被害を忌み嫌う。外国には、自分たちを犯罪という特殊な状況下における救助隊、と認識している部隊もあるくらいだ。

あの状況では……、と土岐は思った。犯人への射撃は危険すぎた。逸《そ》れ弾《だま》や跳弾で被害の出た可能性が高い。拳銃弾の威力は低いとはいっても、それは軍用の小銃弾に比べてのことで、犯人を排除する場合でさえ、犯人の後方に人質がいないかの確認が義務づけられている。

犯人制圧は不可能ではないが困難だった、と土岐は結論した。

けれど後部座席の、ライフルバッグを両足の間で床に立て、その頑丈なファスナーに指をかけた真喩の結論は違っていた。

――機関拳銃の使用は危険すぎたとしても、制圧可能な方法はあった。

それは、現場周辺に配置され、高性能狙撃システムを装備した監視狙撃班《K》。……なかでも最適と思われるのは、〝北の三〟ユニットだ。劇場屋上の、真喩自身も観測手として配置されていた地点だった。

けれどその〝北の三〟ユニットは、五木小隊長から射撃の可否を問われて、射撃不能と答えた。真喩は、返答に微かに躊躇が混じったのを聞き逃さなかった。

もちろん、現場の状況は傍受した無線の内容だけでは解らない。けれどあの地点が、もっとも視程がひらけていたのは、そこで監視にあたった真喩自身が知っている。

――あなた、模試の点数には異常にこだわる癖に、いざ本番には実力が出せないの？

真喩は交代の際の、エレベーターの扉が閉まるまで自分を見下ろしていた男の、小馬鹿にしたにやけ顔を思い出す。

〝俺は自分が情けねえよ。おねえちゃんに、それも技官あがりに負けたんだぜ〟

いつかの合同訓練で、私へ聞こえよがしな捨て台詞《ぜりふ》を投げてきたのが、その男、甘粕巡《あまかす》査だった。

最初は気づかなかった。けれど、観測手ではあったが単に狙撃手の習性として自分の銃を持ち歩く私に、「信用されてないんだなあ。ま、村上部長は天才ですからね、天才」なと、事あるごとに嫌味を言われているうちに気づいた。極めつきは交代の時の、「生理休憩ですか、羨《うらや》ましいなあ」という一言だった。

――身を削り、神経が引きちぎられるような訓練はなんのため？　人事記録の点数をあげるためなんかじゃない。それは、撃つべきときに、一発の銃弾で相手の命を……。では、私なら撃てただろうか。撃てると言い切れるのか？　そう、〝狙撃手とは、集団の中にあっても究極的に、敵の命を一対一で奪う存在〟なのだから……。

真喩は自分の内に決意があることを願いながら、無線の声が交錯し、小刻みに揺れるジムニー車内で、ゆっくりとライフルバッグのファスナーを下ろす。

「警視庁より各局！　池袋管内銃撃事案、詳細を送る。人着にあっては――」

土岐は、数十メートル先の、自動車の波間に見え隠れする男を、そっくり描写する無線を聞いた。ミニバイクとそれを追う土岐たち二台の車両は、さらに４４１号上を北上し、大きなカーブを描く跨線《こせんきょう》橋に差し掛かっている。

「――男は徒歩で現れ、警戒中の部隊に連射式銃器を発射、ミニバイクで逃走したもの！　各警戒員は受傷事故防止に留意するよう、了解されたい！」

土岐は、わずかに眉を寄せた。徒歩で現れ、ミニバイクで逃走……？　あらかじめ逃走手段を隠しておいた上で、怪しまれないように歩いて公園に現れた、ってことか……？

ずいぶんと小賢《こざか》しい真似をしてくれる。

いいや、と土岐は思い返した。それを言うなら、当初〈蒼白の仮面〉の掲示板でのやりととりからは、〝二十代前半、無職の若い男〟と推定されていた。しかし、目の前を逃走中の男は三十代初めほどで、肩は厚く、背中の筋肉も相当に引き締まった印象だ。

奴は周到な準備を……？　土岐は無意識に、膝の上のＭＰ－５の安全装置を確かめて、ダッシュボードの情報端末を操作した。

――逃走は振り切りたいだけなのか、それとも目的地があるのか……？

このまま４４１号を東池袋へ進めば、日本で最初期に建設された高層ビルを擁する複合施設、池袋サンセットスクエアに向かうはずだ。


同時刻、サンセットスクエア地下駐車場。

「あれ、ドアが開かないな」

「壊れてるんだろ、エレベーターで行こう」

「たまには運動かたがた階段で、と思うとこれだ」

「後で管理室に文句言っとけばいいだろ、行こう」


土岐の予想通り、跨線橋を越えたミニバイクは、川越街道の高架沿いに、４３５号をさらに速度を上げ、逃走を続けている。

「いい加減に停まれって！」武南が運転しながら毒づく。

土岐は助手席で、ミニバイクに跨った男の背中を追っていた眼を、ちらりとあげた。

頭上で橋桁の底部を晒し、空を半分塞いでいる高架は、このまま進行方向へと延びている。だが高架はその数百メートル先で斜路へと枝分かれし、横切るように東へと続いている。

その先は――、と土岐は視線を先回りさせた。

庇《ひさし》のように突きだした高架と、地上を埋めたビルの間に、一際眼を引くサンセットスクエアビルが屹立《きつりつ》しているのが見えた。……ビルは高架の庇に隠れるほど高く、大きい。

――あそこへ逃げ込むつもりか？

「あ、小隊長！」武南が叫んだ。「マル対、左折！」

土岐が、はっと眼を戻すと、ミニバイクの犯人が曲がり角へと消えるところだった。

「このまま逃がすな！」土岐は急カーブに備え、取っ手を摑《つか》みながら叫んだ。「甲斐、村上、揺れるぞ！」

ジムニーは、車体を傾けてタイヤを鳴らし、後部を流されながらも曲がりきった。――と、その途端、揺れに堪えながらも前方を凝視し続けた土岐は、息を飲んだ。

曲がった先の通りには――、道路には低速の車がひしめき、左手は一ブロックごと広大なサンセットスクエア低層階の店舗が店先を連ね、それに沿った歩道には、買い物客の人並みが、揺らめくように流れているからだった。

池袋界隈で最も賑わう、通称〝サンセット通り〟だった。

男のミニバイクは、減速こそしたものの、巧みに車同士の隙間を通り抜けて行く後ろ姿が見えた。

——まずい……！　土岐は、ルーフの波に見え隠れしながら遠ざかる、男の背中を捉えながら、下唇を噛んだ。犯人にここで撒《ま》かれるか、さらには……無差別発砲でもされたら——！

けれど、土岐の冷たい棘《とげ》のような憂慮は、杞憂《きゆう》だった。

男のミニバイクがほぼ直角に曲がって歩道を横切り、サンセットスクエアの地下駐車場入り口へと、走り込んだからだった。歩道で、突然に目前を通り過ぎたミニバイクに、買い物客が驚いて立ち尽くしている。

「マル対、地下駐車場へ入った！」ステアリングを握る武南が、叫んだ。

潜水艦が水面下へと消えるように、男のミニバイクは傾斜を下って消えた。

「至急至急！〈ヨーキー〉より警視庁！」土岐は車載無線のマイクを握った。「池袋銃撃事案のマル被、池袋サンセットスクエア地下駐車場へ進入！　繰り返す……！」

このまま追い続けるべきか？　土岐はマイクを口元に当てたまま一瞬、躊躇した。

サンセットスクエア地下駐車場は、地下二階及び三階に広がり、収容台数は約二千台。……面積は一階分だけで、なんとグランド六個分。そんな広大な広さに加えて、車両出入り口が、各方向に四つもある。

なにしろ、日本最大の地下駐車場なのだ。

そんな施設にあえて逃げ込んだ、犯人の意図とはなんだ？

たんに自分達警察の追尾を撒きたい、というのなら解るし対応のしようもある。しかし……、土岐は躊躇った。

それは、犯行に仄見《ほのみ》える犯人の用意周到さ、計画性のせいだった。

犯人像や動機を偽装し、そのうえ銃撃戦さえ辞さない行動力。

――まさか、犯人は最初からこの場所をあえて選択し、こちらを誘い込もうとしているのか……？

罠なのか。土岐は、一刹那、眼を閉じた。……しかしそれが自分の誤った印象に過ぎず、犯人の真の意図が、ミニバイクを地下駐車場に乗り捨て、サンセットスクエア館内へ侵入したうえでの無差別犯行だとしたら？

大惨事になる、と土岐は思った。……一般的に言って、通り魔的犯罪の犯人は、肉体的には虚弱な者が多い。しかし、今回のこの犯人は違う。大胆なうえに強靭な体力がある。しかも、銃器まで所持している。犠牲になるのは女性や子ども、老人や身体の不自由な人達だ……。

――絶対に失尾するわけにはいかない！

「ゼロニよりリーダー――」

土岐が眼を開けるのと、水戸の冷静な声が小隊用無線機から聞こえのは、同時だった。

「――行きましょう」

土岐は、自分の迷いを見透かされたようで少し驚いたが、「了解！」と水戸に答え、握りなおした車載無線機のマイクに告げた。

「〈ヨーキー〉より警視庁！　これより当該地下駐車場に進入、検索する！　応援の各局は周辺施設も含めて完全に封鎖、警戒に当たられたし！」

土岐悟は、殺到してくる応援の警察車両のサイレン音を聞きながら、決断した。


「機捜二二一、南B入り口に現着！」

「池袋二、北入り口に現着！」

土岐は、応援が次々と駐車場を封鎖する報告を、地下へと続く車両出入り口の一つ、南A斜路の壁際で、イヤホンから耳にした。

第四小隊七名は降車し、左右の壁際に別れ、それぞれ一列になって、基本的な屋内制圧隊形《クリアリング・フォーメーション》を組んでいる。銃撃をうけても、互いの列が援護しあえる態勢だった。

土岐は、仲間の組んだ二列に挟まれた、斜路の真ん中に停めたジムニーの後ろに隠れていた。

チームリーダーの定位置で土岐は、左右の仲間達の、フリッツヘルメットの下の顔を見た。……第四小隊の面々は、銃を銃口を下向き《ローレディ》に構え、自分の仕事を熟知している者特有の冷静な眼で、見返している。

　みんな、ひと癖ふた癖ある仲間達だけど……、と土岐はふと思った。頼りになるのは、間違いない。

「よし、これより検索を開始すると報告……！」土岐は顔を前に戻して小隊無線機に囁き、機関拳銃を握っていない左腕を上げる。

　ジムニーの運転席についた甲斐が、ルームミラーの中で眼を上げ、リアウインドウ越しにうなずき、車載無線のマイクを取るのが見えた。

　さて、ここからは無言の行の始まりだ。

　よし、行こう！　土岐は上げていた左手を、梟《ふくろう》の翼のように振り下ろした。

　斜路の真ん中からジムニーが甲斐の運転でゆっくり進み始め、土岐もそれに身を隠しながら進む。

　四角くほの暗い地下駐車場の入り口まで達すると、二列の先頭で、それぞれの前方警戒員《ポイントマン》である水戸と藤木がMP-5を構えた。それから、自らの影と乗り出す身体の面積を最小限にする角を盾にする動作《アングリング》で、地下駐車場内通路の左右を窺う。

　土岐もジムニーのリアゲートに身を寄せながら、緊張した。入り口は、犯人にとって反撃するには、もっとも好都合な地点だからだ。

しかし――待ち伏せは、発砲は、なかった。

土岐は目顔で指示を求める水戸に、手信号で進入の合図を出した。

そしていよいよ、初夏の燦然《さんぜん》とした陽光の降り注ぐ地上から、完成して以来、人工照明にしか照らされたことのない地下駐車場の通路へと、第四小隊は足を踏み入れた。

先頭を行くジムニーを遮蔽物《しゃへいぶつ》に、土岐たちは二つの縦列で進んでゆく。

ずらりと壁際に並んだ自動車のライトが、まるで死んだ魚の目に見えて不気味だった。

構えたＭＰ－５に載せた円筒形のダットサイトの、丸い視界の中にぽつんと赤く浮かんだ照準点越しに、土岐達はそれぞれが前後左右の、分担ごとの方向に目を配る。

研ぎ澄ました神経をあらゆる物音、気配に集中し、くまなく警戒しながら進む。

――どこにいる……？　土岐はジムニーの陰で、自分の動悸《どうき》を意識しながら、思った。

大人ひとり隠れられる、照明の届かない暗がりが、そこら中で口を開けていた。ずらりと並んだ車の陰……、壁の隅……。男がそのどこから、不意に襲いかかってきても不思議ではない。

そして相手は、自分のその有利な条件を理解している筈だ――、と土岐は思った。

カチカチッ！　土岐の耳で、小隊用無線機のスイッチが鳴らされる音が響いた。

……？　土岐は水戸に視線を送った。すると、水戸はＭＰ－５を構えたまま、無言で銃身だけを微かに動かした。

　土岐は、ジムニーの車体から、片眼だけ覗かせた。

　このまま通路を進めば、およそ二十メートルでT字路に差しかかる地点だった。

　そのT字路の手前に、ミニバイクが転がっていた。

　もちろん犯人の姿はなく、乗り捨てた持ち主の薄情さへの抗議のように、後輪が惰性で回り続けている。

　商業施設内に逃げ込んだか……？　いや、そんな報告はない。とすれば――

　――地下駐車場のどこかに、潜んでいる……！

「〈ヨーキー〉、こちら〈レオンベルガー〉……！」特殊警備系の無線が耳元で鳴った。

「遅れてすまん、現着した。〈ヨーキー〉とは反対側の、北入り口から進入する！」

　都会の道路事情に巻き込まれて遅れていた第三小隊が、検索及び制圧に加勢するという連絡だった。土岐は、朗報だ、と少し心強くなった。せっかくの応援も、訓練されていない警察官たちならば、かえって同士撃ちなどの危険が大きくなるからだ。それゆえに、特殊部隊の練度の高さは、突入する進入口の数に比例する。

「〈ヨーキー〉りょうか――」

　土岐が無線に囁いた、その瞬間だった。

　突如、閃光とともに落雷のような轟音《ごうおん》が、土岐たち第四小隊の背後からあがった。

――――！　土岐は、反射的に身を屈めた。

次の瞬間、背後から爆風が、凄《すさ》まじい圧力で砂埃を巻き込みながら、通路を押し寄せる。

それはまるで風の土石流で、立っている者を許さないような風圧だった。

土岐は屈んだままバランスを崩され、フリッツヘルメットをジムニーのテールランプに叩きつけた。

他の六名も、刈られた草のように通路に倒れ込む。

「なんだ……！」

ヘルメットをずり上げ、片膝を立てながら呻く土岐の耳に、さらに遠く離れた場所から、不気味な地鳴りのような音が、二つ、三つ……と続いて響き、砂塵《さじん》にまみれた床のコンクリートが、ぶるぶる震える。

硝安油剤爆薬、いわゆるＡＮＦＯ爆弾が爆発したのだった。

それは、量と質、両方が不足していたせいで、仕掛けられていた四カ所の車両出入り口を崩落させるには至らなかった。

しかし――、仕掛けられていたのは、それだけではなかった。

爆弾はポリタンクに縛り付けられていた。それに入っていたのは、ただの燃料ではなく、生卵や洗剤などの添加剤を混ぜ、さらに燃焼剤を加えた、手製ナパームジェリーだった。

燃えながらぶち撒かれたナパームジェリーは、粘着性の溶岩のように、斜路の通路に紅《ぐ》蓮《れん》の絨毯《じゅうたん》を広げて覆い、くさび形の側壁に張り付いた。

一瞬で、土岐たちが進入した南A出入り口は、火炎とガスの充満する地獄への門と化した。

……多くの災難がそうであるように、爆風は数瞬でおさまった。後に残されたのは、吸い込むたびに喉を刺す、埃まみれの空気だけだった。

「小隊長……！」甲斐が床に手を突いたまま、小さく叫んだ。

「落ち着け！　慌てるな！」水戸が片膝を立て、MP－5を構えて警戒しながら叱咤《しった》した。

土岐は、ジムニーの後部に背中を押しつけて足をもがくように動かし、砂埃でざらざらする通路から腰を上げながら、呆然としていた。

五十メートルほど進んできた通路の果てで、通り過ぎたばかりの南A入り口が、燃えていた。

入り口の、車両一台分の四角い枠の中一杯に、炎が詰まっていた。炎は、白や赤それに橙《だい》色《だい》……様々な色で入り乱れている。

まるで四角く切り取られた太陽だ、と土岐は思い、同時に確信した。これは事故なんかじゃない！

――だとすれば……！

「全周警戒！」土岐は埃まみれの顔を強張らせ、眼を見開いた。「――来るぞ！」

土岐の、特殊部隊の警察官として積んだ経験が発した警告が先だったのか。

それとも、犯人の男――柏木が短機関銃の引き金を引くのが早かったのか。

どちらにせよ、岩を穿《うが》つような銃声とともに、銃撃が始まった。

左側の隊列の先頭で、立ち上がりかけていた藤木が、両膝をついて通路に崩れ落ちる。

……手にした銃器が床に落ちて耳障りな金属音を上げ、ヘルメットの縁がコンクリートを噛む、がっ！　という音が響いた。

「藤木さん！」土岐は反射的に身を屈めながら飛び出し、ジムニーの運転席側に回る。そしてドアミラーの手前で、防弾仕様のフロントガラスを透明な盾にし、MP－5を斜向《はすむ》かいに構えた。

土岐の動作は流れるように速かった。もちろん、他の水戸達も左右の遮蔽物へと飛び込んでいる。

「先輩！」牧場が叫びながら、うつ伏せのまま動かない藤木の、タクティカルベストの背中に縫い付けられているドラッグハンドルをつかみ、ジムニーの陰に引っ張り込む。「大丈夫ですか！」

土岐は、背後からの牧場の叫びを耳にするのと同時に、ダットサイト内に男の姿を捉えた。

——いた！　十時の方向。並んだセダンのボンネットの上、男がわずかに頭と、硝煙をひくスコーピオン短機関銃をのぞかせている。

「警察だ、無駄な抵抗はやめろ！」土岐は咆哮とともに、ＭＰ－５の引き金を引いた。

銃口で発射炎が閃き、銃声が鼓膜を叩く。慣れ親しんだ直銃床の反動が、ボディアーマーとアサルトベストを重ね着した肩口を蹴る。排莢口《はいきょうこう》から、硝煙をひいて吐き出された薬莢は、宙に舞ってから、足下で跳ねた。その真鍮《しんちゅう》の鳴る微かで澄んだ音は、鉄板を乱打するのに似た銃声の中、妙に可憐《かれん》に耳へ滑り込む。

土岐が制限射撃《バーストリミット》にして撃った三発の銃弾は、男の手前のボンネットを貫通し、あばたのようにへこませた。

男の頭がボンネットの向こうに消えると、土岐は再び怒鳴った。

「もう何をしても無駄だ！　武器を捨てろ！」

男の返答は、潜望鏡のようにボンネット上に突き出された短機関銃《スコーピオン》だった。

——！　土岐は、自分に向けられたスコーピオンの銃身が見えなくなり、銃口だけが真っ黒い点になる寸前、身体を反転させて身を隠した。

途端に銃声と、銃弾がジムニーの防弾フロントガラスに命中する、砂の詰まった袋が硬いものに叩きつけられるような音があがって、車体が揺れた。狭いボンネット脇の補助ミラーが消し飛ぶ。運転席では、甲斐が貫通するはずがないのを解っている筈なのに、反射的にびくりと首をすくませる。ジムニーの前面は非金属の複合材装甲で完全に防弾処理されている。

どうしても、やる気か……！　土岐は心の中で吐き捨てた。ならばこちらは、警察官の義務を果たすだけだ。

「制圧、無力化しろ！」土岐はジムニーの背後で、通路を挟んで左右に分かれた仲間達に、命じた。

下命に瞬応して発砲したのは、右側に隠れた水戸だった。左の斜向かいにＭＰ－５を撃つ水戸に続き、傍らにいる武南もＭＰ－５で、真喩は嵩張《かさば》りすぎる狙撃銃ではなく拳銃を射撃する。

一方、半瞬の間が空いたものの、通路の左側、つまり犯人と同じ駐車区画に隠れた井上も、撃ち始めた。井上は、自分に側面をむけて並ぶ十数台の車の向こう、ほぼ正面に、犯人を狙える位置だった。

六つの発射炎が瞬き、銃声が地下空間に乱反射した。

放たれた十数発の九ミリパラベラム弾は、男が素早く身を隠した自動車のフロントを、一瞬で穴だらけにする。ライトが目玉のように飛び出し、バンパーが、がたんと外れて垂れ下がった。

男の応射はなく、姿を見せない。……土岐は、ジムニーの陰からＭＰ－５を構えたまま、手信号で射撃中止を指示する。

六つの、間断なく吼えていた銃声はぴたりと停まり、壁に揺れていた反射炎の影絵も消えた。わずかな残響も遠ざかるように引いてゆく。

土岐は、硝煙がうっすらと漂い、塗膜が花びらのように舞うなか、隠れたまま沈黙する男の気配を探った。――効果があったか……？

土岐は、MP－5の銃床《ストック》を肩に押し当て、グローブの中でぬるぬるしている汗で滑らないよう、握把《グリップ》を強く握り直した。そして、隠れていたジムニーの車体からわずかに身を乗り出して、男の様子を窺おうとした。

水戸達もそれを見守りながら、銃口を向け、それぞれが少しずつ隠れている位置や腰の高さを変えて連動し、援護射撃に備える。と――

銃声が連続して響いた。土岐は思考する前に、ジムニーの車体に身体を沈めた。

男は穴だらけの車の陰から飛び出した。背中を曝して、右手の短機関銃を背後に乱射しながら。

土岐は、身近から銃弾の突き刺さる音が遠ざかると、男の駆ける足音を追って身を乗り出し、MP－5を構えた。

――撃てる！　ダットサイトの赤い光点は、男のT字路へと向かう背中に重なっていた。

しかし、反射的に狙いをつけたのは、男の心臓だった。――殺してしまう……！

土岐は、撃てなかった。水戸の弾丸だけが男を追いかけたが、通路のコンクリートを削っただけだった。

男は、緑色の避難誘導灯のみが目立つ薄暗い通路に消えた。

「追うぞ！」土岐はジムニーの傍らから告げ、振り返った。「――藤木さん、無事か？」

「大丈夫です！」牧場が答えた。

藤木は、牧場に支えられて起き上がり、通路の上に座り込んでいた。

「役に立つんだな、これ」藤木が穴の空いたタクティカルベストの胸を、感心したように撫でている。「ま、顔を撃たれるくらいなら、心臓ぶち抜かれた方がましだけどね」

土岐は安堵のあまり苦笑を漏らしかけたが、水戸の「いくぞ！」という厳しい声に、飲み込んだ。

「追い詰めるぞ、行こう！」土岐は叫んだ。

第四小隊は再び、ジムニーを先頭に、クリアリングフォーメーションを組んで、男の姿を求め、地下駐車場内を進み始めた。

T字路での左折時は、低速のジムニーを盾に、土岐達は側面に隠れ、それからジムニーが直進に移ると、その背後で縦隊《スタック》になり、進んだ。軍事系特殊部隊ならば射殺を前提に、全火力を前方に集中する横隊を組むところだ。

曲がった先の通路は、二百メートルは先に延びていた。天井から等間隔に蛍光灯に照らされ、地下駐車場を北西へ貫く、もっとも長い通路だった。

「〈レオ……ルガー〉！……り、〈ヨーキー〉！」

土岐は無線から、雑音に混じって五木の声が聞こえると、縦隊の先頭で無線のスイッチを入れた。

「〈レオンベルガー〉？　こちら〈ヨーキー〉」土岐は囁き声で答えた。「マル対と接触！　銃撃されたが、現在検索を続行中！　現在位置は南A入り口から、ええと……北東へ五十メートル進入した地点！　そちらの位置は？　どうぞ！」

「こちら……レ……ガー！……キー！　車両……口……爆破……た！」

土岐は、ゆっくり進むジムニーに身を寄せて足を進ませながら、眉を寄せた。ひどい雑音で、話の内容が聞き取れない。

「〈レオンベルガー〉、よく聞こえない！　再送！」土岐はイヤホンに手を添えた。

「〈ヨーキー〉へ！」五木の声が、急に明瞭になった。「車両出入り口が爆破された！」

「〈レオンベルガー〉へ、了解。南A入り口の爆発なら、こちらからも――」

「違う！」五木が遮るように答えた。「そこだけじゃねえ、車両出入り口の、四カ所すべて爆破された！」

四カ所、全てが？　土岐は思わず足を止めかけた。そう言えば、南Aが爆破された際、振動が二度三度と続いていたような気もするが……。

「幸い負傷者はいない」五木は続けた。「だが、燃焼が激しくて、とても進入できん！　おそらく、油脂にゲル状添加剤を混ぜたもんだろうが、消防の化学消防車の現着まで手が出せない」

犯人は、車両入り口を炎で封鎖してどうするつもりなのか。こちらの侵入時を見計らって爆破するつもりが、頃合いを見誤ったのか、と土岐は訝《いぶか》った。そうとでも考えなければ、警察の応援を遮断するには、まったく不十分な策だ。

地上と地下駐車場とを繋げているのは、車両出入り口だけではないからだ。

「ビル施設内への通路、これの配備はどうなってます？」土岐は言った。

「この衝撃でエレベーターは停止してる！　しかし、だ」五木の声が途切れた。「非常階段のドアは縁とボルトを、壁に強力な接着剤で固められた上――」

あの犯人は、そんなことまで……？　土岐は眉を寄せた。

「――不審物が取り付けられてる」

五木の言葉通り、非常階段のドアには、金属製の、蓋のない箱が取り付けられていた。中で乱雑に絡まった電線は、これ見よがしに紙に巻かれた円筒形の物体に繋がっていた。さらに、作動中を示す赤いランプが灯《とも》り、デジタル表示の数字が増えたり減ったりしているのだった。音響センサーと連動した爆発物の疑いあり、と判断され、駆けつけた警察も一旦退避を余儀なくされている。

「本物《マル》の爆発物《Y》ですか？」

「まだ解らん」五木は言った。「解らんが、こいつの処理が終わらん限り、消防は手が出せん。応援は、もう少し待ってくれ」

土岐は、犯人の男の周到さと……、なにより底知れぬ悪意に、汗で濡れた背中に悪寒が奔《はし》るのを感じた。腐った内臓を、頬に押しつけられたような嫌悪感だった。

「――〈ヨーキー〉リーダー、了解！」土岐は、落ち着くために一拍おいて答えた。「支援を頼みます」

犯人はいよいよ、我々を閉じ込める気らしい……。

しかし、なんのために？　そして、犯人自身はこのあとどうするつもりなのか？

――なにか……奥へと誘い込まれてる気もするけど……。

土岐は、ジムニーの後部に隠れた縦隊の、その先頭を行きながら疑問は尽きなかったが――、いまは犯人制圧が先だ。

第四小隊は、犯人の男を求めて長大な通路を進み、左へのT字路に差し掛かる。

土岐は手信号で、角を曲がるように指示する。――こちらはさきほどの銃撃から間を置かずに男を追尾している。見失ったのは、男が最初の角である、ここを曲がったからだ。

第四小隊は再び、警戒しながら角を通過した。いつ撃たれてもおかしくない緊張で身体が強張《こわば》り、筋肉や関節が軋《きし》んだ音をたてそうだった。

角を過ぎると、そこは最初に男と接触した区画とは違い、広々していた。

先ほどの区画は通路を挟んだ両側に自動車が並んでいたが、ここは左側だけだ。右側は、同乗者だけ乗り降りさせられる車寄せ、トイレ、それにエレベーターの設置された、プラットホームになっているからだ。

——射角が広くとれる、待ち伏せには絶好の場所だ。しかし……。

土岐はジムニーの車体越しにプラットホームを窺いながら思った。——しかし、二度と不意打ちは喰らわない。そして、相手にしても、もう奇襲が効かないのは解っている筈だ……。

土岐の予想は当たった。

男が、プラットホームを見渡せる位置にあるトイレの、土岐達からは斜めに見える戸口から、腕を突き出して短機関銃を連射してきた。

男の射撃は、第四小隊の接近をぎりぎりまで待ち、絶妙なタイミングで始まった。しかし土岐達の反射速度と練度は、それに勝った。

土岐は、トイレの戸口に短機関銃《スコーピオン》の特徴的な形を捉えた瞬間、MP－5を応射していた。

その間に水戸達六人は、黒い旋風のように速くしなやかな動作で、左側に並んだ自動車の陰へと飛び込む。間髪入れず、そこから小隊長を援護するために、一斉射撃した。

男が身を隠すトイレの戸口と周りの壁を、土岐達の撃った弾丸が削り、穴を穿つ。

さっと身を引いて男のスコーピオンを持った腕が戸口から消えると、土岐達は射撃を止めた。

土岐はジムニーの車体の傍らでしゃがみこむと、素早くＭＰ－５のバナナ型弾倉を交換する。

そうしながら、思った。……ここが勝負どころだ、と。

――この場所で制圧する！

「甲斐、ここから見張っててくれ」土岐は無線に囁き、いまいるところからは斜めになって奥まで見通せないトイレの戸口を窺いながら、通路で盾にとっているジムニーから後ずさり、車を遮蔽物にしている水戸達のもとに合流した。

それから車同士の間で身を屈め、同じ姿勢で顔を向けてくる仲間達を見回した。

「水戸副長！　藤木さんと牧場で、ここから援護してください！」土岐はジムニーの運転席にいる甲斐にも聞こえるように、無線機のスイッチを入れて告げた。「武南、井上さんはついてこい、奴の正面に回る！――　村上！」

土岐は傍らの、ライフルを背負ってグロックＧ26Ｃを握る真喩を見た。

「単独で後方から狙撃して、奴を無力化できるか」

真喩はわずかに口元を震わせて、うなずいた。「――やります！」

声は平静を装っているが、やはり恐怖と緊張に胸を鷲《わし》づかみにされてるのだろう。頰の擦り傷からの失血にも、真喩は気づいていないようだった。

と、土岐の意図を悟ったように、男は射撃を再開した。水戸達が即座に撃ち返す。

土岐は双方の連射音が幾重にも響くなか、真喩の眼を見詰めた。

「よし、危害射撃が可能になったら報告しろ！　射撃許可《グリーンライト》は俺が出す。いいね？」

真喩の、狙撃銃《アキュラシー》を抱えてじっと見上げる目には、恐怖はもちろんあったが、それと同じくらいの決意と闘志を、土岐は認めた。

村上は大丈夫だ……、と、すこし肩の力を抜いた途端に、身を寄せた自動車のウインドウが砕ける音が響く。

頭上からガラスの破片がジグソーパズルをひっくり返したように降り注ぐ。土岐と真喩は咄嗟に顔を伏せて、ヘルメットの庇で顔面をかばった。

土岐は、真喩が顔を上げると肩を叩いた。「行ってくれ！」

「――了解！」

真喩は大きくうなずき、アキュラシーを背負い直す。そして、狙撃手特有の這《は》うような静粛匍匐《クロウリング》及び隠密接近《スニーキング》で、並んだ自動車の間に姿を消した。

「よし、俺たちも行くぞ！」土岐は武南と井上を見てから、腰を屈めて走り出した。

土岐は、武南と井上を連れて、銃弾の応酬の中で、通路で犯人に側面を晒すジムニーへと戻った。

「甲斐、このまま前へ！」土岐は無線機に怒鳴った。「ゆっくりで頼む！」

甲斐が超のつく低速でジムニーを前進させる。土岐達三人の行動は、位置関係からジムニーの側面に遮られ、男からは見えない筈だったが、男は防弾仕様の車両の動きへ感じた不審を、銃弾に変えて撃ってくる。土岐達三人は銃弾にさらされ火花をあげる車体に身を寄せて守られながら、通路をプラットホームの奥へ、男が撃ちつづけるトイレの入り口へ向けて、じりじりと移動する。

「何発持ってんだあいつ！」武南がジムニーに合わせて進みながら喚くと、井上も車体に身を寄せて「あいつに聞け、馬鹿たれ！」と怒鳴り返す。

「甲斐！」土岐は助手席側の防弾ガラスを叩いた。「止まれ、ここでいい！――二人とも行け！」

武南と甲斐がトイレの入り口を横切るようにして停止したジムニーから離れて、左側に停められた国産高級車とハイブリッド車の隙間へと走り込み、トランクの後ろに隠れた。

それを見定めて、土岐は防弾ガラス越しに、運転席で首をすくめる甲斐の顔を見て、無線機のスイッチを入れた。

「甲斐はこのまま前進して、通路の奥を塞げ！　そこから援護を頼む！」

土岐は、甲斐がうなずくのを見定めると、武南と井上のところまで後ずさり、二人のいる車両のトランクの陰にすべり込む。

　土岐が、MP－5を、弾倉及びコッキングレバーを引き薬室《チャンバー》を点検してから構えるのと、銃弾に堪え続けるジムニーが再び前に動き出すのは、同時だった。

「こっちが見えたら、すぐ撃って来るぞ！」土岐は井上と武南に注意した。

　そして――、土岐達の、ジムニーが急発進して、幕のあいた舞台のようにぽっかり開いた視界の真ん中に、男の陣取るトイレの入り口が露わになった。

　それも真正面、トイレの奥にある小便器まで見通せる絶好の位置だった。男はそこで、虚をつかれたのか、一瞬棒立ちになっている。

「撃て！」土岐の咆哮とともに、三人は連射した。

　しかし男の反応も尋常ではなかった。一瞬でトイレ内側の壁へと反転したのだ。男がかき消すように姿を消した入り口を銃弾が削り、小便器を粉々にしただけだ。

　外した……！　土岐は歯がみした。――が、男の反撃で、それどころではなくなった。

　男は入り口から、短機関銃を床に横たえるように突きだし、いわゆる〝馬賊撃ち〟で、土岐達へ通路の床すれすれに射撃してきたのだった。

　軽快な発射音とともに、国産高級車の車体の下を飛んできた弾丸が、土岐のブーツをかすめた。土岐は驚いて片足を浮かせた。……バリケード射撃だ！

「くそ、下だ！」

「うわっ、くそ！」井上と武南も飛びあがった。

「頭を出すな！」土岐も叫びはしたものの、文字通りに浮き足立つのはやめようがない。

「副長！　援護を！」

土岐達のばたばたとした無様なステップは、命がけな分、さらに滑稽だった。

「これ、非常時ですよね？」武南は土岐に確認すると、ＭＰ－５の銃口を、隠れていた国産高級車のタイヤに向け、連射した。

国産高級車は穴だらけになったタイヤを踏みつぶし、がくん、と深い轍《わだち》にはまったように傾き、足下の、車体と床の隙間は塞がれた。

男はよほど忌々しかったか、なおも土岐達に向けて撃ち続け、隠れている国産高級車は瞬く間にスクラップになりはててゆく。

くそ、なんて奴だ……！　土岐は、膝を沈めて車の陰に張り付く。

男の連射する三十二口径弾が、自動車のボディを紙のように貫き、エンジンブロックを乱打して金属音の悲鳴を上げさせる。車体の小刻みな震えが、身を寄せた土岐にも伝わってくる。自動車は、銃弾からの遮蔽物としてはあまりあてにはならないが、エンジンだけは確実に銃弾を止めてくれる。そうと解ってはいても、本能的に身体が強張る。

さらに、この激しい音の洪水。

地下駐車場には、男の短機関銃《スコーピオン》と第四小隊の七挺《ちょう》の五型機関拳銃《MP-5》、双方の銃声が交錯している。それら耳を圧する爆音は、反響も相まってガスのように充満している。

こんな音の洪水は初めてだけど……、と土岐は思った。

人間は絶え間ない大音量に晒されると、頭がのぼせたように熱くなって五感が狂い始め、状況が把握できなくなりパニックを起こす。さらに、頭の中で無意識に行っている思考の言語変換が困難になり、ごく簡単な判断も難しくなる。だからこそ、特殊部隊は実弾訓練《キリング》施設《ハウス》での訓練では、銃声に加えて音楽をスピーカーで耳をつんざく大音響で流し、ストレス状況下での行動に慣れるようにしている。

――普通の人間なら、平静ではいられない。やはり何らかの軍事訓練経験者だ……！

土岐は、男の周到な準備だけでなく、場慣れした技術から確信した。

――しかし、ならなおさら、重装備の我々と対峙する不利は承知の筈だ。にもかかわらず、誘いだしたうえに出入り口を爆破し閉じ込めたのは、なんのためだ……？

と、エンジンを責めさいなんでいた銃弾の音が止まった。

十メートルほど離れた水戸達の誰かが、すかさず反撃の射撃音を響かせた。

多分、トリガーコントロールの癖から藤木だな……。土岐は思いつつ、短機関銃の連射音だけを拾い、射撃方向を確認する。そして――

土岐は気息を整えると、ざらつくコンクリートの床についていた膝を一気にはね上げ、トランクの緩やかな傾斜のうえでＭＰ－５を構えた。

国産高級車のガラスの消えた窓の中、十数メートル先に、戸口から水戸達を撃つ、男の頭と発射炎の瞬きが、眼に飛び込んだ。

土岐は、グリップを支える右肘を脇腹からはなさずにMP－5を構え、両膝を浮かせたまま、引き金《トリガー》を引いた。

柏木恭介は、土岐の正確な銃弾を避けて、身を引いた。

コンクリートの破片が薄く積もる床に膝をつき、一息入れた。その間も二カ所からの集中射で、トイレ中から金属やプラスチックの備品、洗面台の陶器が撃ち砕かれ、壁の削られるビシッ！　という音、それに身体をかすめた弾丸のヒュン！　という鋭い擦過音に取り巻かれている。

――やるじゃねえか……！

凄まじい騒々しさの坩堝《るつぼ》にもかかわらず、驚嘆混じりの愉悦で内臓が滾《たぎ》り、柏木は自然と笑みがこぼれた。

――逃げ出すか、……良くて申しわけ程度の応射が精々だ、と思ってたのによ。

ところが侮っていた連中は、怯《ひる》みもせず撃ち返してきやがる。しかも、指揮官が特に指示しなくても連携して行動できるとは、それなりの訓練と経験を物語っている。

そういう奴らと俺は戦ってる……！　柏木の背筋に、ぞくぞくするような優越感が奔った。たった一人で、だ！

どうだ、やっぱり俺は強いんだ！

しかし、さすがのこの俺様でも、計画通りとはいえこのままではまずい……、と柏木は素早くスコーピオンの二十発用弾倉を交換しながら思った。

奴らを全滅させるだけなら、地下駐車場の出入り口に差し掛かったその時に、爆破すれば、それであっけなく済んだのだ。ＡＮＦＯ爆薬の爆風とナパームジェリーの火炎で、警視庁ＳＡＴの連中は黒こげの肉片になって、そこら中に飛び散ってたはずだ。

――けど、それじゃ〈蒼白の仮面〉との契約違反になるからな……。

〈蒼白の仮面〉はネットを通じてこう告げてきた。……奴らを一気に全滅させるよりも、できるだけ苦しめ、脅えさせ、絶望の涙を振り絞らせて欲しい。そしてそんなことは、あなたにしかできないことだ、と。

ああ、あんたは俺の強さをよく解ってるよ、〈蒼白の仮面〉。……と柏木は思った。

おまけにあんたは、俺が作戦後、四カ所の車両出入り口はもちろん、階段やエレベーターまで塞いだこの地下駐車場から、撤退する方法まで考えてくれた。

なんの懸念もない。だから、お前らにはもっと苦しんでもらう……！　射撃の止む一瞬の隙を窺い、身構えながら思った。

柏木の凝り固まった意識の上では、土岐達特殊部隊は、自分を爪弾きにして嘲笑し、血と汗で得た唯一の〝元外人部隊兵士〟という称号を、土足で踏みにじった人々の象徴になっている。

――これからが本番だぜ、まだまだ付き合ってもらわなきゃならねえしな……！

にんまり笑い、傍らに置いた、四本の足つきの紙箱を眺める。弁当箱ほどの大きさに、電気コードが繋がっていた。まるで幼稚園児の作った馬のおもちゃだが、勇敢なる警視庁特殊部隊への、プレゼントの一つだった。

待ちわびた射撃の隙間が、ふっと生じる。

柏木は改めて歯を剝きだして笑みをこぼすと、間髪入れず、片手で足つきの紙箱を、戸口から通路へ押し出した。


「射撃中止、射撃中止……！」土岐は車の陰から目だけ覗かせ、無線に告げた。

銃撃音が消えると……、トイレの戸口は、銃弾のクレーターで周りの壁が月の表面のように変わった中、ぽっかりと空いていた。

土岐はじっと観察したが、男は撃ってこない。

なぜだ？　土岐は訝った。負傷したか、それとも弾切れか……？　これまでの、こちらのタイミングを外して反撃してくるのとは、すこし様子が違う、と思った。

「ゼロニからリーダー」水戸の声がイヤホンから聞こえた。「閃光音響弾《フラッシュバン》、準備しますか」

「——了解」土岐は、割れて無くなったフロントガラスごしに銃口を向けたまま、ゆっくり腰を伸ばした。「準備を」

土岐は、井上と武南がベストのポーチから円筒形の閃光音響弾《フラッシュバン》を取り出しつつ警戒する中、もはやスクラップに近い国産高級車の陰から、そっと頭を突き出して観察する。

一方で水戸達も、いまいる場所からすぐに飛び出せるように身構える。

土岐が、さらによく見ようと、身を乗り出そうとした、その瞬間だった。

トイレの戸口の片隅に、内側から、足のついた箱が破片だらけの床に現れた。箱はそのまま、手を背中に回すような腕の動きで戸口の脇の壁際へ押し出され、長方形の面をこちらに向けて置かれた。

なんだ……？　土岐は眼を見開く。あれは、まさか……！

指向性対人地雷《クレイモア》だ！

土岐の脳裏に、答えとともに警告が極彩色で明滅した。

「隠れろ！」土岐は、様子を窺って眼を覗かせている水戸達に叫んだ。

そして土岐自身も、慌てて車体に身を引っ込めたのと同時に襲ってきたのは、爆発音と、亜音速の激烈さで撒き散らされたボールベアリングだった。

鋼鉄の暴風は、プラットフォーム全体を震わせた。駐車場に並んだ車が、車体から金属の断末魔をあげ、パンクしてひれ伏すようにコンクリートに沈んだ。

手製で威力は本物に遠く及ばないとはいえ、指向性対人地雷は、凄まじい破壊力を見せつけた。

土岐達六人は直撃こそ免れたものの、凄絶《せいぜつ》なまでの衝撃に、蜂《はち》の巣と化した車両の陰で、身動きさえできなかった。

村上真喩も、プラットフォーム全体をほぼ見渡せる位置で、指向性地雷の威力を目の当たりにした。

視界を確保する必要性から、一旦は通り過ぎた曲がり角まで下がっていたおかげで、地雷の炸裂したトイレの戸口とは数十メートルの距離があった。しかし、爆発の白煙とともに、撒き散らされた七百個のボールベアリングは、周り中の車を萎《しな》びた虫喰いだらけの果実のようにぼろぼろにし、壁をあばた面《づら》にしただけでは飽きたらず、貪欲に次の獲物を求めて空を裂いた。

真喩がアキュラシーの二脚《バイポッド》を据えて身を乗り出した、車のボンネット上にも、真喩の身体をかすめて、ボールベアリングが突き刺さる。そのうちの一個に、いつ身体を打ち砕かれても不思議ではなかった。

下唇を噛みしめて恐怖に耐える真喩の代わりに、車体が甲高い悲鳴を上げる中、
私は、仲間達の眼なんだ……！　真喩は自分にそう言い聞かせながら、懸命に、狙撃眼鏡《スコープ》

へと目を凝らし続けた。

土岐達は、まだそれぞれの遮蔽物で身を庇ったまま、動けないでいる。

ならば狙撃手である私が、犯人を捕捉し続けなければならない。小隊を導き、背中を守るのが私の仕事だからだ。

そして、いざというときには、躊躇わず――。

真喩が、そう自分に確かめた、その瞬間だった。男が、隠れていたトイレの戸口から、転がるように身を屈めて飛び出した。

――！　真喩はスコープに当てた眼を見開いた。出てきた！

千載一遇《せんざいいちぐう》の好機だった。

真喩は、通路の奥へと、廃墟《はいきょ》じみた有様《ありさま》のプラットホームを駆ける男の進行方向を狙い、アキュラシーごと身体の向きを少しずつ動かしてゆく。

真喩はそして、予測射撃《リード》に備えつつ咄嗟に、胸元の小隊用無線機のＰＴＴスイッチへと伸ばしかけた。

土岐は危害射撃可能になれば、報告するように下命した。でもそれでは……。

――間に合わない！

どうする……！　土岐も、いまのような状況を予測していたはず。けれどあえて、許可は自分が出すと告げた。それは精神的重圧と行為の結果から、私が少しでも逃れられるように、との配慮なのだろう。なにしろ相手は短機関銃で武装しているとはいえ、人質をとっているわけではない。犯人の命を傷つける免罪符がない。

――けれど、誰の命令であろうと、引き金を引くのは私自身だ。この手で私は、人を撃ち、……殺してしまうのか。

かつてもいまも心に沈み、重さを忘れたことのない問いだった。真喩は甘粕を軽蔑《けいべつ》した自分を恥じる。

でも私は、その問いの煩悶《はんもん》を乗り越えられた。それは――。

〝犯人は、人質がいなければ身の危険を冒してでも逮捕する。しかし、人質がいれば躊躇ってはいけない〟――切っ掛けはつまらないけれど、特殊銃手を目指しはじめたばかりの私に、土岐がそう教えてくれたからだ。

でも、その土岐自身はいま、人質もいないのに、犯人を躊躇わず撃ち続けていた。何故だ？

――そうか。土岐たちが撃つのは、致命傷を与えずに相手を動けなくするためだ。

日々困難な状況下で実弾訓練を積む土岐達なら、犯人の頭がわずかでも露出していれば、短距離なら狙撃銃並みの精度を誇るＭＰ－５で、簡単に撃ち抜ける。そうすれば、皮膚を裂いて頭蓋《ずがい》を穿ち、ろくでもない事件を計画した犯人の灰色の脳漿《のうしょう》を、射入口より大きい射出口から、ぐちゃぐちゃのプリンのように噴きださせて終わらせられる。だが――。

それを避けるため、土岐達は自らの命の危険をあえて冒し、立ち向かっているのだ。

――射殺ではなく〝無力化〟、……逮捕し制圧するために。

そう、私達の任務は犯人の命を奪うことが究極の目的ではない。真の目的は、犯人の凶行を確実に止めることだ。

そうだ、ならば私も撃たなくてはいけない。……でもそれは、私をこの世界に導いてくれた土岐小隊長個人の為じゃない！

真喩の脳裏で言葉ではなく、思考の断片が次々と閃いて結論に達するまでは、ほんの一刹那だった。

――土岐悟という人の信じる、警察の理想のために……！

真喩は、スコープ内の十字に重なる男の背中へ向けて、インタラプティド・プルで絞り続けた引き金へ決意を込めて引いて、アキュラシーを撃った。


柏木は、戸口から物音も人影も消えたのを用心深く確かめ、散らばった金属やコンクリートの破片を踏んで、プラットホームへと身をかがめて飛び出した。

ざまあみろ……！　竜巻の荒れ狂ったあとのような惨状の、動く者もいないその場から、通路を目指して駆けながら、お手製の指向性地雷の破壊力に、ほくそ笑んだ途端――。

右肩胛骨を、重い鋼鉄製のハンマーで思い切り殴られたような衝撃が襲った。

背後から突きとばされたように前のめりになりながら、反動で顎が跳ね上がった。あがっ……！　と、蛍光灯の灯《とも》る天井を仰いで、声にならない呻《うめ》きが口から漏れた。

足を止めず身体を見下ろすと、右肩の付け根あたりに、射出口が不気味な赤い花のように咲いていた。鼓動のたびに、どろどろした赤黒い静脈血が、えずくように噴きだす。

——くそ、狙撃手野郎《イモムシ》か……！　よろける足をどやしつけて必死に動かし、被弾面積を小さくするために身を屈めながら、歯を食いしばる。

灼熱の鉄の棒を突き刺されたような痛みだった。そして、柏木が現役中に体験することの無かった、実戦の痛みだった。

まだやられる訳にはいかねえ……！　柏木は広いプラットホームを抜けて通路を走り続けながら、荒い息を吐いた。

もっと奥まで誘い込まねば、計画がご破算だ。

この先にはもう一人、潜んでるはずだ。ここを乗り切らなくては、〈蒼白の仮面〉との契約を果たせなくなる。

柏木は苦痛で顔を歪ませながら、ポケットの中に左手を突っ込んで、縫い止めておいた無線スイッチを布地から引き剝がした。そして、安全装置のカバーをまさぐって外し、手の平の中に握り込んで隠した。

柏木が、あえて速度をゆるめ身を隠しもせず少し進むと、案の定だった。通路の真ん中にジムニーが停められ、その陰に特殊部隊のひとりが隠れている。

「止まれ！」甲斐が、ＭＰ－５の銃口を向けて吼えた。「武器を捨てろ！　捨てろと言ってるんだ！」

もし柏木が強引に突破、あるいはこっそり通り抜けようとしたのなら、甲斐も即座に撃っただろう。しかし、人質がいない上に柏木が姿を露わにしている以上、甲斐は警告を与えないわけにはいかなかったのだった。

「うるせえ！」柏木は、この期に及んでも虚勢のように叫んだ。「素人ちゃんのくせによお！」

柏木は、甲斐が最終的な意志を示してＭＰ－５を構え直すのを無視し、突進した。

突進しながら、手の中の無線スイッチを押した。

電波が飛んだ先は、地下駐車場内の自動車の燃料タンクに仕掛けられた、多くの起爆装置だった。

ぼろぼろの車の陰で動けずにいた土岐の耳に、単発の発射音は、天啓のように響いた。

「行くぞ！」土岐は、そばで身を丸めた武南と井上に叫んでから、立ち上がった。「副長！」

指向性地雷の炸裂から、ほんの数瞬ではあったが、土岐達六人は石化したように動けなかった。死そのもののような鋼鉄の蹂躙《じゅうりん》と、突き刺さるような金属音の坩堝《るつぼ》に投げこまれたのだから。

けれど一発の銃声が、土岐を立ち直らせた。……あれは小銃弾、真喩が男を捉えたのだ。

「小隊長！」水戸が、藤木と牧場とともに顔を出した。

「もう少しだ、追うぞ！」

土岐は水戸に怒鳴ると、弾痕でくしゃくしゃの紙のように波打つ車体にブーツの分厚い靴底をかけて乗り越えた。武南と井上が続き、牧場と藤木を連れた水戸も駆けつけてくる。

「ゼロイチからゼロハチ！」土岐は、プラットホームの端で水戸達と合流すると、走りながら無線に言った。「マル対の位置は！」

「こちらゼロハチ！」真喩の声が、イアホンから聞こえた。「マル対は通路を奥に向かった！——なお、これより射線確保困難、射撃は不能！」

「リーダー、了解」土岐は無線に答えると、顔を上げた。「この奥だ」

「甲斐がいます」水戸が囁いた。「挟撃できる」

「ええ」土岐はうなずいた。「このまま追い込むぞ……！」

土岐たちがプラットホームから通路へと進んだ瞬間、男の後ろ姿を捉えた。

男はジャケットの背中に血の滲《にじ》みを広げながら、射撃を避けて蛇行しつつ走ってゆく。

さらにその先には、ジムニーが横向きに通路を塞いでいる。甲斐はそれに隠れて、男を狙っている筈だ。

「待て！　止まれ！」土岐は、MP－5を構えて叫んだ。「止まるんだ！」

「武器をおいて止まれ！」水戸も男の背中へ怒鳴る。

男は急に、足をゆるめた。

ジムニーを盾にした甲斐が、男に警告する声が聞こえた。

――男は投降するつもりか……？　と土岐が思った次の瞬間、それは起こった。

突然、ジムニーのごく近く、通路の左側に並んだ自動車の下で、ボン！　と爆発音があがった。

なんだ……！　思わず銃口を下げた土岐の眼に、爆発した車体が蹴り上げられた犬のように浮くのが見え、男はごろごろと通路を転がる。さらに――

車体の後部で生まれた火の玉が、膨張して広がり……、黒煙の中から伸びた火の手が、横あいから甲斐に摑みかかるのを見た。甲斐は反射的に避けようとしたが、上半身が黒煙に飲まれ、熱風にさらわれるように、両足のブーツが床から離れた。

「甲斐！」

土岐の叫びは、新たな爆発音に重なり、地下駐車場に響き渡った。

しかも、爆発音は一度では終わらなかった。通路の前後からも、どこかで車両の爆発する音が相次ぎ、余韻を引いて、山鳴りのように空気を震わせる……。

男はその間に起き上がり、薄く煙が漂い始めた中を、倒れた甲斐を飛び越え、ジムニーの向こうへ消えた。

「あの野郎！」叫んで追おうとした武南を、水戸の制する声が響いた。

「追うな！　落ち着け！」

その声が終わる前に、頭上で灯る蛍光灯の白々した光が、消えた。

光と闇が逆転した。

闇の中、車を飲み込んだ炎が壁際で揺れながら、天井まで立ち昇っていた。火炎が、仲間の強張った顔を、熟れたオレンジ色にてらてらと照らしだすのを、土岐は見た。

真っ黒な太い煙は壁に沿って吹き上がると、天井をかき消してゆく。

なにが起こったんだ？　土岐の疑問と、スプリンクラーの作動は同時だった。

ブシュッ！　という噴出音とともに、黒煙がうねうねと波打ちながら覆い尽くす天井から、人工のスコールが、音を立てて降り注いだ。

水滴がきらきらと炎に反射する中、土岐達のただでさえ汗まみれだった突入服は、さらに濡れそぼり、肌に不快に張り付いてゆく。

第四小隊は、明かりを失った地下駐車場で影絵と化した。

幸い、昏倒した甲斐は軽い脳震盪《のうしんとう》と顔の軽い火傷だけで、無事だった。

「良かったな」土岐は、胸をなで下ろして、言った。

「すいません……」甲斐は横になったまま答える。

追尾は、一旦中止していた。男の用意周到さを考えると、この状況で続行するのは、あまりに危険だった。

通路で、それぞれが銃を外に向けて警戒する、防御円陣を組んでいた。

「なに考えてんだあの野郎！」甲斐が円陣の真ん中で、武南に支えられて上半身を起こしながら毒づく。「俺たちを殺す気か」

「最初から殺す気満々だっただろ？」と身構えて藤木。

「じゃあ、入り口を爆破したときに、俺達ごと吹っ飛ばせばよかったんじゃないですかね？」武南が支えながら言った。「それか、犯人自身は駐車場を素通りして、俺達が進入した頃合いで、入り口も車も一気に爆破すりゃ、自分は安全に逃げられたのに」

「馬鹿たれ」と井上。「上手くいってたら、俺達焦げ焦げのミンチになってただろ。マル被の中途半端さに感謝しろろって」

たしかに、犯人はどういうつもりなのか、と土岐もあらためて考えた。なぜ、ここまでの事を……？

土岐の脳裏に、ふと考えが浮かんだ。

――まさか……目的と動機がおなじということなのか……？

インターネット上で〈蒼白の仮面〉のサイトで犯行を予告し、警備部隊をおびき寄せる。さらにその追尾を振り切って、あらかじめ周到に準備しておいた日本最大の地下駐車場に誘い込み、出入り口を爆破する。一連の犯行には、政治的な主張や金銭など、動機になり得る目的は見あたらない。

とすれば、目的は警視庁特殊部隊への挑戦それ自体……、いや、抹殺なのか。

土岐は自分の推論に濡れた顔をしかめた。が、もしそうなら、武南の言うやり方だったほうが確実なはずで、井上の言うとおり中途半端なマル被だ。自己顕示欲が足かせになった結果の、不徹底なのか。

ここで犯人の動機を考えても意味がない、と土岐は思い、首を振った。

「よし」土岐は口を開いた。「進入した南A入り口まで、一旦後退しよう。武南はジムニーを運転してくれ。甲斐も乗れ」

土岐は皆が素早く動き出すと、ふと腕時計を覗いて、呟いた。

「十五分、か……」

「なんです？」水戸が片頬だけ見せて、振り返った。

「いえ」土岐は言った。「ただ、ここに入って十五分しか経《た》ってないんだな、と思って」

……土岐が推察した柏木の動機は、おおむね正解ではあったが、柏木の不徹底さが、車に仕掛けた起爆装置にまで及んでいるのは知りようもなかった。

「止まれ！」水戸の声が響いた。「動くな！」

第四小隊はジムニーを最後尾に、南A入り口へと通路を戻るべく荒れ果てたプラットフォームを移動中だったが、水戸の声に全員が停止した。地下駐車場を北西に貫く、長い通路に差し掛かる手前だった。

土岐は瞬応し、水の滴るヘルメットを上げ、振り向いた。

水戸と後方警戒員《バックアップマン》の井上が銃口を向けた先から、揺れるオレンジ色の炎を背景に、男性らしい人影がよろよろと進んでくる。

「た、助けてください……！」

水戸はさらに警告し、その場で膝をついて、頭の後ろで腕を組むように命じた。男性はおどおどした動作で言われたとおりにした。武南は警戒しながら近づき、簡単に身体捜検《そうけん》して不審な点がないのを確認すると、支えるように連れてきた。

「我々は警察です、もう大丈夫ですよ」

土岐は、びしょ濡れの背広姿で眼鏡のずり落ちた中年男性に安心させるように声をかけ、水浸しの床に落ち着かせた。

「よ、良かった……！」中年男性は座り込んだまま大きく息をついた。「急に爆発音がして、銃声みたいな音もするし……。隠れてたら、火事まで起こるしで……」

「小隊長！　この人が……！」真喩の声に、土岐が片膝をついたまま顔を上げる。

真喩が、身体をくの字に曲げて歩く女性に肩を貸し、引きずるようにやってきた。激しく咳《せ》き込みながら、ハンカチを口に当てている、若い女性だった。

まずいな……、と土岐は考えた。この二人以外にも、逃げ遅れがいる可能性がある。

――我々を閉じ込めたつもりかも知れないが、犯人自身も、この地下駐車場から逃げられない。それに現在、周りは警察が第三小隊《レオンベルガー》をはじめ、十重二十重《とえはたえ》に包囲している……。

ならば、いまは人命保護を最優先すべきだ。土岐はそう判断した。

「よし、検索する」土岐は仲間に言った。「井上さん、甲斐、村上は要救助者とともに、南A入り口まで後退して警戒！　甲斐は状況報告とともに、要救助者あり、救出作業を急ぐようにと無線で要請しろ！　ただし全員、マル対と接触しても追わなくてもいい！　いいな？――よし、行こう！」

しかし、日本一を誇る地下駐車場の広さは、伊達《だて》ではなかった。

広大なだけでなく、所々で炎上する車両の煤煙《ばいえん》と熱に阻まれながら、ほとんど匍匐《ほふく》前進で地下二階部分を探し回る。

「小隊長、初めてあった時を思い出しませんか？」

「……思い出さなくていいよ、そんなこと」

機動救助隊出身の牧場が這いながら口にすると、土岐も同じく這いながら答えた。

土岐は、機動救助隊に出向した経験がある。そして、そこでの初出動が倉庫火災だった。身体を押し包む強烈な熱気を覚えている。そして、今もまた……。

噴きだす自分自身の汗が、まるで熱湯だった。突入服のしたの肌を蒸しながら、滴り落ちてゆく。肉体が魂の拷問道具と化したように感じる。

「ここだ！　助けてください……！」

「警察です、こっちへ！　怪我はないですか！」

二階で男性二名を発見した。それから地下三階へと進入したが、そこでもやはり起爆装置が仕掛けられた車両が火災を起こしていた。

しかし少しだけ土岐達にとっては幸運もあった。

地下三階は、池袋サンセットスクエア全体への、電力及び冷暖房の供給プラントがほとんどを占めている点だった。二階と面積こそ同じだが、駐車スペースは外縁部にしかなかった。プラント部分は、立ち入り禁止と記された、頑丈な鋼鉄製のドアで施錠されている。

ここに犯人の男が逃げ込んだ可能性はなさそうだ、と土岐は思ったが、ここに来る間にも、影も形も無かった。人命優先の検索だから、見逃した可能性はある。

ともかくも、土岐たちは二名の要救助者を抱えて二階へと、分かれた三人と最初に保護した民間人二人の待つ、進入した南A出入り口近くまで戻った。

「みんな、大丈夫だな？」

土岐は、二名の要救助者を抱えた牧場と武南、藤木らの最後尾につき、警戒に当たりながら南A出入り口まで戻ると、声をかけた。

「小隊長！」残って民間人保護と警戒に当たっていた井上が迎えた。

「マル被はどうでしたか」ジムニーの車体を盾にしたまま、甲斐が尋ねた。

「……いや」土岐は首を振った。「接触なし。こっちは？」

「いえ」真喩が、ジムニーのボンネットにアキュラシーを依託した姿勢のまま答えた。

最初に保護した眼鏡の中年男性が、ジムニーの陰から迎えた。「お巡りさん！　ああ、良かった！　無事だったんですね！」

「ええ……ありがとうございます」土岐は男性に答えて、甲斐を見た。「外の状況は？」

「現在、消防は現着してますが、……例の不審物処理が終わらず、救出作業にはもうすこし時間が必要だそうです」

「……了解」土岐は通路にしゃがみ込んで肯《うなず》き、ふうっと息をつきかけて咳き込む。

特殊部隊の日常には重い、暑い、そして臭いの三拍子が付きものだったが、喉と鼻の粘膜を刺したのは、我が身の発散する汗と硝煙臭だけでなく、焼け焦げた空気だった。

煤煙はもう、天井から人の腰あたりの高さにまで、降りてきている。

そして、火災現場で最も恐ろしいのは、炎より燃焼ガスなのだ。そのガスが――。

──充満するのは、時間の問題だ……。

おまけに四カ所の車両出入り口も、特殊な燃焼剤の炎で塞がれたままだ。崩落しているわけではないが、炎のカーテンは酸素の供給をも断ってしまうだろう。

まずい、と土岐は思った。──もう猶予はなさそうだ。

「全員、集まってくれ」

土岐は、地下三階で保護した男性二人を介抱する水戸たちに声をかけ、ジムニーの脇へ車座に集めた。

「みんな、ここでこれ以上、救助を待つ余裕はなさそうだ」土岐は全員の顔を見回した。

「よって、全員であそこを突破し、脱出する」

土岐は顔を上げ、視線で突破する場所を示した。

視線の先には、オレンジ色に染まった長方形が、太陽の表面を映し出したスクリーンのように闇に浮かんでいた。溢れ出す光は、縁の輪郭をぼやけさせるほど眩《まぶ》しい。

南A出入り口だった。

「そんな……！　無茶ですよ！」声を上げたのは警察官ではなく、眼鏡の中年男性だった。煙で咳き込みながら続ける。「あ、あんな……に、燃えてるのに！」

「大丈夫、皆さんは車両に乗って下さい」土岐はジムニーの車体を叩いた。

「で、でもこれ軽自動車でしょ？　こんなので、あの炎の中を……！」

「こいつは見かけは軽ですが、エンジンは換装されて馬力はありますから、大丈夫。それに、要所は複合材装甲で守られ、タイヤは防弾仕様です」

実際、多目的車ジムニーは外見こそ大人しかったけれど、数々のスープアップの施された排気量千八百のエンジンを登載し、百馬力以上の出力がある。

「で、で、でもですね、ここで待ってればレスキュー隊が……！」中年男性が髪を乱し、ずれた眼鏡も気にせず言い募る。

「いつになるかは、確実には解りません」土岐はそっとため息をついた。「それに、いますぐにでも大規模な引火が起こる可能性があります。その場合、炎より怖いのが――」

「火災現場で亡くなる一番多い理由はですね」牧場が口を挟んだ。「一酸化炭素中毒なんです。見て下さい、排煙装置が動いてるのに、もう煙がこんなに下がってきてる」

「じゃあ、あんたらみんな銃を持ってるじゃないか！　それでドアを撃てば？　すぐ壊れてここから出られるでしょう！」

「残念ですが、外へのドアは犯人の手で封鎖されてます」水戸が言った。「それに、封鎖されていなくても、我々の銃器では破壊できないのです」

「そんな、映画やテレビじゃあんなに簡単に……！　破壊できる爆薬なんかは？」

「それも無理なんです」水戸は言って、頭を下げた。「……申し訳ありません」

男性は眼鏡がずれたまま、呆然として水戸の下げた頭を見た。その男性へと土岐は片膝を立てて進み、肩に手をおいた。

「たとえ我々がどうなろうと、あなたたち四人は必ず守ります」土岐は微笑みかけた。

「だから、信じて下さい。お願いします」

男性は土岐の眼を見て、それから自分を見詰める第四小隊の面々を見回す。

若い指揮官の周りで、七人の男と一人の女が、汗と汚れにまみれた顔に、生まれてこのかた絶望なんかしたことない、とでも言いたげな表情を浮かべて、見返していた。

泣きだしそうな顔で肯《うなず》いた男性を、真喩が腕を取ってその場から離すと、土岐以下、第四小隊の男達は真顔になった。

「あのお、立場上、自信ありげな顔をしちゃったんですけど――」武南が言った。

「いいんだよ、馬鹿たれ。不安がらせてどうする」と井上。

「とはいっても、あそこを突破、か」

藤木が振り返ると、全員が同じように南A出入り口を振り返った。

黒々とした壁を背景に、斜路一杯に燃えさかる炎が、くっきりと四角く浮かび上がっている。眺めていても仕方ないので、全員がまた顔を戻す。

「救助を待つという選択は、無し……ですか」牧場も本音では不安らしく言った。

「…………」水戸は無言だったが、牧場と同じらしく、土岐を見た。

「そんな余裕があればいいんだけど」土岐は言った。「状況が許してくれそうにない」

土岐は、皆が唇を結んで濡れた床に眼を落とす様子で、仲間達が初めて弱気になってい
る、と感じた。自分の意志で炎の河を渡りきろうというのだ、無理もない。

けれど、意志がなければ、そもそも立ち向かう事はできない……。

「闘うまえから諦めるな！」土岐は仲間の顔をそれぞれ真正面から見詰め、低く強く言葉を押し出した。「必ず、あのひと達を連れて、みんなで帰るんだ」

最初に顔を上げたのは、やはり水戸だった。それからひとり、またひとり男達は顔を上げて、土岐を見た。

「よし」土岐は、闘志を取り戻した顔がそろうと、微笑んだ。「準備にかかろう！」

「執行実包を全部、車内へまとめろ！」水戸の指示が響く。「薬室内にあるやつもだ」

執行実包——弾薬が高熱に晒されると、爆発する恐れがある。その場合に危険なのは弾頭ではなく、薬莢や弾倉の破片だった。

ジムニーからはすでに、すこしでも車内空間を確保し軽くするために、助手席や不要な備品は取り除かれている。その、運転席以外の座席を取り去った車内には、三人の男性と一人の女性、計四人の民間人と、真喩が詰め込まれている。

土岐は小さな車体の脇に立ち、鮨詰めを越えてアスパラガスの缶詰なみだ、と思った。

そして、ステアリングを握るのは、もっとも運転技術の高い武南だ。

「小隊長！〈レオンベルガー〉から入電！」

甲斐はジムニーを見詰めている土岐に、傍らから告げた。「脱出口付近の目立った瓦礫《がれき》は排除、なんとか通行は可能！　なお脱出の際は消火剤を放水し援護するとのことです！」

「了解！」土岐は甲斐に答えて、赤く染めた顔を上げた。

十メートルほど先に、南A出入り口が紅蓮の絨毯を広げ、炎の林が踊り狂っていた。

矩形《くけい》の地獄――、まさに焦熱地獄だ、と土岐は思った。

しかしこれを越えた向こうにしか、要救助者たちを救う道はない。……とはいうものの、ここを突っ切ってゆくのには、灼熱の溶鉱炉へ突入する勇気がいる。

しかし、やらねばならない。

〝仮使興害意　推落大火坑　念彼観音力　火坑変成池〟――

土岐は心の中で、故郷の西大寺観音院の本尊に千手観音《せんじゅかんのん》の加護を願って、観音経の一節を唱えた。

〝悪意を持たれて火の中に落とされても、観音を念ずれば火の坑は池と変わる〟――

――どうか、仲間と、なにより救うべき人たちをお助け下さい。私に義務を果たさせてください。

……南無観世音菩薩……。土岐は目を閉じて、誰にも聞こえないように呟いた。

土岐は覚悟を決めて目を開き、命令した。「――第四小隊、乗車」

小さなジムニーの、水戸と藤木がボンネットへ、牧場と井上、甲斐がルーフへと窮屈そうによじ登る。まるで椅子取りゲームの終盤か、押しくらまんじゅうだった。

「小隊長、はやく！」水戸が狭いボンネットから、手を差し伸べた。

土岐は、しがみついた仲間たちがこぼれ落ちそうな、小さなジムニーを見た。

水戸達が鈴なりになった車体には、もう立錐《りっすい》の余地さえない。

もう、これ以上は無理だな……、と土岐は水戸の手を見上げたまま思った。それに、一人分でも軽い方が……。

「いや、私はここへ残る」土岐は静かに告げた。「行ってください」

「そんな、ここにいたら……！」甲斐がルーフの上で、水戸の後ろからのぞかせた顔を歪めた。「乗って下さい！」

「そうですよ！」武南が運転席の防弾ガラスを下げて叫んだ。「ちょっと熱いだけで、すぐ終わりますって！」

「注射を嫌がる小学生か、俺は」土岐は笑った。「いいから行け、要救助者を安全な場所に退避させろ」

土岐以外の第四小隊の全員が黙り込んだ。

ジムニーの車体にへばりつき動きを止めた水戸たち四人を、揺れる炎の赤い光が、斑《まだら》模様を描いて照らし出した。

土岐が命令だ、と口を開きかけたとき答えたのは、水戸だった。

「了解です」水戸は土岐を見詰めた。「必ず……私自身が迎えに戻ります」

「じゃあ、俺も！」牧場がルーフから飛び降りた。

「牧場……！」

「いいじゃないですか」牧場は通路に降りたって土岐に答え、ジムニーを振り返った。

「行ってください！」

「しょうがないなあ」土岐は、呆れと感謝が半々の苦笑を牧場に向けてから、ジムニーの後部を叩いた。「よし、じゃあ牧場、こいつを二人で押そう。少しは加速する筈だ」

土岐と牧場は並んで、予備タイヤをはずしたジムニーの後部リアゲートのハッチに両手をついて身構える。

載《の》せられるだけ載せたジムニーは、重量にサスペンションを軋《きし》らせ何度もアイドリングで回転を上げてエンジンを噴きあげ、そのたびにマフラーから吐き出される排気ガスが、土岐の足に吹き付けられる。

「――行きます！」

武南が運転席で意を決してアクセルを踏み込むと、タイヤを鳴らしてから通路をゆっくり走り出し、土岐は牧場とともに押しながら追う。

ジムニーが重たげに加速しながら、南A出入り口へと突き進む中、土岐は渾身の力で押しつつ、取り巻く熱気の密度と温度が、明らかに増していくのを感じた。

熱い、を通り越し、突入服から露出したわずかな皮膚に刺されるような痛みさえ感じる。

土岐の押しているリアゲートの位置からは、車体に遮られて徐々に加速して行くジムニーの進行方向は直接見えない。けれど一歩ごとに強まる熱気と、周りを照らす炎の色が赤く鮮明になってゆくことで、間近なのが解った。

いまだ！　土岐は小走りほどの速度になっていた足を踏みとどまるように止め、同時に、隣で押していた牧場の肩をつかみ止めた。

手から車体が離れた途端に、遠ざかってゆくジムニーの後部ハッチにかわって視界に赤い炎が満ちあふれ、網膜を圧倒した。

「頼むぞ！」土岐は牧場をつかんで後に退《さ》がりながら、ジムニーに叫んだ。「日本最高の走破性能を見せてみろ！」

声援を受けて、ジムニーは炎のカーテンへと突進した。そして、前輪が斜路に達すると、車体と、それ以上に、しがみつく仲間を大きくがくんと揺らしたものの、ほぼ速度を落とすことなく、飲み込まれた。

そして、炎のカーテンは、再び閉じられた。

「大丈夫ですよね」牧場が、何事もなかったように燃えつづける出入り口を見たまま言った。

「ああ。武南の腕は確かだし、アサルトスーツはノーメックス製だ。四百度の熱に数十秒は耐えてくれる」土岐は答えた。

「大丈夫だ」


突入したジムニーは、炎のトンネルと化した斜路の中を、コンクリートの破片を踏み越えるたびに、不安定に揺れながらも、駆け上がり続ける。

車体に張り付いた水戸達は、身体中を灼かれながらも、スクラムを組んで互いの身体を支え合い、息を殺し続けた。

永遠に近い、十数秒間の地獄巡りの後——。

地上で待ち受けていた消防隊の、化学消火剤による大量の援護注水《えんごちゅうすい》が届き始めた。

わずかに弱まった火勢と、救いの手のように延びる放水の水蒸気を突き破り、ジムニーは地上へと姿を現した。

ジムニーは速力をほとんど失いながらも、ついに焦熱地獄を破って、生還した。

見守っていた警察官や消防官の歓声が湧いた。

小さな車体に群がったまま水蒸気を上げて動けない水戸達を、駆け寄った大勢の機動隊員が抱えて下ろした。

車内に保護された四人の民間人と、武南と真喩に怪我はなかった。

そして——、十人の命を守り抜いた小さな勇者は、役目を果たすと、力尽きたようにエンジンの鼓動を止めたのだった。——

「了解、良かった。……こっちの救出も頼みます」土岐は無線で突破成功の一報を受けると、ほっと息を吐いた。

そうしてから、汗と汚れで斑《まだら》になった顔を牧場に向けてうなずいて見せた。

その直後だった。

身近の、ほぼ至近で突如、ドオン！　という音とともに火の玉が膨れあがった。

無線指令では作動しなかった起爆装置が、柏木の性格を反映してか中途半端なタイミングで作動し、爆発したのだった。

完全な不意打ちだった。

土岐は爆発音に反応して伏せるどころか、できたのは反射的に顔を背ける事くらいだった。そして、最後に眼にしたのは、視界を圧する真っ白い光だった。

土岐と牧場は、殺到する熱い爆風で薙《な》ぎ払われ、吹き飛ばされた。

「大変だったな」五木小隊長が言った。「ほんとに、御苦労だったな」

「いえ、そちらも。助かりました」水戸は黒こげで異臭を放つ突入服のまま、手に汚れたヘルメットを下げて短く答えた。

「階段に不審物《マルX》なんかがなけりゃ、すぐにでも助けてやれたんだがな」

そびえ立つ池袋サンセットスクエアビルの周囲は、避難する人々で人の洪水だった。

集結した警察及び消防の各種車両もそれに拍車をかけている。水戸が呼ばれて入ったのはそのうちの一台で、四機の機動救助隊、人員輸送車《じんそうしゃ》のマイクロバスだった。

「残った土岐小隊長と牧場も気がかりだが……、若いのにたいしたもんだ」

「いいえ、たいしたことではありません」水戸は静かに言った。「土岐小隊長は、警察官として為すべきことをしているだけです。我々と同じ、骨の髄まで警察官というだけです」

「そうか、……そうだな」五木はうなずき、目の前の折りたたみテーブルに広げたサンセットスクエアの見取り図に、目を落とした。「ところで、検索ではマル対との接触《コンタクト》は無かったらしいな。まあ、逃げ道もないわけだが」

「はい」水戸もテーブルに身を乗り出した。「とは言っても、完全にクリアリングできたわけではありません。とくに、地下三階のここです——」

水戸は見取り図の地下三階の中心、ほぼフロアの大半を占める空白に指をおいた。

「ここは、施錠されていて潰せてません。……ここにあるのは何です？」

「冷暖房設備だろうが、ちょっと待て」五木は肩に止めた無線のマイクで問い合わせてから、水戸を見た。「地域冷暖房プラント株式会社って業者だそうだ」

「……地域、ですか」水戸は眉を寄せた。「それは、近傍の施設にも供給している、という意味ですか」

「――なに？」五木も意味を悟って目を見開き、慌てて再度、無線で問い合わせた。

もし、〝地域〟が自分の考えたとおり、近傍の施設への供給を指すのだとしたら……、と水戸は奥歯を噛みしめながら思った。

――必ず、パイプなり地下道が、サンセットスクエア地下からそれらの施設へと延びている……！

「畜生、当たりだ！」五木は立ち上がって喚いた。

「解りました」水戸はうなずき、長身を翻しながら告げた。「パイプの送り先や地下道の詳細について、情報収集を願います」

水戸は自らの不明を悔やんだ。

プラント入り口のドアは最初から施錠されていたのではなく、犯人が逃げ込んだ後に閉鎖したのかもしれない。いずれにせよ、犯人の姿が地下駐車場から消えている以上、逃走に使う可能性は高く、なにより土岐と牧場を救出する突破口になるのは間違いない。

「〈ヨーキー〉ゼロニから〈ヨーキー〉リーダー！　応答を願います！」水戸は早足に車内を進みながら、小隊用無線機のスイッチを入れて告げた。「〈ヨーキー〉リーダー！……

〈ヨーキー〉ゼロナナ！　答えろ！」

無線は沈黙している。

まさか、と水戸は思った。——指揮官行動不能《オフィサーダウン》か……？

くそ、と険しい表情で吐き捨てて、再度スイッチをいれる。

「〈ヨーキー〉ゼロニから全員へ！　もう一度いく、準備しろ！」

水戸は、静かだが断固として命令を下すと、濡れた頭にヘルメットを被り直した。


喉を締め上げられるような息苦しさと、身体全体に絞られるような鈍痛を感じる。

……土岐は、目蓋《まぶた》をのろのろと開けた。

天地がひっくり返ったのか、煙に覆われたコンクリートの天井がうっすらと窺えた。

「いっ…てぇ……！　くそっ……、いつっ」土岐は呻きながら、身動きしようとした。「し、死んじゃうだろ……おい……！」

それからようやく、土岐は自分が下半身をY字型に壁に立てかけた体勢で、通路に転がっているのに気づいた。——が、立ち上がるどころか、身動きさえできなかった。

大金を積まれても二度と御免だ、と特殊部隊員でも口をそろえる、配属されてすぐの特殊警備訓練講習における全身筋肉痛以来の凄まじい痛みが、全身の神経を引き裂いていたからだった。

「くそ……、牧場……、牧場……？」土岐は声を絞り出した。「どこだ……？」

牧場はすぐ脇で、土岐とは逆に、上半身を壁にもたせた姿勢で足を投げ出していた。

「むにゃむにゃ……！」牧場は呼びかけられて、食いしばった歯の隙間から、声を押し出した。汚れてはいるが端正な顔立ちを、激しい痛みに堪える克己に歪めながら続ける。

「ぼ、僕はもう……食べられません……よ！」

土岐は、真面目な牧場が、命の危機が差し迫るこの場で下らない冗談を吐くとは、やはり武南や井上あたりの悪い影響かな、と場違いに思った。

——誰だよおまえの上司は……、あ、俺か……。

「そげえな……ところは……、真似せんで、……ええんじゃ……！」

土岐が呟くと、牧場はがくりと首を前に落とした。

「牧場……？」土岐は声をかけた。「どうした……？」

牧場は答えなかった。そして、ヘルメットの重みも加わったせいで、上半身がずるずると壁をこすって横に倒れて、動かなくなった。

「牧場……！」土岐は朦朧《もうろう》としながら、かすれた声を出した。「返事をしろ……！　牧場」

起きろ……！　せめてお前だけでも、助かるんだ……！

土岐は意識が混濁しはじめるなか、震える腕を牧場に伸ばそうとした。けれど、霧に飲み込まれるように気を失うと、空を探っていた手は、床に落ちた。

「〈ヨーキー〉ゼロニ……リーダー……！　応答を……！　ゼロナナ！　答えろ！」

牧場！　起きろ――。

無線から聞こえた水戸の声は、土岐と牧場には届かなかった。


柏木は、右肩の貫通銃創に、短機関銃《スコーピオン》を握った左手を押し当て、足をもつれさせながら、薄暗い地下道を急いでいた。

そこは洞道《どうどう》、と呼ばれる、断面が馬蹄形《ばていけい》の配管用地下道だった。

床に当たる歩廊は、幅五メートルはあった。しかし、歩廊の大部分を占めるのは、洞道の中をずっと続いてゆく、子どもの背丈ほどもある太い冷水管二本だ。

柏木は、その冷水管に挟まれた隙間を、血の手形を残しながら進んでいる。

――腰抜けだと侮ってた連中にやられるとはな……。

柏木は、コンクリートの味がする湿っぽい空気を、激しく呼吸しながら、ふと足を止めた。

俺が見くびっていただけなのか？　この国の奴らも、捨てたもんじゃないってことなのか？　とすれば、俺がこの国を捨てたんじゃなく――。

むしろ俺の方こそが、この国から……？

柏木は不愉快な考えを唾とともに吐き捨ててから、まあいい、と考え直す。

——なんにせよ俺は、もうこの国には戻らない。国外に脱出してしまえば、あとは民間軍事会社《PMC》にでも潜り込めばいい。俺ほどの経歴があれば、引く手数多《あまた》の筈だ……。

それにはまず、ここを離脱することだ。

幸い血痕《けっこん》は、スプリンクラーが消してくれただろう。だが、警察がこの洞道に気づくのは時間の問題だ。だがその前に、この冷水管づいたいにあと八百メートルほど行った先にある、豊島区役所まで逃げれば、そこで警察の包囲を抜けられる。そうすれば……。

この国と永遠にさようならだ。——と、柏木がほくそ笑んだ途端。

洞道をぼんやりと照らしていた蛍光灯が、不意に消えた。

柏木は突如充満した完全な闇の中、反射的にぴたりと動きを止める。そのまま、臭《にお》いではなく気配を嗅《か》いだ。

闇の中、動かないはずの空気が、微かに汗まみれの頬を撫でた。誰かがいる……！

——奴らか……！

「動くな！」水戸の声が洞道に響いた。「武器を、見えるところへおけ！」

かっ！　という音と同時に、闇に慣れかけた柏木の視界は、白光に圧倒された。

柏木は咄嗟に、強烈な光から右腕をかざして眼を庇った。そして、眼底を灼く痛みに堪えながら細目をあけて、敵の姿を求めた。

こちらに向けられた幾つものライトの光の中に、滲んだような輪郭の、短機関銃を構えたとおぼしい、長身の細い影。

光源の前に立つとはな……。柏木はわざとのろのろと左手に握ったスコーピオンを下ろし、投降する素振りをしながら嘲笑う。

——やっぱりおめえら、素人だよ！

柏木は、下ろすと見せかけていた左腕を、鞭《むち》のように素早く水戸に向けた。

「うわあぁっ！」柏木の口から、叫声が迸る。

ダダッ！　と短くあがった銃声が、柏木の叫びを断ち切った。

柏木は、水戸の正確な二連射《ダブルショット》を左肩に叩き込まれてスコーピオンを取り落とした。そのまま畳まれたように両膝を突き、歩廊に崩れ落ちた。

水戸の足下で、薬莢がチリン、と澄んだ音を立てた。

水戸は、後ろから脇をすり抜けた第三小隊の隊員が、柏木に殺到して確保するのを確かめると、硝煙をあげるＭＰ－５の銃口を下ろした。

「あとはお願いします」

「水戸……」五木小隊長が後ろから声をかけた。

「仲間を待たせておりますので。……よし、お前ら行くぞ！」

——どんな大事件だって、離れてみてれば、みんなエンターテイメントだよね……。

〈蒼白の仮面〉は、大きな一枚ガラスの窓の外を頬杖《ほおづえ》をついて眺めながら、心の中で呟く。池袋サンセットスクエアから、数百メートルほど離れた、ビルの二階にあるカフェテリア。席のほとんどを、連れのいる客が埋めた店内で、〈蒼白の仮面〉は、道路を見下ろす窓際の席に、ひとり座っていた。

いま、警察の敷いた規制線の内側、池袋サンセットスクエアは修羅場だろう。だが現場から離れているせいか、時折、店の前を、赤色灯を回した救急車がサイレンとともに過ぎ去るくらいだった。

つまんねえな、と〈蒼白の仮面〉は舌打ちしたが、すぐに気分を変えた。――さて、と。

〈蒼白の仮面〉は、テーブルに開いたノートパソコンを引き寄せる。その拍子に、本体に接続したコードが引っ張られた。コードは、椅子に置いたバッグへと延びていて、黒い棒状の物が、バッグからはみ出しかけた。

おっとっと……、と〈蒼白の仮面〉は苦笑して、黒い棒をバッグに押し込む。

バッグから覗いたのは、他人の無線ＬＡＮに不正アクセス、つまりハッキングするための機器であるＬＡＮアダプタの、アンテナだった。おおっぴらには持ち歩けない。

〈蒼白の仮面〉は、ノートパソコンのディスプレイに見入った。

画面には、ネット上に復活させたホームページの掲示板と、片隅のウインドウにはテレビ放送の生中継が映し出されている。

［匿名希望さん：お巡り、何人くらい死ぬんだろ？　誰か賭けねえ？］

［匿名希望さん：いくらでもいいけど、五人くらいを希望］

——どうして見ず知らずの人間を、そこまで憎める？　病気だよ、おめえらは。おまけにこうやってただ騒ぐだけで、何の役にも立たない。最っ低だよ。

〈蒼白の仮面〉は、ふん、と鼻息をつき、画面を凝視したまま手探りでスプーンをとり、皿のレアチーズケーキを一切れ口に放り込んだ。一人きりの場合と違い、口を閉じて咀《そ》嚼《しゃく》音《おん》はさせない。

舌先で唇をぺろりと舐めるのと、モニターのテレビ放送を映すウインドウに、速報、の文字が躍るのは同時だった。

来た来た……！　〈蒼白の仮面〉は、ぞくぞくする愉悦が背筋に奔るのを感じながら、タッチパネルで画面上のポインターを操作し、ウインドウを最大化する。

——きっと、救急車で運ばれたSATの隊員のことだ……！

「……はい、こちら地下駐車場から救出された警察官が、搬送された病院前です」

画面の中で、マイクを持った男が、白い建物の前で喋《しゃべ》っている。「ただいま発表がありました。〝救出された二名の警察官は煙を吸っているものの、命に別状はない〟。繰り返します、〝命に別状はない〟とのことです！」

〈蒼白の仮面〉は、一気に脱力すると長い息を吐いて、ウインドウを閉じた。

――そうか、誰も死ななかったのか……。

落胆してるのだろうか、私は……？　と〈蒼白の仮面〉は自問した。見ず知らずの他人の不幸ではしゃげる、馬鹿な〝住人〟たちのように。

いや、と〈蒼白の仮面〉は自答した。……落胆などしていない。

それどころか、あの警察官たちが助かって、安堵している自分がいる。

元外人部隊という、いわば最高の刺客を、犯行計画を授けたうえで差し向けたのは、私自身だというのに。

明らかに矛盾した感情だ。特殊部隊の警察官達を、死地に陥れて殲滅《せんめつ》するのに夢中になった一方で、危機を脱して生還したのを、ちょっぴり称《たた》えたくもあるのだから。

いや、と〈蒼白の仮面〉は思った。両方の感情は、もとは一つだったのかも……。

熱く、元はどろどろと混じり合っていた感情を、無理矢理に割り切ろうとした結果なのか。近づき得ない遠い男達への思いを、私自身が扱いあぐねた挙げ句の、悪意であり、憎しみであり、殺意だったのか。

ふん、と〈蒼白の仮面〉は、自分自身を鼻で嗤《わら》った。まるで恋愛感情だ。でも……。

「……もう一度、会ってみたい気もする」

〈蒼白の仮面〉は、呟きとともに気を取り直すと、テーブルからカップを取り上げた。

――まっ、いっか。そんなことより、ここのカフェラテ、いまいちだなあ……。

「あんたが、〈蒼白の仮面〉？」

若い男の声が、不意に頭上から降ってきた。

「……え？」

〈蒼白の仮面〉は、ディスプレイから顔を上げた。

その顔は――、〈蒼白の仮面〉の顔は、一連の事件の端緒となった篤恩《とくおん》女子高校籠城事件の人質のひとりであり、現場となった教室で、犯人へ気丈に抵抗した少女のものだった。

渡瀬《わたらせ》唯月《ゆいか》、だった。

唯月は席に座ったまま、籠城事件の際に、突入して保護した土岐がふと手を止めてしまったほど、年齢に似合わず完成された美しい顔で、男を見上げていた。

「やっぱりね。――驚いた？　アクセスポイントの逆探で、大体の位置は解ったんでね。現場近くにいるって直感もあったしさあ」

男は、ギリシャ彫刻のような、彫りの深い顔立ちをしていた。

けれど唯月を見下ろす、微笑を含んだ白目勝ちの眼には、神経質さと同時にカミソリじみた冷たさがあった。

「さあて、と」男は唯月にことわりもなく、さっさと真向かいの椅子を引いて座った。

「初めまして、かな？　〈蒼白の仮面〉……いや、〈黄衣の王〉って呼んだ方がいいかな？　あ、でもさあ、なんでチェイムバーズなの。あんな昔の小説を、今時の女の子が読むなんてね」

男は一方的に喋ると、喉の奥で耳障りな声を上げて得意そうに笑う。

唯月は不意に現れた男に、顔を強張らせていた。が、早鐘を打つ心臓とは別に、なんども胸の中で落ち着け……！　と呪文《じゅもん》のように繰り返してから、口を開いた。

「あの……なにか勘違いされてません？」

唯月は、微苦笑さえ含んだ平静な口調で応じた。「あたし、その〝ナントカの仮面〟って、全然意味が解らないんですけど？」

「とぼけんなよ」

男の、笑み崩れていただらしない顔が一瞬で無表情になった。白い眼を向けて、低い声で付け足す。

「僕をごまかせるって思ってる？」

「だから、あたし、知らないってば……！　ナンパならあっち行って！」唯月は男に応酬した。「しつこくするんなら、人を呼び――」

「だれか呼んで困るのは、そっちじゃないのかなあ？」男は薄笑いを浮かべた顎をしゃくって、テーブルの上を示す。「そのPC調べりゃ、君が何してたかは丸わかりだろ、違う？なんなら俺が、ポリ公ちゃんを呼んでやろうか、ん？」

男は天井を仰いで、口元に手を当てる。「おっまわりさぁん……！　ここに〈そう――」

「――やめて……！」唯月は音を立てて椅子から立ち上がった。

足に押された椅子が、後ろで倒れかけるほどの勢いだった。

唯月はしばらく立ったまま、背もたれに腕を引っかけてへらへらと自分を見上げている男の顔を、睨みつけていた。……が、店内の、席を半ば埋めた客のほとんどが自分を注視しているのに気づくと、腰を下ろすしかなかった。

「……どうするつもり？」唯月は男を睨んだまま、ぼそりと尋ねて、押し黙った。

ここに警察官でも呼ばれれば、万事休す、身の破滅だ。男の指摘通り、〈蒼白の仮面〉たる証拠は目の前にあるのだから。

それに……、と唯月はそっと唾を飲み、細い喉をこくりと上下させる。

ここは、相手に顔や素性を知られないまま、都合が悪くなれば雲隠れできる、電子回線の冷たい海……、一方的な言葉の暴力が許される世界ではなかった。

相手が目の前にいて、肉体を持っている世界。つまり、ときに言葉の無力な、現実なのだ。

「あんた可愛いね」

男は唯月の問いに答えず、じっと見詰めてきた。普段から慣れている褒め言葉だったけれど、男の睨《ね》め回すような眼に、唯月は思わず身を引いた。

「それにさあ、頭もいい。俺、対等に付き合える相手と、初めて巡り会ったのかも」

唯月は気圧《けお》され、黙っていた。男の偏執的な視線が、ただただ気味が悪い。

「俺と付き合おうよ。それが、君にとっても賢い選択だよ、絶対」

男は絶対の確信の籠もった、まるで神の恩寵《おんちょう》でも告げるような口調だった。

——こいつ、頭がおかしいの……？

唯月は、嫌悪とないまぜになった冷たい恐怖に、鳥肌がたった。テーブルの下で震えそうな足を、男に気づかれぬよう、ぎゅっとミニスカートの上から押さえつけた。

「……あんた、誰なの」唯月は気づくと渇ききっていた喉から、かすれた声を出す。

「ユセフ、だよ」

男は、にっと笑って答えた。

私は〈蒼白の仮面〉……。仮面は、現実の水面《みなも》に剝がれ落ちた……。

第六話「黒雲」

「なにか、……言いたいことがあるんだね？」

土岐は、ベッド上に身体を起こして問いかけた。

美季は、自宅から抱えてきた洗濯物を、忙《せわ》しなく整理していた手を止めた。

都内、警察病院の病室。

土岐と牧場は、炎と煙の檻《おり》と化した池袋サンセットスクエアから救出され、入院しているのだった。

病室で意識を取り戻したとき、土岐が最初に感じたのは違和感、だった。

……煤《すす》けた、喉を刺すいがらっぽい空気。自分の身体からたちのぼる、汗をたっぷり吸った化学繊維特有の異臭。押し包み圧迫してくる熱気と、目眩《めまい》のする息苦しさ。

目覚めると、それらが綺麗になくなっていた。かわりに、薬品臭がつんと鼻を刺激する冷涼とした空気があって、首から下に感じたのは、清潔なシーツの触り心地だったから。

なにより、ベッドの傍らには、妻の美季の顔があったからだ。

「あ……！」美季は、土岐の寝顔を覗き込んでいた柔和な目を見張った。「悟、さん……？」

「――美季……か」土岐は、乾ききった唇で呟いた。

美季はようやく安心して、笑顔になりかけた。が、その表情がほんの一刹那、険しくなったのが、まだ焦点のぼんやりしていた土岐にも分かった。

美季は険しい表情のまま口を開こうとして躊躇《ためら》い……、結局、言葉を飲み込んで口を閉じた。それから、飲み込んだ言葉が胸に落ち着いたのを確かめるように、ふっと小さな息をつくと、微笑《ほほえ》んで口を開いた。

「……おはよう」

それは、二人が初めて出会ったあの日、初出動の緊張の最中《さなか》にいた土岐さえ魅了した、木漏れ日がさすような優しい笑みだった。

土岐もなんとか笑い返したが、美季が笑顔に封じ込めた言葉を察していた。

俺は、心の奥底では死を望み続けていた人間だったから……、と土岐は思った。

それは、半年前に北海道は函館空港でカルト教団が引き起こした、航空機強取事件《ハイジャック》で露わとなった。

道警と警視庁合同の特殊部隊の一員として、航空機のコクピット制圧に向かった土岐は、犯人の持ち込んだ手榴弾の爆発で、瀕死の重傷を負ったのだった。

一命を取り留めたものの、病院へと駆けつけた美季へ、正直に、ずっと死にたいと願っていたのかも知れない……と吐露したのだった。

これまでも恥と間違いの多い人生だったけど、と土岐は思う。あんなことをあんな時に、それも自分なんかを選んでくれたひとに、告げるべきじゃなかった。馬鹿正直も、行き過ぎれば害悪だ。けれど、隠して抱えて生きてゆくには、もう限界だったんだ、とも思った。

もっとも、夫婦というのは恋人同士の頃と違い、相手の考えを言葉で確かめることが減り、互いの実際的な行為の積み重ねで成り立つものだ。

だから半年前は、退院し日常に復帰したあとも、美季にあらためて問い詰められはしなかった。

ただ、マンションで休日にテレビを観ていたり本を読んでいる時、ふと土岐は、じっと自分を見る美季の視線に気づくようになった。まるで、子どもが知らぬ間に遠くへ行ってしまわないかを案じる、母親のような眼に。

あの時は……半年前は、俺は君を一方的に傷つけてしまった、と土岐は思った。

――だから今度は俺が、美季が答えて欲しいと思うことに答えたい。正直に。

土岐は病室で、窓のブラインド越しの夏の陽差しに照らされながら、もう一度言った。

「な……、ききたいことがあるんじゃないかな？」

「――また、死んでもいいって思った……？」美季は手元の洗濯物に目を落としたまま、ぽつりと尋ねた。

二人の間に、ドアの外から聞こえる、病棟内の微かなざわめきだけが、漂った。

「……いや」土岐はいったん目を閉じてから、美季を正面から見て、静かに答えた。「思わなかったよ。死ぬかもしれないとさえ、思わなかった」

美季は顔を上げると、見詰め返した。「……ほんとうに？」

「うん、全然、思わなかったよ。本当だ」土岐は微笑んだ。

「私は……、半年前のあの日から、悟さんの言ったことが心に突き刺さってた」美季は目を逸らした。「どうして悟さんはあんなことを言ったんだろう、って。だから話して。ごまかさずに」

「ごまかすつもりなんかないよ。でも……どう言えばいいのかな」土岐は、考えをまとめるように、洗濯物のうえにおかれた美季の手を見た。

小さな白い手は、強張っている。

「うまく言えないけど……」土岐は考えながら言った。「俺がいなくなれば、なんていうか……、美季の見ているこの世界が損なわれる。……って、そんな気がしたからかな。ごめん、やっぱりうまく言えないね」

土岐は照れくさそうに頭をごしごしと掻いた。

「でもその……俺は、君がいてくれることが、俺のいる世界の前提……、ていうのかな。

美季がいてくれない世界は、完全じゃない……って、そういう風に、感じるから。半年前のあの時も、繋ぎ止めてくれたのは、美季のような気がする」

どこか、互いの言葉に身構えていたような硬い空気が、溶けた。

「嬉しいけど……」美季は、くすっと笑みをこぼした。「ちょっと大袈裟《おおげさ》」

「人ひとりの……、まあ、俺個人の世界の見方だから……。たいしたことないけどね」

「たいしたことないって……」美季は、ぷっと頬をふくらませた。「褒めてるの貶《けな》してるの、どっち？」

「あ、いや」土岐は慌てた。「たいしたことない、って言ったのは、美季のことじゃなくて……」

「解ってる。私を大事に思ってくれてるのも……」美季は土岐の様子にようやく笑い、深い安堵の息をふっとついてから、続けた。

「でも……、〝繋ぎ止めてる〟って、私はなんだか、恐山《おそれざん》のイタコみたい」

「いや、あれは繋ぎ止めてるんじゃなくて、魂を降ろしてるんじゃないかなあ」

土岐は芝居がかった表情で、口をへの字に曲げる。「それにあれは、亡くなった人の魂じゃ……？」

「そ、そういう説もあるの？」美季は慌てて言いつくろう。

土岐は笑ってから、ふと真顔になると口を開いた。「ただ――」

その時、病室のドアがノックされた。失礼します、と、しゃちほこばった声とともにドアが開き、顔をのぞかせたのは、寝間着姿の牧場だった。

「あら、牧場さん」美季が笑顔で迎えた。「お洗濯物なら、ベッド周りの片付けのついでに、お届けしようと思ってたのに」

「あ、いえ、ありがとうございます」牧場が恐縮して答えた。「しかし、そこまで手を煩わせるわけには。小隊長のお世話だけでも、大変でしょうし」

「もう、なに遠慮してるんですか」と美季。「たいした手間じゃないんですから」

「しかし、これ以上ご厚意に甘えるのは――」

「それにその言葉遣い」美季は笑顔のまま指摘した。「私の方が年下だし、階級も一緒なんですから。へんな遠慮はしないでくださいね？」

所轄交通課の巡査である美季にそう言われたものの、生真面目な牧場は、そうはいっても上司の奥さんだし……、というように、「はあ」と不得要領な表情で答える。

「そうだそうだ。遠慮はいらない」土岐は美季に相づちを打ってから、思い返したように続けた。「でもな美季、牧場のお世話をしたがる看護師さんは、いっぱいいるらしいよ。明らかに、俺への対応とは温度差がある。不細工はつらいね畜生！」

「そんなわけないでしょ。みっともないこと、言わないの」美季が牧場に重ねた洗濯物を渡しながら、大仰に悔しがっている土岐に向いて、ため息をつく。「それにね、そんな不細工の奥さんやってる私の立場は、どうなるの？」

「あ、あの……！　ありがとうございました！」牧場は、洗濯物を抱えて這々《ほうほう》の体《てい》で病室から退散した。

「牧場さんはああ言ってたけど、ちょっと見てくるね」

美季は、ベッド脇の円椅子《まるいす》から立ち、ドアをあけて行きかけて、足を止めた。

「……あの、悟さん？」

ん？　とベッドで顔を上げた土岐を、美季は振り返った。

「ね、――さっき何か言いかけたでしょ、〝ただ……〟って。なあに？」

「ああ……うん」土岐は少し後悔して息をつき、目をまたシーツに落とした。

「……無理には、聞かないけど」

「いや」土岐は顔を上げ、美季をもう一度まっすぐに見た。「ただ、俺たちの任務が危険なのも確かなんだ。民間人を守るには、どうしても駄目なときがあるかも知れない。それにね、美季」

美季は静かな表情のまま、土岐の言葉に耳を傾けている。

「それに――、俺は指揮官なんだ。現場では、民間人はもちろん、仲間の命も預からなきゃいけない。だから……あの時、地下駐車場で、自分がもし助からないのなら、せめて牧場だけでも、と思ったのは事実だよ」

　美季は、キャリアの身分ながら特殊部隊の小隊長を務める夫を見詰め続ける。

「でもだからこそ、これだけは信じて、忘れないで欲しい。もし……もしもだけど、俺が帰ってこれなくなったとしても、それは〝死んでもいい〟なんて考えたからじゃない、って。美季とした約束を破ったり、裏切ったわけじゃない、って。いいね？」

「解った」美季はゆっくり瞬きしながら、うなずいた。

　美季が微笑みを残して病室を出て行き、うまく伝えられただろうかと、土岐がふっと息をついた。と、美季と入れ違いに、病室に誰かが入ってきた。

　水戸が私服姿で、花束を抱えて立っていた。「どうも。お加減はどうですか」

「ああ、副長」土岐は笑顔になった。「ええ、お陰様で」

「これは、村上から押しつけられまして」水戸は持て余し気味に抱えていた花束を差し出す。

　土岐は花束を受け取りながら、押しつけるくらいなら見舞いにくれればいいのに、と呆《あき》れる反面、真喩の複雑な乙女心を思って苦笑し、水戸に椅子を勧めた。

「M関連事案がまだ終息していないのに、副長やみんなには迷惑をかけてしまって――」

「今日こちらへ伺ったのは、そのこともあるんです」水戸は円椅子に座ると言った。「M関連事案が、ここ一週間で立て続けに二件、発生しています」

「ええ」土岐は表情を改めてうなずく……。

第一の事件は、新宿の映画館で発生した。

発生当日、中規模の映画館では観客席の八割方が埋まっていた。上映されていたのは評判の良い邦画で、いよいよ大団円を迎える物語に、ほの暗い劇場で観客達がスクリーンに食い入っていた。

そしてまさにその時、座席の中央の列付近から、爆発音が響いたのだった。

爆発と同時に吹き出した白煙が、映写機の光を遮って、館内に立ち昇った。

さらに、鼻を突く異臭も撒き散らされると、周りの暗さも加わって観客達はパニックになり、一斉に出口へと殺到した。——結果、十数名の負傷者が病院へ搬送された。

第二の事件では、テレビ局が狙われた。

港区にある東都テレビ本館、七階の編成局で、局内の集配所から届けられた郵便物が、爆発したのだった。

開封した男性社員と、近くにいた女性社員が負傷した。幸い女性社員は軽傷で、男性も左手親指と人差し指は吹き飛ばされたものの、緊急手術の結果、失うことは免《まぬか》れた。

爆発した郵便物の宛先《あてさき》は、広く視聴者から情報を募る生活情報番組であり、かつ、ビデオテープ在中、と書かれていた。スタッフは視聴者からの郵便物に慣れてもいた。

そのため、テレビ局の行う通常の保安措置である、金属探知機の網を抜けてしまったものと見られた。

狙われたのは、不特定多数の人間が集まる映画館と、社会的影響力のある報道機関。

一見すると標的は何でもいい愉快犯の犯行と思われた。が、二件の爆発物取締罰則違反事件には、ある共通点があった。

それは、〈蒼白の仮面〉の署名が、爆発物の部品に残されていることだった。……

「それから使用された爆発物《マルY》ですが、科警研の鑑定では、いずれもデジタル時計を使用した、かなり精巧なもののようで、起爆装置が中東のテログループのものに似ているそうです。一件目の事案で使用されたのは、花火から集めた黒色火薬ですが、二件目は、より強力な手製の高性能火薬、ＲＤＸです」

水戸が説明を終えると、土岐は呟いた。

「これまで〈蒼白の仮面〉は、ネット上で犯行を煽るだけで、自ら手は下さなかったし、これまでのマル被でも、そう名乗った奴はいない……。模倣犯かな？」

「捜査本部も、その可能性が高いと見てます」水戸が言った。

「しかし、だとすれば勝手に名を騙《かた》られた〈蒼白の仮面〉の反応は、どうなんでしょうね。例のホームページ上ではなにか、声明のようなものは？」

「それが、削除されて以後、ネット上で再開は確認されてません」水戸が答えた。

「……偽物であれ本物であれ」土岐は考えながら言った。「犯人にとって、どんな意味があるんでしょうね？」

「それはさあ、俺の実力を、唯月に信じてほしいからじゃん」

新宿区新都心、都庁四十五階の展望室。小さな体育館ほどの広さのあるそこは、週末ということもあって、混《こ》んでいた。

地方からの観光客や親子連れ、数人単位のグループ……。そして、恋人同士らしいカップルも。

私とこいつもそう見えるのかな……。渡瀬唯月は壁一面の巨大な窓ガラスの前に、ネット上で〝ユセフ〟と名乗っていた若い男と並んで佇《たたず》みながら、ふと思いついた自分自身の思考のおぞましさに、気分が悪くなった。

こんな奴と、冗談じゃない……！　唯月は十八歳という年齢より、ずっと完成された美貌を崩さず、心の中で吐き捨てた。

しかし……、それにも増して、内臓が煮えくりかえるほど腹が立つのは、この〝ユセフ〟に、〈蒼白の仮面〉の正体が私だという証拠を、握られていることだ。

池袋サンセットスクエア爆破事件の際、現場近くのカフェテリアで、ネット上のホームページへの書き込みに使っていた私のパソコンは、この男に取り上げられてしまっているのだ。

私はあの時、全てを記憶したパソコンを押さえられて、どうにも抵抗のしようがなかった。男はそんな私を得意げに眺めて、鼻筋の通った二枚目面をへらへらと笑み崩したものだ。

そのときの屈辱と絶望感は、唯月の中で凝縮され、ひとかたまりのドライアイスになっていた。

もっとも、そのドライアイスのあるおかげで、怒りで沸騰する心の大鍋が冷まされ、なんとか平静を保てているのかも知れない。

唯月は噴きだしそうな憎悪をおくびにも出さず、ちょっと驚いたように、馴《な》れ馴《な》れしい口をきく男の方へ身体を向けた。

「私が、疑う？……」

唯月は緩く首をかしげてみせ、長い黒髪を揺らした。可憐で、無防備な艶《あで》やかささえ醸し出すのを、すべて自覚した上の仕草だった。

「……悠紀夫《ゆきお》さんを？」

唯月は、親密さを演出するためとはいえ、男の名を口にしたときは吐き気がした。

関《せき》悠紀夫。ユセフを名乗っていた若い男の本名だった。

その関悠紀夫に、唯月が呼び出されるのは、ここ十日間で二度目だった。

そして今日、この都庁展望室で、唯月が周囲の耳を気にしつつ発した、なぜ〈蒼白の仮面〉を騙り郵便爆弾を送りつけるのか、という詰問《きつもん》への答えが、〝唯月が実力を信じてくれないから〟という、人を食ったものだったのだ。

――こいつが、初めて呼び出して言ったことは、本気なんだ……。本気で、私を……！

唯月は憎悪が胸の中で急速に熱を失って、さらに凍りつくのを感じて慄然《りつぜん》となった。

約束された輝かしい自らの未来を守るため、唯月はある程度には、関悠紀夫の要求を受け入れる覚悟はしていた。性交か金銭か、あるいはその両方か。

しかし、最初に呼び出された時、関の求めたものは違った。

君の身も心も僕のものにしたいんだ。――と、関悠紀夫は言った。

つまり……、と唯月は、こくんと硬い唾を飲み込みながら、悟った。

――このヘドロ野郎は、私を言いなりにするために、とことん追いつめるつもりなんだ……！

私の、いえ〈蒼白の仮面〉の名で映画館やテレビ局に爆弾を送りつければ、警察は私がやったと思い込むだろう。そうすれば、こいつは私が、自分から警察に助けを求められなくなるだろうと、計算して……。

――ヘドロどころじゃない、完全に頭の中が腐ってる……！

ある個人への異常で偏執的な執着が、犯罪への動機になり得るのは、唯月も知っている。

アメリカには、有名女優から注目されたくて、大統領暗殺未遂にまで至った奴までいるのだ。

――でも私は、有名女優でもなんでもない……！

どうして私をここまでして……？　こいつの、この執着はなに……？

「俺さあ、中学んとき――」関は唯月の疑問を見透かしたように、素っ気なく言った。

「――人、殺したことがあるんだよね」

「――えっ？」唯月はいきなり告げられた言葉に絶句した。

人を……、殺した、って言ったの？　いま……？

関は、唯月の表情を舐めるように眺め、愉《たの》しんでから続けた。

「よく見かけてた、近所のちょっと可愛い女子高生でさ。いつも声かけてたのに無視しやがるから、帰り道なのを連れて帰ってさ、部屋で犯《や》っちゃったわけ。家は広いし、親には普段から部屋に入ってくるなって言ってあったから、邪魔するやつもいなかった」

関は、友人の消息を語るように楽しげだった。

「さんざん犯ったなあ……、お裾分けしてやろうってツレも呼んでさ。――でもさ、一週間も飼ってると、その女も段々ばっちくなってきて。で、まあ、警察《サツ》にタレ込まれても面倒だし、なにより女が〝もう殺して〟って自分で言うからさあ、そうしてあげたわけ。そいで近所の工事現場まで運んで、ドラム缶にいれてコンクリ流し込んで、はい、一丁あがり！」

唯月は、家族や同級生達には隠し通しているが、犯罪マニアだった。そしてそれを、いまこの瞬間、激しく後悔した。関の自慢する事件を、覚えていたのだった。

——練馬区コンクリート詰め事件だ……！

「ところが、さ」

関は、うっかり傘でも置き忘れたのを話すような口ぶりだった。それも、なくしても惜しくもない、安物の傘の事を話すような。

「女を回してやった奴が一人、頭がおかしくなって、警察にチクったせいでアウト！　でもさ、検事や裁判官なんて泣いて見せりゃ、〝更生の意思がある〟なんて言いやがんの。笑っちゃうよな。ま、少年院《ねんしょう》で三年ほど、暇を持て余すだけですんだけど」

唯月は笑みを顔に張りつけたまま、関の端正な顔を見詰めることしかできなかった。

——化け物が、私の隣にいる……！

「親には悪いことしたな、とは思うよ」関は続ける。「馬鹿女の親に、四千万も払ってやったんだぜ？　せめてもの償いをしろ、ってか？　馬ぁ鹿、あの女にそんな価値なかったって。恨むんなら少年法を恨めっつうの。それに、終わったことをぐだぐだ言っても、始まらないよね」

「そ、そうね、うん」唯月は、関の言葉の悪臭にはもちろん、自分の相づちにも吐き気を覚えた。「……それから？」

　先を促しはしたものの、唯月はさすがに得々と話す関を正視できずに、視線を引きはがして窓へ顔を向けた。

　眼下に広がる新宿公園の新緑が手に取れるくらい近くに感じられ、その周りにはビルの連なりが延々と広がっている。

　そんな見慣れた風景も、明るい夏の陽差しのせいもあって、地上の楽園に見えた。

「だからあ、俺は大人になったってこと」関は屈託無く笑った。

「女を連れてくるのは、割に合わない。俺を心から崇拝する女なら、逃げないように気を遣わなくていいだろ？　それにあの女もそうだけど、ほとんどの女は、ぎゃあぎゃあ騒ぐだけで何の価値もない。なによりそんな女は、神はもちろん法律でも裁けない、俺のような偉大な人間にはふさわしくない」

「私は、ふさわしいの……？」唯月は自分がシェヘラザードになった気分で、ようやく言った。

「ああ、唯月は初めて俺の眼に適《かな》ったひとだよ」関は満面の笑みでうなずいた。

「どう、嬉しい？」

　覗き込むように窺ってきた関に、唯月もやむなく応えて顔を向けたものの、答えには窮した。

「えっ？　あ……」

口先だけでも、嬉しい、と言うべきなのは痛いほど解ってはいる。けれど、もしこの腐りきった人間の望む答えを返せば、確実に、私の心の深いところにある大切な部分が壊れてしまう……、こいつと同じように腐ってしまうと、唯月は直感してもいた。

——そんなの、いやだ！

唯月はだから、釘付けにされていた視線を、なんとか逸らした。実際、渾身の力が必要だったせいで、足もとが、わずかにもつれたくらいだった。

「手……ううん、やり方を変えたのは」唯月は手口、と言いかけて慌てて言い直す。

「やっぱり、大人になったから？」

「何だよ、ちゃんと答えろよ」関は、はぐらかされて不満げな表情になったが、続けた。

「うちはお金持ちなんだよ、土建屋。——だもんで、少年院《ねんしょう》でると親に働かなくていいから家にいろ、って言われてさ。世間体《てい》ってやつ？　ま、馬鹿女の親が調子に乗って、マスコミ相手に騒ぐのがウザかったのもあるけど、そんな生活が五年もだぜ、五年！　こっちが被害者だっつうの。……まあいいか。なので、暇つぶしにネットのぞいていたら、ワイルドなエクスプロースィヴな世界に行き着いたってわけ。土建屋って、材料とかそういうのが結構手に入りやすい立ち位置だし、試す場所もごまんとある。高性能火薬《RDX》だって、自分で作ったんだぜ？　すごいだろ？」

二十二年間、誰にも顧みられることもなく、己の欲望のみ肥大させてきた男の、得意げな顔が、見下ろしていた。

「すごい……！」唯月はなんの屈託もない、露に濡れた薔薇《ばら》のような笑顔を咲かせた。「私、どこにでもいる退屈な奴って大嫌い。そんなことまでできる悠紀夫さんに、私――」

唯月はゆっくり瞬きしながら関を上目遣いに見た。「――夢中になっちゃう……かも」

もはや第二の天性となっている、可愛らしい機械人形じみた微笑みだった。それと同時に、唯月にとって、この怪物から身を守る、最後の手段だった。

「だろだろ？　で、唯月は――」関は喜色を浮かべたが、一瞬で真顔になった。「――俺に選ばれて嬉しい？」

唯月は、執拗《しつよう》に尋ねる関の、無機質な眼を見返すうちに、悟った。

――こいつには、私の武器は通用しない……。

幼い頃から、私が笑顔を向ければ、大概の人は私の言うことを、要求を受け入れたものだ。両親も同級生も。とくに馬鹿な学校の先生は、勉強が得意で敬語をちゃんと使えれば、頼みもしないのに優等生として扱ってくれた。

それなのに……この男には通用しない。私はここのままだと、ずうっと、こいつの言いなりにされてしまう……。

いまは大人しいこの男も、私から逃げ道を完全に奪い去った途端に、残虐な素顔を思う存分、さらけ出すだろう。そして最後には――。

――殺される、と唯月は書き留めるように思った。

穢《きたな》らしいこいつに犯されて、同じように穢らしいこいつの仲間に輪姦されて、最後は実の親も見わけられない程の無残な姿で、コンクリート詰めにされてしまう……！

自分の想像に圧倒されて言葉を失った唯月を見て、関は困ったような顔になる。

「あっちゃあ……！」関は大げさに右手で後頭部を掻きむしった。「唯月は俺の力、まだ信じてないんだぁ……？」

「そんなことない」唯月はなだめるように言った。「信じてる、信じてるから。……ね？」

「ふうん、ほんとかな？」関は不審そうに横目で見て、口元に下卑た笑みを浮かべた。

「ま、いいよ。これから唯月の為にも世間を盛り上げてやろうって、段取りを整えてるんだ。すごいぞ、これは！」

「……なにをする気？」唯月は形の良い唇の震えと、円《つぶ》らな瞳に湧き出しそうな涙を、必死に抑えて言い募った。「ね、なにをする気なの……？　教えて」

「俺は〝ユセフ〟なんだよ、唯月」関はだらしない顔をして笑った。「解るだろ？」

こんな奴、生かしておいちゃいけない、と唯月は思った。……世間の為じゃなく、私自身の未来のために。

土岐と牧場が退院し、第四小隊に復帰して一週間が過ぎた。

「おっかしいな……。身体がなまってるのか、勘が鈍ってるのか」土岐はケプラー製ヘルメットをとって息をつくと、拳で自分の頭を軽く叩いた。「もしかして、後遺症かな？」

立川市、機動隊総合訓練施設敷地内の奥深くにある、特殊部隊訓練棟。

装飾はおろか塗装もされていない、コンクリートが打ちっ放しの殺風景な室内に、火薬残渣《ざんさ》の臭いと、巻き上った埃が漂っている。

土岐は黒一色の突入装備姿で、その場にいる水戸をはじめ仲間達も、同様の姿だった。

「いやあ、小隊長は、もとからどっかずれてますからね。変わらないんじゃないですか？」武南が笑った。

「笑い事なのか、それ」と井上。

「言いたいこと言うな、お前は」土岐は憮然《ぶぜん》として言った。「よし、ボタン・フック・エントリーを、あと二秒早くなるまで続けるぞ」

「しかし小隊長、入院中、よっぽど溜まってたんですねえ」甲斐が、治りかけた火傷の痕がうっすら残る顔の汗をぬぐった。

第四小隊は、午前中だけでもう三時間あまりも、休み無く訓練を繰り返している。

「やめて下さいよ、昼間っから」牧場は汗まみれの顔で眉を寄せた。

甲斐が面白くもなさそうに答える。「そっちの話じゃない」

「そっちって、どっち？」

　珍しく制圧訓練に参加している真喩が尋ねた。

「やだな、エッチに決まってるじゃないですか」井上が真喩に答えた。

「最っ低……！」真喩がしかめた顔を反らして吐き捨てる。

「なんだ、もうへたばるとは。君たち、おっさんか？」自称〝永遠の三十歳〟の藤木が、二十代の若者達を叱咤《しった》する。「情けないな」

「藤木さんこそ、四小の平均年齢あげてる原因のくせに」井上が小声で抗議する。

「誰だ、いま根も葉もないことを言ったのは」

　他小隊の隊員の平均年齢が二十代半ばなのに比べ、第四小隊は土岐以下、二十代後半と平均年齢が若干高めなのだった。

「無駄口叩いて、すこしは元気が出たか」最年長の水戸が言った。「それだけ口が動くんなら、まだ大丈夫だ。準備にかかれ！」

　皆、やれやれ……という表情でぞろぞろと部屋を出て行く。

「小隊長、なにか気になることでも」

「ええ、……すこし」

　廊下に出てから、水戸が後ろから話しかけると、土岐は前を向いたまま肯《うなず》いた。

「気になってるのは小隊の練度ではなく……、〈蒼白の仮面〉が、ですか」

「はい」土岐は少し振り返り、後ろの水戸に片頬を見せて答えた。「やっぱり、最近の二件の事案には違和感があるんです。なにか、〈蒼白の仮面〉とは別の悪意が、割り込んできたような……」

頭上のスピーカーからブザーが鳴ったのは、その時だった。

土岐と水戸はもちろん、廊下を重たげな足取りで歩いていた第四小隊の面々も、ぴたりと立ち止まる。――出動要請だ！

「隊本部から各員へ！」スピーカーから声が降ってくる。「刑事部よりM関連事案につき応援要請！　港区浜松町、世界貿易センタービルへの爆破予告があった模様！　待機中の各隊は直《ただ》ちに出動、支援警備に当たられたし！」

数分後、警視庁特殊部隊は車両を連ねて出動し、立川から都心へ急行していった。

「で、事案の端緒は？」土岐は特殊部隊の人員輸送車《マイクロバス》で、耳にした携帯電話に言った。

「そんなことで、いちいち僕の電話を鳴らすな」五反田の苛立った声が答えた。

「他に教えてくれるあてもなくてね、すまないけど」土岐は悪びれずに言った。「それに情報はいくらあっても足りないんだ。――で？」

「これを最後にしろよ、まったく……」五反田は忌々しげに舌打ちした。「いまから十五分ほど前だ。本部通信指令室にタレコミがあった。〝いまから三十分後に、〈蒼白の仮面〉

が浜松町の世界貿易センタービルに車両爆弾を仕掛ける〟、とな。警備二課爆発物対策係《ばくたい》と当機の第一機《いっき》動隊、爆発物処理班《マルS》が乗車待機に入った」

「そうか、〈蒼白の仮面〉と名乗ったんだな」

土岐は言って、考え込んだ。

最初の三件では、実行犯は名乗らなかった。しかし、映画館とテレビ局への犯行では、使用された爆発物に〈蒼白の仮面〉の署名があった。

とすれば、このビル爆破の予告とは繫がるわけだが――。

「――ガセの可能性は？」土岐は携帯電話に言った。

「そんなこと僕が知るか、行けば解るだろう」五反田は鼻息も荒く言った。「しかしまあ……その可能性は無いわけじゃない」

「というと？」

「タレコミの声はボイスチェンジャーを通したものだったんだが、念のため、すぐに音声鑑定に回されたんだ。M関連事案だからな」五反田の声に嗤いが混じった。「するとだ、簡単な解析しかできてないが、声の特徴からどうも女、それも十代後半じゃないかって結果だ」

「なんだそりゃ」土岐は眼を瞬かせた。

「まあ、なんにせよ対応する必要はあるんでね」五反田は尊大な口調で言った。「駆けずり回るのが、現場の兵隊の仕事だよな。……じゃ、切るぞ。これから会議なんだ」

どういうことだ……？　土岐は切った携帯電話を耳から離し、ぱたんと閉じた。

やはりガセか、と土岐は考えたが、何故か懸念は胸を圧迫し続けている。現場のビルの名前のせいだろうか……？

浜松町、世界貿易センタービル。

本家本元の、ニューヨークにそびえていた世界貿易センタービルは、アメリカの富の象徴として反米テロの標的にされ、二〇〇一年の航空機自爆テロで莫大な犠牲者を出して崩壊してしまった。が、それ以前の九三年にもテロで犠牲者を出している。

その際に使用されたのが車両爆弾で、五反田の告げたタレコミ電話の内容と一致しているのだ。

偶然かも知れないけど、と土岐は思った。〈蒼白の仮面〉本人にしろ扇動された者にせよ、犯罪マニアの傾向の強い人間なら、模倣してもおかしくはない。

本家本元とは規模こそ違うが、浜松町の世界貿易センタービルも地上四十階の本館がそびえ、くわえてJR浜松町駅やモノレール、はとバスのターミナルも併設された交通の要衝であり、地階は地下鉄へ通じているのも、本家と同じだ。

――もしタレコミの内容が本当だったら、大惨事になる……。

「小隊長？」水戸が、隣の座席から見詰めていた。

「あ、ああ」土岐は腰のケースに携帯電話を戻しながら言った。「すいません」

土岐は、見詰めてくる水戸を始め、武南、藤木、真喩、井上、甲斐、牧場に五反田との通話内容をかいつまんで説明した。

「状況は……微妙、ですね」水戸が腕組みして上を向いた。

「ええ」土岐は水戸にうなずいてから、全員の顔を見渡した。「まだなにも判明していない。しかし何も起こらない、って保証はない。気を抜くな」

水戸も、いいな？　という風に皆を見てから、ふと疾走する人員輸送車の外、後ろへ流れてゆく都会の風景に目をやって言った。「空模様まで、微妙になってきたな」

土岐も車外へ目をやると、いつの間にか日が陰り、地表を埋めたビルの向こうから、黒煙のような雲が、もがくように青空に湧き出していた。

突発性豪雨の前兆かもしれない、と土岐は思った。

唯月もまた、上空にむくむくと姿を現し始めた黒雲を、大きなガラス越しに見詰めている。

睫毛《まつげ》に美しく縁取られた大きな瞳には、手前の木々の緑の広がる増上寺と芝公園、そしてビルの形作る不揃《ふぞろ》いな衝立《ついたて》の向こうで空を突く、東京タワーを映していた。

世界貿易センタービルの最上階の展望室。

唯月は、爆破されるという密告のあったビルの最上階、その窓際でひとり、佇んでいる。景色を楽しんでいる訳でもないのに、唯月は薄い笑みを浮かべていた。いつもの、自分の大人びた顔立ちを演出するための無邪気な表情が、いまは、心が麻痺《まひ》しているような、あるいは、何か覚悟を決めたような表情だった。

そろそろよね……？　と唯月は前髪に隠れた秀でた額を、分厚いガラスに押しつけて、下界を見下ろす。

予想通りだった。国道15号から浜松町駅、さらにこの世界貿易センタービルへと延びる通りを、この高さからだど玩具《おもちゃ》のようにみえるパトカーが、赤い警光灯を回して、まっすぐこちらへ向かって来るのが見えた。

唯月が眼で追うパトカーはやがて、複合施設であるビルの下層階、その車寄せの屋根に滑り込んで見えなくなった。ルーフ上に記された対空表示から、所轄の愛宕《あたご》警察署のパトカーだと解った。

――予定どおりだ。

唯月は、こくん、と唾を飲み込んでから携帯電話を取りだし、ボタンを押して耳に当てた。相手は、すぐに出た。

「もしもし」唯月は言った。「準備は、無事に終わったの？」

〝ああ、唯月？〟

関悠紀夫の声が、携帯電話から返ってきた。関から唯月が聞かされた計画ではいま、地下駐車場に自動車爆弾を乗り捨てて、移動中のはずだった。

〝もう、ばっちりだよ！　そっちにむかってる！　どうしたの、結果が待ちきれない？〟

唯月は、聞こえないように息をついた。——馬鹿かお前？　あんたがいま捕まったら、私が困るからよ！

警視庁に爆破を密告したのは、唯月自身だった。

けれど、関悠紀夫の逮捕を望んでのこと、ではない。だから、関が地下駐車場に車両爆弾を置いて立ち去った直後に駆けつけるよう、ぎりぎりのタイミングを図り、警察に報《しら》せたのだった。

「うん。——やるのは、時間通りよね？」唯月は、私とあんたの望む結末は全然違うだろうけど、と思いながら携帯電話に言葉を続けた。

「ね、私がいまどこにいるか、解る？」

〝……東京タワーだろ？　約束したもんね〟

そう、この変態は私に、準備が終わったら、その足で東京タワーの展望台まで行くからそこで待っていてくれ、と告げたのだ。盛大に吹っ飛ぶビルを、一緒に眺めて盛り上がろうよ、と笑いながら。

そして私は、——その時の、関の無邪気な笑顔を見た瞬間、この狂っている自覚のない男を始末しようと、決心したんだ。

たとえ、都庁ビルの間を綱渡りするのと同じくらい、恐ろしくても。

私は、これまでの、趣味であり他人に与えるための犯行計画とは違い、自分自身の為に計画を練った。実行のためには、いくつかの段取りが必要だった。

まず、私が〈蒼白の仮面〉だという証拠の、ノートパソコンを取り返した。

これには手間がかかった。持ってないと家族が怪しむから、と懇願してもあいつは薄ら笑いをして取り合わなかった。やむなく私はあいつの手を取って、自分から私の胸に当ててやらなければならなかった。さらに、私の身体の、私自身しか触れたことのないところまで、変態の手にまさぐられるのにまかせた。……けれど、結果的にはそれだけで済んだ。

頭の肝心なところは足りない癖に、これだけはあふれ出しそうな自尊心やらナルシシズムが、手を止めさせたのか。それとも、急ぐことはない、事件が成功すれば崇拝する私が自分から……、との狂った自信ゆえか。

どちらでも構わないけど、私はあのとき震えていた。それは羞恥《しゅうち》でも恐怖のためでもなく、身を穢《けが》さざるをえない屈辱のせいだったのだと思う。これだけでも、こいつを千回は殺す価値がある。

それはともかく、関に握られた最大の弱みを、私は取り戻すのに成功したのだ。

「どこにいると思う？」

唯月は初めて優位に立った安堵で、池袋のカフェテリア以来、ずっと心にのし掛かっていた重圧が、すっと軽くなっているのを感じた。だから、本当の恋人に甘えるように続けた。

「ねえ悠紀夫さん、教えたらここに来てくれる？」

〝どういうことだよ〟

関は戸惑ったらしく、妙に平板に答えた声が、唯月の耳には心地よかった。

必要だからよ、変態さん……。唯月は自分の声が、ギリシャ神話に登場する、船乗りを死へと誘《いざな》うセイレーンの如き甘さを含んでいるのに、満足しながら思う。

こいつは私に執着している……。それを最大限に利用しない手はない。

ならば私が、大量の爆薬で爆破するつもりのビルの最上階にいると知れば、関はどうするか？

絶対に私を連れ出しに来る。爆破は目的ではなく手段であり、最終的には私が目的なのだから。

もっとも、心配なのはこの変態手製の爆薬が、予想外の爆発力を発揮した場合。――だけど、建物一つ吹き飛ばすのは大変な量の爆薬と、なにより技術が必要だ。素人がおいそれと成功させられる業《わざ》じゃない。

現に本家本元の貿易センタービルでも――、これも本家本元のラムジ・ユセフが関わった事件なのだが、大量の爆薬が地下駐車場で爆発した結果、火災は発生したが、倒壊まではしなかった。

むしろ、爆弾が爆発して火災が発生し、関がこの展望室に現れてからが、私の計画のもっとも重要な場面だ。

警察に、関悠紀夫を射殺させるのだ――。それも、私自身が最大限に演出して。

この計画には利点が幾つもある。……まず関悠紀夫を合法的に排除できること。これで〈蒼白の仮面〉の正体を知る者は誰もいなくなるし、私自身が手を汚さなくていい。自ら殺すことも考えなかったわけではないけれど、もしばれたらとんだ藪蛇《やぶへび》となり、もっと面倒な事態になるのは確実だ。

さらに、不特定多数が集まるこの展望台が舞台なら、関と私の関係が誰にも知られていない以上、私が偶然ここにいた、と主張しても疑いを持たれないだろうし。

爆発の混乱を最大限に利用し、たまたま訪れていた可哀想な女子高生が人質を演じれば、警察官も男だ、きっと強行策にでる。

私自身が人質に、か。唯月は内心、くすりと笑った。

最初の、自分の通う篤恩女子高校の事件を思い出してしまったのだ。――あれは我ながら、とんだドジだった。サイトを開設してまだ間もなく、手持ちのアイディアもなかったので、身近でよく知っている場所での決行を、面白半分に提案しただけだったのだ。まさか自分自身が逃げ遅れたあげく、人質にされるとは、考えてもいなかった。そんな不手際はあったものの、録画されてネットにアップされた事件の中継映像を見た時は、得意の絶頂になったものだったけれど——。

——でももう、〈蒼白の仮面〉は存在しない……。

今日ですべてを終わらせるんだ、と唯月は携帯電話を握ったまま、あらためて決意した。

……こいつの死で。

「ねえ、知りたい？　私がどこにいるのか」唯月は、殺意を砂糖のような甘い声にくるんで囁いた。

〝ん……、あ、ちょっと待って〟

しばらく関の応答が途切れると、携帯電話からは、徒歩で移動中らしい関の周りの物音が、ざわざわと漏れてくる。

〝ああ、唯月、ごめん〟関の声が戻ってきた。〝なんだって？〟

「だから、私がいまいるところ、知りたくない？　って言ったの」唯月は、軽い笑いを含んだ声で言った。「ね、どこにいると思う？」

〝…………〟

これまでずっと従順だった唯月の変化に戸惑ったのか、関は黙り込んだ。それがますます、唯月を高揚させた。

「じゃあ、教えてあげよっか？」唯月は、柔らかく端正な唇から白い歯をこぼれさせて、続けようとした。「私がいるのはねえ……、世界貿易センタービルの一番上、展望室の――」

「ああ、よく見えてるよ」

〃ああ、よく見えて……〃

関の携帯電話からの声と、――それとそっくり同じ声が重なって、左右それぞれの鼓膜に響いた。

「――え？」唯月の背筋に電流が奔り、顔からは優越の薄い笑みが、滑り落ちる。

なぜなら、二つの同じ声は、不穏な時間差を置いて、すぐ背後から聞こえてきたからだった。

そしてその一つは、関の肉声だったのだ。

――なんで、ここにいるの……？

関が手を伸ばせば、肩をつかまれそうなほどの、近くに。

――東京タワーへ向かってる筈じゃ……？

唯月は氷柱《つらら》と化していたが、やがて恐る恐る、ゆっくり後ろへ向き直った。

――どうして、こいつが、ここへ自分から来るの……？

「どうしたんだよ、唯月」関が二枚目面をへらへらと笑み崩して、立っていた。

感情のない眼を唯月に据えていた。手にしたスマートフォンを胸元におろして、片方の肩に、デイパックをぶら下げている。

「どうしたんだよ、唯月」

関は肩のデイパックを揺すってかけ直しながら、嘲笑うように続けた。

「ここに来いっていったのは、唯月じゃなかったっけ？」

第七話「憤怒」

爆破予告を受けて世界貿易センタービルへと臨場する、所轄の愛宕警察署の二台のパトカー《PC》は、ビル正面の車寄せに急停止した。

乗務員の一人がビル管理会社へ爆破予告を知らせに走る一方、他の警察官らは、ＰＣのトランクから灰色の防弾ヘルメットを取り出して被り、先着車両の一名を無線連絡係として残し、地下駐車場へと急いだ。

階段を駆け下りる警察官らの緊張した背中に、全館放送が追い打ちをかけるように降ってきた。

「全館の皆様にお知らせ致します。ただいま警察より、当ビル地下駐車場に、不審物の置かれた可能性があるとの連絡がありました。お客様、テナント関係者の皆様、入居者の皆様は、落ち着いて速やかに係員の指示に――」

展望室のある四十階建ての本館と、大型商業施設である別館には、それぞれ数多くの店舗が入り、結婚式場まで営業している。加えて本館の貸事務所のフロアには、一日数千人の人々が出入りする。

さらに、はとバス乗り場や連絡路で結ばれた地下鉄、モノレールの利用客もいる。身動きを止め、館内放送に耳をそばだてていたそれらの人々は、連れのある者は顔を見あわせたり小声で話したりしたが、大多数の人々は、半信半疑ながらも早足でビルの外へと急ぎ始めた。

その流れとは逆に、愛宕署の制服警察官らは、店舗や入居した企業への客の車や、社用車で埋まる地下駐車場へと走り込んだ。

蛍光灯の白々した光の照らす地下駐車場には、居並ぶ自動車の下や柱の陰、通路の片隅に、薄暗がりが無数にあった。通報では自動車爆弾だが、そこのどこかに、爆発物が隠されていてもおかしくない。

制服警察官たちは緊張しながら、懐中電灯を手に、不審車両を検索してゆく。

「おい、なにか見つかったか！」通路を走ってきた、腕章をした私服捜査員が尋ねた。

「あ……、どうも！」停めてあった車を覗き込んでいた制服の巡査部長は、愛宕署警備課長の声に顔を上げた。「場内の検索をやらせてますが、今のところはなにも」

「そうか」警備課長はうなずいた。「応援を連れてきた。手分けして徹底的にやるぞ。受傷事故には充分注意しろよ」

一方、ビル正面の玄関には、避難する人々が破れた麻袋から豆がこぼれるように流れ出てくる。その流れの脇で、車寄せに停車したPCに残って無線係を務める警察官は、続々と到着する応援の白黒および覆面PCを見ながら、車載無線のマイクに告げた。

「愛宕三より警視庁！　爆破予告《二六五》の件、現場《げんじょう》に愛宕PS警備課長、臨場！」

「警視庁より愛宕三。警備課長臨場、了解」本部通信指令室の担当指令係の冷静な声が、無線から返ってくる。「なお、関係所属にあっては待機中。――」

警視庁にもたった一台しかない、警備二課爆発物対策係の〝青い救急車〟こと爆発物対策車と、当番機動隊《とうき》の爆発物処理班《S》が、乗車待機しているのだった。

「――爆発物《マルY》検索についてはどうか？　どうぞ」

その時、人々の溢れ出すエントランスから、若い警察官が、無線係に走り寄ってきた。

爆発物事案では、起爆装置がどういう条件で作動するか解らない以上、現場近くで電波を発信する携帯電話や無線の使用は御法度《ごはっと》なので、伝令として走ってきたのだった。

「場内はほぼ検索しましたが、まだ見つかりません」伝令の若い巡査は息を弾ませて、無線係の警察官に言った。

「ご苦労さん」無線係はうなずいてから、無線のマイクを取り直した。「……愛宕三から警視庁。現在のところ、地下駐車場内から爆発物《マルY》らしき不審物、発見されず――」

「……じゃあ、どこへ仕掛けたの」唯月は言った。

「もしかして、私を騙したの？」

四十階の展望室。壁一面を占めたガラスの窓辺で、空を覆い始めた暗雲に、射し込む光が青白くなったなか——。

唯月と、東京タワーへ向かっていたはずの関は向かい合っている。

「ちょっとプランを変更しただけだよん」関は、右手にスマートフォンを握ったまま、ふやけた笑みを浮かべた。「それにさあ、騙したのは唯月の方じゃないのかなあ？」

「なんの……こと」唯月は、反射的に後ずさりしそうになった足を、咄嗟に踏みとどめた。思わず逃げだしそうになったのが本能なら、それを抑えたのも本能だった。こいつみたいな奴は、逃げだしたら余計に追ってくる……。関の偏執的な執拗《しつよう》さへの恐怖からだった。

「おかしいと思ったんだよね」関は冷血動物の眼のまま、顔だけはへらへらと笑いながら一歩、近づいた。「唯月がパソコン返せって言った時、なあんか、積極的だったからさあ」

唯月は、企てを見抜かれていたという驚嘆と、身体を好きなようにまさぐられた嫌らしい記憶が、脳裏で同時に沸き上がり、鳥肌が立った。

——こいつ、私の計画に気づいてて、どうして……？

関が世界貿易センタービルの展望台に、あえて自分からやってくる理由は、全くない。私の計画に気づいていたのなら、爆破の計画そのものを取りやめて、……私を問い詰めれば良いだけだ。

「俺さあ、考えたんだよね」

関は片方の肩に引っかけていたデイパックを、床に下ろしながら言った。「唯月が俺にこんな事すんのは、俺のことがまだ解ってないからじゃ？　って」

――解りたくもねえから、こんなことしてんだろ……！　唯月は胸の内で吐き捨てたが、無言だった。

「これ、裏切りだよね？」

関は顔から表情を消して言ったが、初めから何の感情も映さない目は、変わらなかった。

「昔の俺だったらさあ、聞き分けがよくなるまで、唯月をどこかへ閉じ込めちゃったかも知れないよ？　でもさ――」

結局……、と唯月は恐怖の冷たい手に心臓を撫でられながら思った。狂った奴の本領発揮だ。私は絶対そんな目に、――目の前にいる、この、顔だけは小綺麗な生ゴミが、中学生のときにさらって嬲《なぶ》り殺した、可哀想な女子高生と同じ目に遭いたくなかった。だから――。

「でもそんなことは、唯月にはしたくない」

関は傲慢を隠しもせず、続けた。慈悲をありがたがれ、とでも言いたげに。

「俺の唯月には相応《ふさわ》しくないんだ。だから俺は、俺が特別な人間だと唯月に教えてやるために、わざわざ来たんだよ。なあ唯月、この俺がここまでしてやったんだ、お前もちゃんと答えろよ」

関の、死んだ魚のような目に、初めて情動が浮かんだ。訴えかけるように。

「俺のこと、本当に心から好きか？　崇拝できるか？」

唯月は、睫毛の長い円らな瞳を見開いて立ち尽くしたまま、無言だった。

信じられなかった。……ここまで醜い人間が、この世に存在するという事実に。

――おめえはその程度の人間の癖に、なにも悪くない可哀想な女子高生を玩具のように弄《もてあそ》んで殺して、次は私を玩具にしたいってわけ？

唯月の中で、恐怖とは違う、内臓が震えるような熱い感情が膨れあがった。

「なあ、ちゃんと答えてくれないかなあ、唯月」関は、口調をわずかに元に戻して言った。

唯月は、底なしの傲慢さを覗かせた、ブラックホールのような男の眼を見詰めかえした。

心に突き刺さった恐怖の氷柱は、怒りの熱で溶けかけていた。

ただただ、生まれて初めてなほどの怒りが、心を漂白していた。

「おい！　ちゃんと答えろっつってんだよ、唯月！」関は焦《じ》れたように叫んだ。

不意にあがった叫びに、周りで風景を眺めていた人々の談笑が、すうっと静まった。

それなりに観光客達もいて、車椅子に乗る身体の不自由な人の姿もあった。それらの人々は、ただならぬ気配を発散する若い二人に、好奇と興味の入り交じった視線を投げた。

唯月にはそんな中、制服の女性係員も何事かと近づいて来るのが、関の背中越しに見えた。

　関はしかし、周りの様子など一顧だにせず繰り返した。

「どうなんだよ」

　唯月は、無意識に屈めていた背を力を込めてまっすぐに伸ばすと、関を真正面から見据えた。気がつくと、唇のわななきも、それに当てていた拳の震えも、とまっていた。

　唯月の口から、言葉がこぼれた。「……だ！」

　それは、唯月の打算のない素直な気持ちの欠片《かけら》だった。

　が、傍目《はため》には若い男女の椿事《ちんじ》程度にしか見えない事態は、唐突に断ち切られた。

「全館の皆様にお知らせ致します。ただいま警察より――」

　全館放送が、展望室に響いたのだった。

　展望室に、客達が放送の内容を飲み込む会話の空白のあと、どよめきが上がった。それから、誰もが早足に、展望室の出入り口へと急ぎ始めた。

　急に騒然となった展望室で、通り過ぎてゆく観光客のなか、床に打ち込まれたように動かないふたりに、女性係員は声をかけた。

「お客様、ただいま放送されたように――」

「うるせえババア、関係ねえだろ、引っ込んでろ！」関は唯月をじっと見詰めたまま、女性係員を怒鳴りつけてから、言った。「唯月、いまなんて言った？　あ？　聞こえねえよ」

唯月は破裂しそうな胸を抑えて目を閉じ、息を吸った。そして、改めて関の目に視線のキリでも揉み込むように睨みつけて、告げた。

「──やだ!」

関の口が、ぽかんと半開きになった。端正な顔立ちに間の抜けた表情を塗りたくったまま、こんなことあるわけ無いと言いたげに続けた。

「俺がこんなに唯月のこと、思ってるのにか?」

「そうよ!」唯月は呪縛《じゅばく》がとけたように、後ずさりした。

「なあ……」関は歪めた顔を唯月に向けたまま、右手のスマートフォンのタッチパネルを親指だけで操作しながら、言った。「……なんでだ?」

「解らないの?」唯月は関の右手の動きに気づき、ちらりとスマートフォンに視線を落としたが、無意識の癖くらいにしか思わず、かかとで後をさぐりながら言った。

「解んねえよ!」関は唯月に一歩迫りながら、右手の親指をスマートフォンのタッチパネルに押しつけた。

……スマートフォンから飛んだ指令は地下駐車場ではなく、展望室より下の、十九階の男子用トイレの仕切り内に置かれた紙袋に達すると、起爆装置を作動させる。……

RDXが、爆発した。

爆弾は一瞬でトイレの壁や便器を瓦礫《がれき》と破片に変え、なにより数万倍の容積の埃にして吹き飛ばした。

幸いにも使用者はいなかったが、そこは階段やエレベーターや配管の集まったフロアの中心で、ビルを縦に貫いて支える構造体でもあった。

ビルを支える背骨の中を駆け上ってきた爆発の衝撃が、最上階にある展望室の床を、ぶるぶると震わせた。

悲鳴が上がり、靴音がさらに入り乱れる展望台で、関は唯月に迫り続ける。

「答えになってねえだろ！」関は嚙みつくように言った。

そして、関はまた手に持ったスマートフォンを親指で操作した。

今度の爆発は、展望室により近い、三十八階のトイレだった。

全館避難中のこととて、ここでも怪我人は出なかったが、震動はより明瞭に、展望室の床を揺さぶった。

「なあ、俺のどこが嫌なんだ……？」関は、自分では思いあたる欠点など一つもない、と言いたげに繰り返した。「これだけのことが出来るのに……？」

「あんたの全部よ！」唯月は震える床を踏みしめて叫んだ。「あんたなんか嫌い！　大っ嫌い！」

出動した土岐たち第四小隊を始めとする特殊部隊は、世界貿易センタービルの裏手にあって道路を一つ隔てた、東京都交通局大門《だいもん》庁舎の駐車場に到着し、そのまま秘匿待機していた。

「……爆発物《マルY》発見の一報は？」土岐は、人員輸送車《マイクロバス》の座席で突入装備を身につけたまま、各種無線機を携えた無線員《ラジオマン》の甲斐に尋ねる。「それと、検問の網に怪しい奴は引っ掛かってないか？」

「いえ、どちらもありません」甲斐が、無線機のレシーバーに耳を澄ませたまま答えた。

爆破予告自体がガセか……？　と土岐が眉を寄せたが、いや、と思い直す。

――判断しようにもその材料が、情報がない。

それに、むしろ違和感は増している。なんでだろう？……自分でもよく解らない。

「せっかく来たのになあ……」武南がぼやく。「何のために急いだんだか」

「遠足に来たんじゃない」と井上。「馬鹿たれ」

「俺達が必要になる可能性ならあるぞ」水戸が口を開いた。「被疑者《マルヒ》が何らかの事情で遅れるか、ここに到達する前に、検問に引っ掛かった場合。もしくは、爆発物《マルY》はすでに設定したが、結果を見届けようと付近に潜伏している場合。前者はもちろんだが、後者にしても護身用に凶器を所持してるかも知れん。制圧となれば、俺達にも出来ることはある。

……まあ、もっとも、もっとも――」

「もっとも……？　何ですか」牧場が水戸に顔を向けた。

「いや」水戸は鼻先で小さく笑った。「……もっとも、この前みたいに予告そのものが罠で、俺達警察を集めるだけ集めて、まとめて吹き飛ばす計画である可能性も、無いわけじゃあない」

「そりゃ怖いな」藤木が不敵に笑った。「俺になにかあれば、百人の女が――」

「はいはい」真喩がライフルバッグを抱えたまま、すっかり慣れた様子で遮った。

土岐は、仲間達の無駄口を聞き流しながら、ずっと考え込んでいた。

やはりおかしい、と土岐は思った。……犯罪の教唆はするが自ら実行しなかった〈蒼白の仮面〉が、一連の爆発事件を起こした事自体にそもそも疑問符がつくが、さらに今回の標的にはビルを選ぶなど規模も違う。

そして何より決定的な違いは、これまでなかった犯行予告までしている点だ。

――手口が違いすぎる。犯行がちぐはぐだ……。

そのちぐはぐさは、なにに由来しているのか？……解らなかった。自由に動ける捜査員ではなく、現場で実行犯制圧を専《もっぱ》らとする特殊部隊員の立場上、知ることの出来る情報には限りがある。

――だったらせめて、現場をこの目で確かめよう。

土岐は座席から立ち上がり、手にした機関拳銃を、上半身に襷《たすき》がけにかけたタクティカルスリングごとはずして水戸に差し出した。

「水戸副長、現場を視察してきます。——甲斐、ついてこい」

土岐はヘルメットを脱いで、その顎紐を腰の弾帯《ガンベルト》に固定した。かわりにポケットから機動隊の布製略帽、通称戦闘帽を取り出して被った。

土岐は甲斐を伴い人員輸送車から降りると、ふと略帽のつばの下から空を見上げた。

——一雨きそうだな……。

そして、いよいよ濃さを増す黒雲に、突発性豪雨の前兆を感じながら、無線機を背負う甲斐を急《せ》かして、駆けだした。


暗い曇天へ突き刺さる世界貿易センタービル裏口からも、避難者が流出していた。ビルから避難した人々は、道路を埋めて、不安げに頭上を見上げている。幾重もの人垣が路上にできて、黄色いテープの規制線の外を取り巻いていた。

そんな群衆を、制服警察官が赤色指示灯《ニンジン》を振りながら、声をからして避難誘導している。

「すいません、通して下さい！　警察です！」

土岐と無線機を背負う甲斐は、路上の人垣をかき分けて進むと、規制線で警戒する制服警官に、本部警備一課です、とだけ告げて黄色いテープをくぐった。

人の流れに逆らって、ようやく入り込めたビル館内のエントランスは、雑踏と化していた。

貸事務所や商業施設だけでなく、地下鉄やバス、モノレールといった交通の結節点でもあるため、エントランスは二階までの吹き抜けだった。普段ならかなり広々としているのだろうが、いまは人いきれと慌ただしさが充満し、息苦しいくらいだった。

「本部警備一課です」土岐は地下駐車場へと降りる階段の前で、立番《りつばん》の警察官に告げた。

そして、ご苦労様です、と簡単な挙手の礼をうけて、入り口をくぐろうとした。

「お巡りさん、お願いします！　お願いします！」女性の必死の訴えが耳を打った。

「ん……？」土岐が足を止めてそちらを見た。

ビルの正面側、大きな一枚物の窓の外、女性が身振り手振りを交えて、規制線で避難誘導中の制服警官に声を張り上げている。

「お巡りさん、お願いします！」

「わかりました！　わかりましたから下がって！　はやく！」

土岐はエントランスから走り出て、車寄せの大きな庇の陰から外れた路上にいる、女性と制服警官に声をかけた。

「どうしました？」

「え？　あの、あなたも警察の方？　良かった！」制服姿で三十代初めの女性は、土岐にすがり付かんばかりに訴えた。「わ、私、展望室の係なんです！　そこで、どうしても避難してくれないお客様がいて……！　なんだか難しい話の最中らしくって、避難の放送も耳に入らない様子で！　私ももちろん誘導しようとしたんですけど、駄目で……、身体の不自由なお客様もなんとかしなくてはいけなかったし、それで、人を――」

「解りました」土岐はうなずいた。「あとは我々が。展望室から二人、避難が確認されてないんですね？」

「はい！」女性は、ほっと顔をほころばせた。「カップルでお越しの方で、若い男性と高校生くらいの女の子なんですけど」

――女の子……？　土岐の脳裏に、直感が赤い警告ランプを点滅させた。

ここへ現着する途上、五反田に訊いたところでは確かこう言っていた。……爆破予告《二六五》の架電の声は、若い女性らしいと。

偶然か？　考えすぎか？　どちらにせよ、とにかく――。

「解りました。さ、あなたもはやく避難を」

土岐が女性に言った途端だった。

遠くで太鼓の鳴るような爆発音が、土岐を始め、ビルから溢れた人々の頭上に響き渡った。

同時に、土岐のタクティカルブーツに、軽い地鳴りのような震動が這い上ってくる。女性の悲鳴が次々とあがり、音叉《おんさ》の共鳴のようにひろがってゆく。

土岐は反射的に頭上を振り仰ぐ。――そびえたビルの中程から、曇天のなかにあってもひときわ濃い黒煙が、窓を突き破って吹き上がっている。

世界貿易センタービルは、ビル本館より面積の広い低層の別館の上に立つ形なので、ガラスの破片は、ほとんどが別館の屋根の上に降った。

けれどそのかわり、大粒の雨が地を撃つように降り始めた。爆発煙が合図の狼煙《のろし》だったかのように——。

突発性豪雨の到来だった。

ビルの谷間の空を塞いだ黒雲からの、叩きつけるような雨だった。それは、頭上を呆然と見上げたり口々に何か叫んでいた、路上を埋めていた人々を追い散らした。慌てて駆けだした人々の足下で、降り注ぐ大粒の雨は乾いて灰色をしていたアスファルトを濃い黒色へと染めるように変えてゆく。雨の降り注ぐ、ざあっ、という音と、湿って重たくなった空気が、人の波が引いた路上に満ちてゆく。

「さあ急いで！」土岐は雨に打たれながら、避難する人の群れへと女性の背中を押しやった。

そうして、飛沫を上げてビルへと駆け戻りながら、胸の無線スイッチを入れた。

「〈ヨーキー〉リーダーより全員へ！　現場エントランスへ集合せよ！　急げ！」

土岐と甲斐が車寄せの庇の下へ差し掛かった途端、二度目の爆発音が遥か頭上から響いた。

「〈ヨーキー〉リーダー、なぜそこにいる?」佐伯副隊長の声が無線から響いた。「なにが起こってるんだ、状況は!」

「解りません!」土岐は、上階を目指し階段を遡る第四小隊の先頭で、無線に答えた。

そこは非常階段だった。土岐にぶつかりながら、二度の爆発音に追い立てられた人々が、必死の形相で駆け下りてゆく。

「これから確認します!」

土岐達第四小隊は、隙間も途切れもなく上階から押し寄せる、人波の激流のなか、壁際に張りつくようにして一列になって固まっていた。爆発でエレベーターは停止し、さらに我先に避難する人々に阻まれ、思うように進めない。

――まるで人間の水階段《カスケード》か……、あるいは西大寺はだか祭りみたいだ。

土岐は無線のマイクを甲斐に返しながら、ふと、数千人の裸の男達が真冬の街を練り歩く、故郷の名物行事を思いだした。

「いまさらですけど!」武南が甲斐の背後から怒鳴った。「勝手に部署から離れても、良かったんですかね?」

「いい質問だな!」井上が武南の後から土岐にかわって答える。「黙ってろ、馬鹿たれ」

「あんた、いちいちうるさいわよ!」真喩も最後尾から武南を叱りつける。

「要救助者の確認にいくと思えば、いいんじゃないですか？」牧場も列の中程で言った。

「無駄口はいい！」水戸が列の真ん中で声を上げる。「この人混みだ、装備に注意しろ」

土岐は、目の前を下の階へと流れてゆく、恐慌一歩手前の背広や制服姿をした老若男女の強張った顔の連なりから目を上げ、じっと上階の方を見上げた。

――武南の言うとおりかも知れない。だけど……。

ずっと感じ続けている違和感が後押しする、確認しなければという衝動が消えない。

何故なのか、自分でもよく解らない。あえて言うなら、展望台の係員の女性が訴えていた、この非常時にもかかわらず不審な若い男女と、五反田の告げた〝通報者は若い女性〟らしいという事実が、どちらも若い女性という共通項で、か細いながらも繋がるからか。

だがそれも――。

――行ってみなきゃわからない。

土岐はヘルメットの位置を直し、合流した際に水戸より渡された機関拳銃《MP-5》を握り直す。

「いま何階だ？」土岐は顔を上げたまま、真後ろの甲斐に尋ねた。

「十一階です！」甲斐が背後から答える。

その時、上からの人の流れが一瞬だけ途切れ、階段に空白が現れた。

土岐はすかさず叫んだ。「よし、行こう！」

第四小隊は、体重と、身につけた三十キロの装備の重みの加わったブーツの底を、階段に叩きつけて駆け上がってゆく。

土岐は先頭を駆けながら、行かなければわからないからこそ……、と呟いた。

——自分の目で確かめるんだ。

展望室で何が起こっているのかを。


その展望室の回廊を、唯月は、スマートフォン片手に迫る関悠紀夫から目を逸らさず、ずっと後ずさりに逃げ続けている。

「なあ、何でだよ唯月」関は言い募った。「俺はさ、これだけのことができるんだよ。他にこんな事できる奴、いるか？　なあ、唯月なら解るだろ？」

唯月は関の眼を見据え、呟くように答えた。「——解んない」

この悪性ウイルスのような男と出会う前なら、私の答えは違っていたのだろうか……？

ほんのすこし時間を遡るだけで、犯罪者をすごい人達、と暗い憧れを抱く自分がいたのだから。

社会のほとんどの人が法律に縛られて出来ないことを、犯罪者は自分の欲望に忠実に従って実行し、そしてその結果を、時間と、平凡な人々の記憶に刻み込む。すごい、と単純に思っていた。それは究極の自己表現ではないか。どうしようもなく退屈な日常に、常識という霧に眼を曇らせた凡人どもとは自分は違う！　という、命を懸けた異議申し立てだと。

「なあ唯月、なんでなんだよ……」

そんな憧れなど浅はかな幻想に過ぎなかったのは、こうして目の前を近づいて来る、犯罪者としてすでに出来上がっている男が教えていた。

目の前の関悠紀夫という男は、自分の本能を満足させること、自分の飢餓感を満たすことにしか、関心がない。こいつには、自分の行為で傷つく他者が想像できない──いや、存在すらしないのだ。こいつにとって、他者は常に餌食《えじき》にできる人間か、そうでない人間かの二種類しかない。

けれどそれは……、〈蒼白の仮面〉であった私も同じなんだ。

──私は……どうして……こいつみたいな人間に……？

物心ついてから、私には両親にも親戚《しんせき》にも、可愛がられた想い出しかない。一部上場の証券会社に勤める父は、躾《しつけ》は厳しかったけれど、はきはきと答えて礼儀正しくさえしていれば、うるさいことは言わなかった。お稽古事も学習塾も、嫌でしようがなかったけれど、母に奨められるまま通った。

そう、私は、両親の期待に応える優等生でなければならなかった。

そして、目立つ容姿の私はいつも、同い年の友達はもちろん、先生も含めた周囲から、自然と持ち上げられてきた。

私は、その無言の圧力に応えなくてはならなかった。

優しく、偉ぶらず、可愛らしく……。他人という鏡に映った私を、逆に私自身が、日常という舞台で忠実に演じなければならなかった。

——だから、私は……、自分の欲望に素直な人間に憧れたのかな……。

舞台で、非の打ち所のない優等生を演じる私を照らすスポットライトは、年々、強く眩《まぶ》しくなっていった。けれど、そんな舞台の明るさとは逆に、暗さを増す舞台の袖にたたずむもう一人の私が、私を凝視しているのが解った。闇の中に紛れてはいたけれど、闇以上に黒々とした姿で、私と同じその顔に、冷ややかな笑みを浮かべているのにも。

それこそが、〈蒼白の仮面〉の冷たい微笑みだった。唯月がインターネットの冷たい海で、偽りの解放を餌に、絶望と閉塞で窒息しかけた者達を、犯罪へと駆り立てることに成功したときの。

八代大樹に篤恩女子高校襲撃を。安藤直尭と静寂佳久に、タンクローリー強奪と六本木交差点無差別放火を。柏木恭介に、池袋サンセットスクエア地下駐車場での第四小隊殲滅《せんめつ》を、それぞれ実行に移す決意を固めさせたときに、口元をほころばせた陰湿な笑みと……。

——でももう、こんな奴と同じになるのは、いや！

「解らないって、いってるでしょ！」

唯月は叫んで、後ずさるのを早めようとした。関だけでなく以前の自分自身の浅はかさからも、逃れるように。

　が、唯月の性急な足は縺《もつ》れ、背後を探っていた手が、宙を掻いてしまう。

　関は飛びかかるように一気に距離を縮めた。そして、体勢を崩した唯月の腕を、左腕を鞭《むち》のように伸ばしてつかんだ。

「痛い！　痛いってば！　はなしてよ！」唯月は柔肌に食い込んだ爪の痛みに、悲鳴混じりの声を上げる。

　関は、髪を振り乱して身をよじる唯月を逃しはしなかった。細い腕を、さながら獲物に食らいついた蛇のよう絡みつかせた。

「この……、この俺様が、こんなに言ってやってんだろ！」

　関は唯月の身体がぶつかるほどの勢いで引き寄せた。デイパックのストラップを握っていた右手をひろげ、唯月の細いおとがいを下からつかみ、押し上げる。

　手から腕へと滑ったデイパックが、折り曲がった関節のところですとんと止まり、重たげに揺れた。

「……！　はなして！」唯月は身悶えして抵抗した。

　熱に浮かされた、強引な抱擁をかわしているようにも見える関と唯月は、そのまま顔を正面から突き合わせたまま、展望室の回廊から、ガラス張りの区画へともつれ込んだ。

　そこは八角形の、大きな教室ほどの空間だった。……南側は大きな窓によって眺望が開けていた。その窓から、雨雲と霞のフィルターを透《とお》した乳白色の光が、広い室内を満たしている。壁際には透明なプラスチック製の椅子が整然と並んでいた。壁は白無垢《しろむく》に仕上げられ、磨き上げられた床とともに、淡く控えめな光沢で、その部屋を彩っていた。

スカイチャペルクリスタル。

そこが結婚式場の関連施設だったのは、唯月にとっては皮肉でしかなかった。

「はなして！　はなしてってて！」

唯月は目前に迫った、関の興奮した荒い息と加虐欲に陶酔してぎらつく眼に、心臓が裂かれそうだった。にもかかわらず――。

千載一遇の好機だという快哉《かいさい》が、脳裏のどこかからかあがった。

唯月はその途端、柔らかな頰に食い込む爪の痛みも、おとがいを強引に押し上げる、汗ばんだ手の嫌らしい火照《ほて》りも、感覚から消えた。

――いまだ、やれ！

唯月は顔を上げられ関の眼を見詰めたまま、丈の短いスカートの裾を、震える左手の感触だけを頼りに、下着が露わになるほどたくし上げた。太股に粘着テープで貼り付けてあった、フェイスタオルに包まれたものを握りしめる。そしてそれを、粘着テープを引き剝がして手にすると、一端を、関の腹へと突くように押しつけた。

「……なんだよ、これは」

関は驚いた表情で反射的に、唯月のおとがいを揺さぶっていた左手を離して、それを掴み止めた。それからゆっくりと、自分と唯月の隙間を見おろす。

唯月が押しつけ、関が握っているのは、万引きして調達した果物ナイフだった。ただし、腹に刺さっているわけではなく、唯月は刃をフェイスタオルを巻いた上から握って押し出し、関は柄を掴んでいた。

これで柄にこいつの指紋がついた！　唯月は眼を見開いた。やった……！　これで誰かが助けにくれれば、間違いなく関が私を襲っているように見えるはずだ。

思惑どおりになったことで、安堵と高揚の入り交じった血が全身を駆け巡った。凍りかけていた心臓が、ぼっと熱くなる。

唯月は、薄く上気した頬に、誘うような笑みを浮かべた。関の不審げな表情を見詰めたまま、自らに向けられた果物ナイフの刃に巻いたフェイスタオルを、するすると引っ張ってはずした。

ほんの一刹那、時間は流れを止めた。二人の男女は、露わになった冷たく光る刃を挟んだまま、視線を絡ませる。男は眉間に皺を寄せた獰猛《どうもう》さの吹き出す寸前の表情で、女は優越感に薄く上気した、憂いを帯びた表情で。

「何だよ、これ」関は唯月にナイフを突きつけた格好のまま奇妙に静かな声で沈黙を破ると、急に激昂したように喚いた。「なんなんだよ、これはよ？　あ？」

唯月は唇を引き結び、関を押し返そうとした。「はなしてって！」

「お前なめてんのか！」関は作り物のように美しい顔を、怒気で醜悪に歪ませ、唾を散らして怒鳴った。「俺にお前をやれないとでも思ってんのかよ、ええ？」

普段のだらしなく、にやけた二枚目面の名残は微塵もなかった。まるで悪霊が宿って動き出したギリシャ彫刻のような、鬼気迫る形相だった。

唯月は、関の文字通りの豹変《ひょうへん》に、つかまれたまま更に力の加わった腕の痛みも忘れて、ひっ、と音を立てて息を吸い込んだ。

唯月は自分の浅はかさに、涙が出そうになる。——慌てすぎたんだ……！　ナイフを握らせるには、まだ早すぎた……！

関は果物ナイフを握ったまま腕を振り、身をすくめた唯月の胸に、デイパックを叩きつけた。

「これがなにか解るか、ん？」関は片手で唯月を強引に引き寄せ、顔を近づけて言った。「下の階に仕掛けたのとおんなじ、ＲＤＸだよ！　解るか、ああ？　Ｒ、Ｄ、Ｘ！」

唯月はぞっとして、胸元に押しつけられた、なんの変哲もないデイパックを見おろした。

——爆弾が……？　この中に？

「俺は本気なんだよ！」関は目を見開き、端麗な唇の端に病んだ笑みを滲《にじ》ませた。

そして、高性能爆薬より先に心臓が炸裂しそうな唯月に、喚き続けた。

「俺はさあ、プライドや名誉のためなら命だって捨てられるんだよ！　この関悠紀夫を否定したり拒絶する奴、裏切る奴は許さない！　絶対に天罰を下す！　絶対に！」

自分のすべての策謀が、干からびた花瓶に活けられた花のようにしぼみ、枯れてゆくのをはっきり意識して、唯月は全身から脱力しかけた。

——私、こいつに殺される……。

「なあ、唯月」関は、崩れかけた唯月の身体を抱えて、呪文のように囁いた。「俺は良い男だろ？　金だっていくらでもあるんだよ」

唯月は、目眩《めまい》をおこしかけていた。実際、他に為《な》す術《すべ》はなかった。

——誰か、……誰か早く来て……！　お願い、お願いだから……。

「運命を、受け入れろよ」関は長広舌《ちょうこうぜつ》のせいか興奮のせいなのか、口元を痙攣《けいれん》するように震わせ、作り物めいた眼で、低く告げた。

愛情ではなく狂気を縁にした歪んだ婚姻は、妙に白々した光に満ちた、人気《ひとけ》のないチャペルの中で、成就しようとしていた。


土岐達第四小隊は、階段をようやく登り切り、三十九階に到達した。

八人の黒装束の警察官達は、息を弾ませてフロアで立ち止まった。

階段はここで一旦終わりらしい。壁の案内表示によると、廊下をぐるりと回った反対側に、展望室への階段がある。

あと一階か……。土岐はヘルメットをずり上げながら顔を上げた。

先走る意識を追って駆け上っていた土岐も、さすがに息が乱れている。銃器と、セラミックアーマー入りの突入型防弾衣《ボディアーマー》など、着装した三十キロの装備のおかげだ。それに加え、避難する人波を遡ってきたのだ。

急ごう、と土岐は思い、息を整えていた全員に言った。「みんな……もう少しだ！」

第四小隊は再び、廊下を駆けだした。

「くそ……、無駄足にならなきゃいいんだけどね」藤木が走りながらぼやく。

「桃太郎さんの命令なんだから、仕方ないじゃないですか」と井上が岡山出身の土岐を指して答えた。

「お供は犬のお巡りさんしかいませんけど！」牧場も言った。

土岐が仲間のぼやきを聞き流し、先頭で角を曲がると、眼に展望室へと上る広い階段が飛び込んできた。

見えた……！　土岐はブーツで固めた足をさらに急がせる。

「偏《かたよ》った桃太郎御一行だよな」甲斐がぼそりと吐く。

「吉備団子《きびだんご》はもらえるんですかね？」武南が言った。

土岐は階段を半ば登り、片足を段にかけた姿勢で、振り返った。「吉備団子は、今度帰ったときに買ってきてやる！　だから――」

「しっ！　静かに！」水戸の緊迫した声が遮る。「……なにか聞こえないか」

土岐も含め、階段に差しかかっていた全員がぴたりと動きを止めた。

階上から、微かな声が響いてきた。

土岐の澄ませた耳には、それが男女の言い争いに聞こえた。

係員の女性が言っていた二人だろう。

――それにしても、なぜ、いまここで……？

痴話喧嘩《げんか》の舞台として、爆弾事件の現場ほど似合わない場所はない。普通なら、何をさておいてもまず避難するはずだ。

〝なんなんだよ、……あ？〟〝俺にはお前を……思ってんのかよ、ええ？〟

土岐には、自らの衣擦《きぬず》れだけが異様に耳につく静寂の中、階上の展望室から微かに響く声は確かに、場違いな男女の痴話喧嘩のようだと思った。

だけど……それにしては、なにか変だ。

そう思いながら、階段を登り切った先の、四十階の上がり口で四十階の状況を窺う土岐の耳に、ひときわ高い若い男の声がすべりこんだ。

〝下の階に仕掛けた……、ＲＤＸ……！　……ああ？　Ｒ、Ｄ、Ｘ！〟

土岐の左頬が、ぴくりと震えた。――ＲＤＸ？　一連の事件でも使われた……？

素早く振り返ると、水戸達にも男の声は届いており、指示を求める視線を返してきた。

土岐は手信号で、武南に〝前に出て、検索しろ〟と伝え、武南が階段に仰向けになり手鏡ほどの伸縮棒つき検索鏡で様子を探る間、水戸達には待機を命じた。

まさか、本当に実行犯がいるのか……？　土岐はじっと身を潜めながら、ここにたどり着くまではあれだけ胸を焼いていた焦燥が、不思議と消えてしまっていることに気付いた。

焦燥のかわりに湧いているのは疑問だった。

本当に実行犯……〈蒼白の仮面〉なのか？　だとしたらなぜ、爆破したにもかかわらず逃亡しない？　言い争っている相手は誰で、その理由は……？

武南は階段の上でうつ伏せになり、検索鏡を潜望鏡のように突きだし、展望台フロアを探っていたが、首をもたげて土岐に手信号を送る。〝男女二名が言い争ってる。男は刃物と手荷物を所持〟

手荷物か、と土岐は思った。爆発物かも知れない。

水戸が土岐を見て、手信号で問うた。〝閃光音響弾を使いますか〟

土岐は首を振った。〝駄目です〟

男の所持しているのがもし本当に爆発物なら、至近での閃光音響弾の炸裂で、誘爆する危険がある。女性がいるこの状況では、危険すぎる。

——どうする……？　土岐は階段に膝をつき、奥歯を嚙みしめた。

「動くな！　警察だ！」

土岐はMP－5を構えて階段から廊下へ飛び出し、モダンなタイルを蹴って、淡い乳白色の光を背に広間で重なっていた人影へと、突進した。水戸以下、七人の仲間も同様だった。

結局、正攻法しかなかった。

展望室は平面図にすると〝日〟の字型をしている。刃物及び爆発物の疑いのある荷物を持つ男と、女性のいるスカイチャペルクリスタルは、南側に面したT字にあり、そして、土岐達の上った階段は、真ん中の辺の中心に位置していた。

身を隠せる物がなにひとつ無く、距離を詰める方法がなかった。土岐はさらに、東西の回廊を二手に分かれて挟み撃ちしようにも自分達の姿が階段を上りきった瞬間に男に見通され、動きを察知されてしまう、と判断したのだった。

だから、第四小隊は黒い猟犬の群れのように、スカイチャペルクリスタルへと殺到した。

土岐は、八人分のブーツの厚い靴底がたてる、低い太鼓のような足音だけが響く中、広間《スカイチャペル》の中心で女性を抱きすくめている男が、顔をはね上げてこちらに向けると、再び怒鳴った。

「警察だ！　動くな！」

「……来んな！　邪魔すんなよ！」

整った顔を驚愕で歪めて喚く関とは反対に、唯月にとっては待ちわびた瞬間だった。

虚を突かれて一刹那だけ身体を硬直させたものの、心に鬼火のように灯った、最後のチャンスだ……！　という思いが、意志に火を点《つ》けた。

咄嗟に、身体を後ろに強く引いた。唯月の身体は、つかまれた腕を支点にして、土岐達第四小隊へ振り向く形になった。

すると関は必然的に、デイパックを下げたままの左腕で唯月を後ろから抱きすくめ、その首へ果物ナイフを突きつける体勢になった。

か弱い女性を、男が刃物で脅して羽交い締めにしている、という構図が完成した。

このまま上手くいって……！　唯月は首に巻かれた関の腕に顔を押し上げられ、右の頬のすぐ脇で冷たく光る果物ナイフに、眼を吸い寄せられながら祈った。

けれど本当に恐ろしいのは、胸と腹で跳ねるたびに、中身の硬い感触を伝えてぶらぶら揺れる、デイパック……。

「動くな！」土岐たち第四小隊の縦隊は、吼え立てるように威嚇しながら、八角形の広間へと流れこむ。土岐達は入り口を抜けた途端、ＭＰ－５を下向きの構え《ローレディ》から瞬時に銃口を上げる。

そして、そのまま時計回りに、関と唯月を扇の要《かなめ》の位置にして取り巻いたのだった。

息を飲んだような沈黙が、動きを止めた両者の間に、落ちた。

「警察だ」土岐はMP－5の銃身の先、唯月の後ろに隠れる関に告げた。「手に持ってるものを捨てるんだ！」

「うるせえよ！」関は唯月の肩の上に顔を突き出し、表情を無くした唯月の耳元で、怒鳴り返した。「あっち行けよ！　行けっつってんだろ！」

――この人たち……！　唯月は怒声に鼓膜を刺されながら、気づいた。

十メートルもない距離で、一分《いちぶ》の隙無く銃を構えているのが、教室で自分を直接抱えて運び出した警察官だということに。

そして土岐もまた、張り詰めた緊張の中にあって、人質の美しい若い女性に、ふと記憶を呼び戻されていた。――この子、どこかで……？

「……わかった」土岐は気を取り直して口を開く。「そのひとを放してくれないか。そうすればさがる」

「ぐちゃぐちゃ言ってんじゃねえ！　撃ちたきゃ撃てよ、あ？」関は唯月の首に回した腕を上げ下げして、唯月の胸の前のデイパックを揺らした。

「これさあ、何だと思ってんのかなあ？　爆弾だよ爆弾。ＲＤＸ、俺様お手製の。下を吹き飛ばしたのも俺だから。いい出来だったろ？……吹かしこいてると思ってんなら撃てよ！　けどそんな度胸、てめえらお巡りなんかにあんのかよ、あ？　解ったんならさがれよ！　てか、どっか消えろ」

土岐の左右で、半円状に関と対峙する水戸達は、訓練の行き届いた猟犬のように、銃口を据えたまま身動き一つしなかった。

けれどそのかわり、殺気とも闘志ともつかぬ気配をたちのぼらせて、挑発に答えた。

「爆弾を持ってるのは、わかった」土岐は静かに繰り返した。「とにかく、その人を――」

「てめえらマジむかつく」関は、マネキンのように身動きしない唯月の首に果物ナイフを突きつけたまま、すばやく右手で左腕にぶら下げていたデイパックを掴んだ。

「動くな！」土岐は吼えた。

関はそのまま、左腕から抜いたデイパックを床に落とした。

――！　土岐たちは反射的に身を固くしたが、同じく反射的にトリガーを引こうとした指は、肉体と同時に鍛え上げた克己心が、なんとか押しとどめる。爆弾所持の確証がない以上、無力化する訳にはいかない……！

爆発のかわりに、床に落ちたデイパックの中で、かつん……、と何か小さなものが割れる音がした。

なんだ……？　と土岐は一瞬、内心で眉をよせた。が、はっとして目を見開く。

――安全装置の解除音か……！

「ぎゃはは、だっせえ！　あんだけかっこつけといて、びびってやんの。これであと一回、衝撃あたえちゃうと爆発するよん」関は本性全開にして、下卑た笑いをもらすと、横目で唯月の表情のない横顔を見て命じた。

「拾えよ、このまま、膝だけ曲げて。ちゃんと持たないと死んじゃうからね」

死んじゃうじゃなくて、殺す、でしょ……。

唯月はそう思ったが、言われたとおり上半身は動かさずに膝だけで屈みこんだ。それから手探りでデイパックの感触を確かめて、震える手でストラップを握った。そろそろと持ち上げはじめる。

私をパックに入った細切《こまぎ》れ肉のようにしてしまう爆弾が、いま……私の足を、お腹《なか》を……上ってくる……！

そう思うと、後ろから抱きすくめられた身体の震えが止まらず、生きた心地がしなかった。……けれど、ゆっくり持ち上げるデイパックの中の爆弾が爆発すれば、一緒になって細切れになるはずの関の身体からは、恐慌を来《きた》している気配は伝わってこない。

——なんでこいつは、落ち着いてられるの……？

唯月は必死に思考を巡らし、何かで読んだことを思い出した。——自爆テロや遠隔操作式は別にして、爆発物の起爆装置には、使用者が安全圏まで退避する時間を稼ぐため、遅延の為の仕組みを備えるのが一般的、と。

他人の命は紙切れ以下でも、自分の命には執着する関なら、必ずそれを起爆装置に組み込んでいるに違いない。

なら……、この膠着《こうちゃく》状態をどうにかするには、それに賭けるしかない。

唯月は胸までデイパックを引っ張り上げながら目を閉じ、こくりと唾を飲み込む。そして意を決すると目を開いた。

「ね、私のこと好きなんでしょ……？」

唯月は、銃口を向ける土岐を見詰めたまま、唇を動かさずに、頬を接する関にだけ聞こえるように囁いた。

「ああ？　なに言ってんだよ！」関が抱える腕に力を込めて、唯月の耳元で喚いた。なにを話してるんだ……？　土岐は、二人をじっと窺いながら、眉を寄せた。

唯月は覚悟を決めて、頬に薄い笑みさえ浮かべて、囁き返した。「じゃあ、あたしのために死んでよ」

――さあ、私を助けて……！　こいつを撃って……！

唯月は、胸元でデイパックのストラップを握りしめた両手から、力を抜いた。

唯月の手から離れたデイパックは、重力に引かれ、床へと落下する――。

その場にいる全員の眼に、その光景は妙に散漫な、スローモーションのように映った。

「おい――！」関は驚愕のあまり、唯月の肩越しに思わず伸び上がり、果物ナイフを握っていない右手を回して、デイパックを摑もうとした。

それは、唯月にとっても、なにより土岐たち第四小隊にとっても、千載一遇の瞬間でもあった。

土岐は次の瞬間、眼をかっと見開き、思考するより先に叫んでいた。

「制圧せよ！」

ダダダッ……！　と、水戸と藤木、武南のMP－5が銃弾とともに放った、一塊の連射音が響いた。

唯月の陰から伸び上がった、長身の関の両肩を、九発の拳銃弾が粉砕した。

関は一刹那、口をぽかんとあけ、声なき叫びをあげて、立ち尽くした。その表情は、なんで俺がこんな目に遭わなきゃならないんだ？　と、本気で不思議がっているようだった。

唯月もまた、両方の耳を銃弾がかすめた衝撃で、呆然となっていた。

その立ちすくむ二人を背景に、RDXの入ったデイパックは床へと落下する——。

「村上！」土岐は真喩に叫んでMP－5を手放し、フロアを蹴って唯月へ突進する。

「来い！」水戸も怒鳴り、井上、甲斐、武南、藤木、牧場とともに、関へと殺到する。

二人めがけて突っ込む土岐たち第四小隊の眼前で、デイパックは床に達して、軽く跳ねた。

土岐は安全装置が解除され、導爆薬の細い白煙をあげ始めたデイパックを飛び越え、置き去りにし、——土岐と真喩は唯月を、水戸達六人は関を、それぞれタックルで猛然と草を刈るように薙《な》ぎ倒した。

土岐と真喩は、唯月の細い身体を抱きかかえてはしり、身を投げ出した。

そして、床で唯月に覆い被さり、耳を塞いだ瞬間——。

固く閉じた目蓋《まぶた》さえ透す強烈な閃光とともに、デイパックは爆発した。

RDXは、広間に存在したものすべてを雪崩《なだれ》のように吹き飛ばし、荒れ狂った。けれど幸運なことに、ほとんどの爆発エネルギーは、最小抵抗の原理によって回廊と外壁に面したガラスへと向かった。

だが、幸運はそれまでだった。

スカイチャペルクリスタルの天井が、爆発に堪えきれず、内壁を支える支柱ごと、身を固くして床に張り付いた土岐たちの上に、崩れ落ちたのだった。


……ガラスを吹き飛ばされ、遮るもののなくなった窓から、風鳴りと吹き降りの雨音だけが響いている。

その細くもの悲しい音が、崩落した天井の内壁に床を覆われたスカイチャペルクリスタル室内を、余計に廃墟じみて見せた。

音さえ押しつぶされたような静けさのなか、落下した天井の一部が、壁際で動いた。

内壁を下から押し上げる、モグラのような動きは、少しずつ大きくなった。すると、内壁の部材を下から捲《まく》りあげるように押しのけた隙間から、ヘルメットを被った頭が突き出てきた。

「あ……、く……そ……！」

土岐は、水面に浮かび上がった溺者《できしゃ》のように喘《あえ》いだ。

大きく息をつき、土岐は両手を壁についた。さらに背中で、天井だった内壁の残骸《ざんがい》を押し上げてゆく。うつ伏せから、膝立ちに起き上がろうとする途中で、身体中の痛みに何度も動きを止め、歯を食いしばる。

土岐は、たいした怪我こそしていなかったが、血が左頰から顎先へと流れ、滴っている。

そして、土岐の身体の下から、両肘を突いて身を起こす、細い身体があった。

奇跡的に無傷な唯月だった。

そのまま、土岐が壁に手をついてつくった隙間の中を、背中で壁をこするようにして起き上がる。

土岐と唯月は、互いの呼吸が聞こえるほどの近さだった。壁に両手を突き膝立ちで見おろす土岐と、同じく壁を背に座り込んで見上げる唯月、二人の視線がぶつかった。

天井の残骸が覆った床の上で、二人の他に動く者はいない。

「……君が、〈蒼白の仮面〉なんだな？」土岐は唯月の目を見詰めて、そう言った。

告げてから、それほど意外でもなかった、と土岐は思った。

一連の事件の、最初の女子高占拠事件における人質の一人が、いまこの場に居合わせる確率はどれくらいなのか。おそらく天文学的な低さだろう。むしろ、対峙してすぐに気づかなかった自分は、どうかしてるとしか思えない。

それどころか、最初の事件でも、疑惑を持つ片鱗《へんりん》はあったのだ。

救出した直後、この子は「あんなオリジナリティはいらない」と言った。今までは、自分が犯人の奇妙な自殺の手段をさして言ったことに答えたのだと、思っていた。

だけど違った。あれは、〈蒼白の仮面〉……つまり渡瀬唯月自身が授けた計画を、犯人が勝手に変更したうえ策を弄《ろう》した事への、怒りの吐露だったのだ。

「どうなんだ」土岐は詰問した。「君が、〈蒼白の仮面〉なんだな?」

「……だったらどうだって言うんですか」唯月の柔らかく端麗な唇から、言葉が漏れた。

唯月は、心からこぼれたような自分の言葉に戸惑った。

――あんなに怖くて心臓が凍りそうだったのに、いまはどうしてだろう、どきどきして、身体中が熱い……。

「なに……?」土岐は顔を強張らせた。「多くのひとを、犯罪に引き込んだんだぞ」

「どうせ、いつかは犯罪をしちゃいそうなひとばっかりだったじゃないですか」唯月は自分でも止められないまま、自分の無表情な声を聞いていた。

「遅いか早いかの違いしかないでしょ」

「……それでも、彼らは踏みとどまって、必死に生きてたひと達だった」土岐は言った。

「君が、犯罪を唆すまではだ！」

「私は悪くないもん」唯月は、〈蒼白の仮面〉であったころ、心のどこかで常に用意していた答えを告げた。

「私は、あのひと達の願いがかなうように、手伝っただけだもん」

「あのひと達は、……犯罪者予備軍なんかじゃない」土岐は声を押し出した。「ただの人間だ」

「そんなの私には分かんない」唯月はしゃらしゃらと言った。「だって、ただの女子高生だもん」

何の動揺もなく、ある種の超然とした素振りさえしてみせる、唯月の表情だった。

土岐の脳裏に、自らの手で犯人を逮捕した瞬間の光景が、矢継ぎ早に流れてゆく。

篤恩女子高の教室で、大勢の捜査員に取り押さえられながら、もたげていた頭を絶望したように床へ落とした、八代大樹。

首都高の可動橋で立ち往生したタンクローリーから引きずり下ろした際の、静寂佳久の弱々しい、殺してくれよ……という言葉。

被害者も含めて、たくさんの人生を狂わせた言い訳が、それか？

なんら目的さえなく、ただ面白いからというだけの動機。自分は手も下さず、小馬鹿にしている連中が勝手にしただけ、だと？

「貴様……」

そう呟いた土岐の胸の中で、いくつもの安全装置が次々と解除されてゆく――。

「貴様！」

土岐の中で、どす黒い炎が燃え上がった。

我を失うほどの怒りに土岐は歯を剝きだし、反射的に壁からはなした右手で、太股のレッグホルスターの拳銃を抜いた。

握把《グリップ》を握り込んで安全装置を解除したP７の銃口を、唯月の秀でた額に突きつけた。

――撃つべきなんだ……！

土岐はこれまで、特殊部隊の警察官として、ずっと自制に自制を重ねてきた。現場で自分たちに求められる制圧執行も、煎《せん》じ詰めれば被害拡大を防ぐための暴力であり、かつ、一般人はおろか通常業務の警察官を遥かに凌駕《りょうが》する火力を預けられた故に、我が身に叩き込んできた自制だった。

その、第二の天性にまでなっている克己心の壊れかけた土岐に、額に硬く冷たい銃が押しつけられても、唯月は不思議と心は穏やかだった。

どうなろうと受け入れられる……、半ば麻痺した心で、そう思った。どうしてかは自分でも解らなかったけれど。

　土岐と唯月は、そのまま互いの心の窓を覗き込んだまま、動かなかった。

　そのとき、二人の脇で内壁が動き、真喩がわずかな呻きを漏らしながら、手をやった頭を軽く振りながら起き上がった。

「あ……いたた……、お嫁に行く前に……――！」真喩の衝撃で半ば虚《うつ》ろだった眼は、間近の尋常ではない事態を見て取ると、即座に見開かれた。

「小隊長！　やめて下さい！　小隊長ってば！」真喩は叫んで、土岐の拳銃を握った右腕に縋《すが》り付いた。

　真喩の声で蘇《よみがえ》らされたように、土岐たちから離れた壁際で、関を確保した水戸達も、内壁を押しのけて姿を現した。

「くそ、ひでえ目に……」水戸は顔を上げると、ぼやきを飲み込んだ。「――！　小隊長！」

「もう二度と――」土岐は拳銃を構えた右腕に、真喩を縋り付かせたまま、唯月を睨みつけた。「――ひとの人生を玩具にできないようにしてやる！」

「よせ、小隊長！」水戸が怒鳴った。「銃を下ろせ！」

「……お前は人間のクズだ！」土岐は唾を飛ばして喚いた。

　――私は、あいつみたいな人間なんかじゃない！

　唯月は咄嗟に、血の筋がついた土岐の頬を、平手で打った。

私は、たしかに……馬鹿だった。でも、でも……、関みたいな人間にはなりたくないと、私は心の底から願ったんだ……！

それだけは、目の前で糾弾する、若い警察官に解って欲しかったのかも知れない。

同時に、カチッ！　と金属音が水戸らの方向から響いた。

その途端、土岐は夢から覚めたように、目を見開いた。

土岐に正気を戻させたのは頰の痛みと、特殊部隊隊員ならばどんなときも聞き分けずにはいられない、ＭＰ－５のトリガーゲートのセットされる音だった。

――俺は……、一体……？

土岐は咄嗟に、唯月に突きつけていた銃口をはずし、真喩の抱きついたままの右腕の肘を曲げて、壁に押し当てた。そして反射的に、唯月の振り上げた腕を摑み止めた。

がくんと前のめりになった土岐と、唇をかみしめて睨みかえす唯月の顔が、鼻先が触れそうなほど近づいた。

「……あんたと、あんたの仲間が、羨ましかった」唯月は、囁くように土岐に告げた。

「いいか」土岐は頰を流れる血に、唯月の白く小さな手を押し当てたまま、低く言った。

「ネットの先にいるひと達にも、君や俺と同じように血が流れてる。生きてるんだ。……解るね？」

唯月は、小さくうなずいた。素直な仕草だった。

「もう二度と、命を見失わないでくれ。……約束だ」

土岐は重い息を吐くと、P7をレッグホルスターに戻して立ち上がった。そして、唯月に手を差し伸べて、瓦礫の中から立たせた。

水戸達が、やれやれ、といった表情で、生ける粗大ゴミのように足下の覚束《おぼつか》ない関悠紀夫を引っ立て、土岐と唯月、そして真喩の方へと歩いてきた。


水戸達が唯月と関を連行して展望室からいなくなると、ひとり残った土岐は、自らの行為と悪鬼のような感情に、今更ながら身震いした。

重い息を吐くと、ヘルメットの留め具をはずして、ガラスの無くなった窓の外を見る。

いつの間にか、雨は止《や》んでいた。

低くかかっていた雨雲は薄く高くなり、隙間から青空がのぞき、そこから金色をした太い光の筋――〝天使のはしご〟が斜めにまっすぐ地上に射し込んでいる。

綺麗だ、と思った。自分の中の悪鬼さえ、浄化してくれるほどに。

「世界は、美しいな。――」

土岐は釈尊の到達した境地に倣《なら》って呟くと、仲間の後を追って、展望室を後にした。

初刊本あとがき

最初に、東日本大震災の被災者の皆様へ、心よりお見舞い申し上げます。

そして、救援と復興に携わり、尽力されるすべての皆様に、感謝と敬意を捧げます。

拙作を執筆するに当たり、前作『六機の特殊』の参考文献に加えて、次の資料を参考にさせて戴きました。

『機動隊パーフェクトブック』　講談社
『新説　東京地下要塞』　秋庭俊・著　講談社
『J－POLICE』　イカロス出版
『首都高をゆく』　イカロス出版
『図解　ハンドウェポン』　大波篤司・著　新紀元社
『図解　ヘビーアームズ』　大波篤司・著　新紀元社
『図解　ガンファイト』　大波篤司・著　新紀元社

著者並びに出版に携わった全ての皆様に感謝致します。

なお、冒頭のエピグラフは『黄衣の王』ロバート・W・チェイムバーズ著　大瀧啓裕訳　東京創元社より引用致しました。

また、「問題小説」連載時に土岐たち第四小隊をイメージぴったりに描いてくださった高田慎一郎氏（次もよろしくお願いします）、今回も素敵な装幀をして下った多田和博先生。そして、手にとって下さった読者の皆様。

ありがとうございました。

二〇一一年一〇月　黒崎視音

この作品は2012年10月に徳間文庫より刊行された『六機の特殊Ⅱ　蒼白の仮面』を改題し新装版としたものです。なお、本作品はフィクションであり、実在する個人・団体等とは一切関係ありません。

徳間文庫

六機《ろっき》の特殊《とくしゅ》

蒼白の仮面

〈新装版〉

2022年7月15日 初刷

著者 黒《くろ》崎《さき》視《み》音《お》

発行者 小宮英行

発行所 株式会社徳間書店

東京都品川区上大崎三―一―一 〒141―8202
目黒セントラルスクエア

電話 編集〇三(五四〇三)四三四九
販売〇四九(二九三)五五二一

振替 〇〇一四〇―〇―四四三九二

印刷
製本 大日本印刷株式会社

ISBN978-4-19-894757-6 (乱丁、落丁本はお取りかえいたします)

徳間文庫の好評既刊

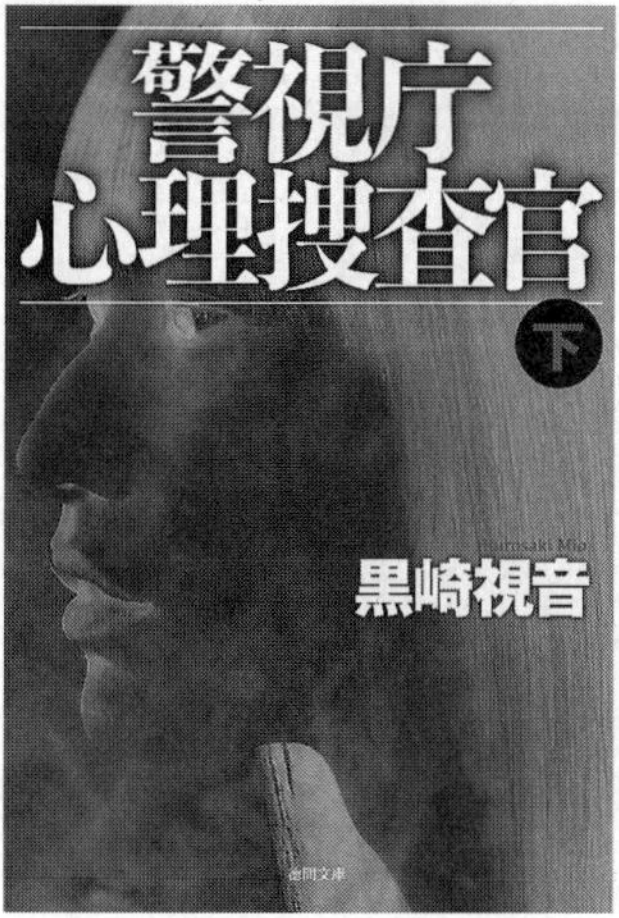

黒崎視音

警視庁心理捜査官 下

いまでも夢に出てくる、あの男の目。泣けば殺される、自分では何もできない恐怖、惨《みじ》めな悲しみに突き落とされたあの時の。だから、この犯人だけは許さない！　女という性を愚《ぐ》弄《ろう》し続ける性犯罪者を……。忌《い》まわしい記憶の葛藤を抱えながら快楽殺人犯を追う吉《よし》村《むら》爽《さわ》子《こ》。女であるがゆえに、心理捜査官であるがゆえに捜査陣の中で白眼視されながら、遂に犯人に辿《たど》り着く。圧巻のクライマックス。

徳間文庫の好評既刊

黒崎視音
警視庁心理捜査官
KEEP OUT

あんた、なんで所轄《しょかつ》なんだよ？　心理なんとか捜査官の資格もってんだろ、犯罪捜査支援室あたりが適当なんじゃねえのかよ……多《た》摩《ま》中央署に強行犯係主任として異動（＝左遷）、本庁よりも更に男優位組織でアクの強い刑事達に揉《も》まれる吉村爽子《よしむらさわこ》。ローカルな事件の地道な捜査に追われる日々の中で、その大胆な〝筋読み〟が次第に一目置かれるようになる。「心理応用特別捜査官」吉村爽子の活躍！